KB059586

센고쿠戰國 시대의 군웅할거도

에이로쿠永祿 3년 (1560)경

오키

쓰시마

소 요시시게

이즈모

아마코 하루히사

호키

이와미

이나바 다지마 단바

미마사카
야마나 우지마사

단바

이키
하타노 치카시

나가토
오우치 요시타카

모리 모토나리
스오

빈고

빗추

우키타 나오이에

지쿠젠

부젠

비젠

하리마 호소카와

셋쓰

미요시 나
이즈미 가

류조지 다카노부

지쿠고

고노 미치나오

사누키

아와지

오우라 스미타다

우쓰노미야 사다쓰나

미요시 나가하루

히젠

아소 고레마사

오토모 요시시게

이요

조소카베 모토치카

아와

기이

히고
사가라 요시아키

분고

도사

기이

이토 요시스케

마쓰나가 히사

시마즈 다카히사

휴가

사쓰마

오스미

난부 하루마사

오노데라 데루미치

무쓰

가사이 하루노부

데와

무토 요시우지

오사키 요시나오

혼마 야스타카

사도

다테 하루무네

아사쿠라 요시카게

하타케야마 요시쿠니

노토

우에스기 겐신

에치고

이와키 시게타카

가가

진보 나가모토

엣추

시모쓰케

고즈케

사노 마사쓰나

도가시 야스토시

히다

나가오 노리카게

시나노

사타케 요시아키

오가사와라 나가토키

에치젠

다케다 신겐

나리타 나가야스

히타치

사이 나가마사

미노

가이

아나카가 요시우지

오다 우지하루

사이토 도산

기소 요시마사

다케다 노부토라

오다 노부나가

오와리

마쓰다이라 모토야스

(도쿠가와 이에야스)

무사시

미카와

스루가

사가미

시모우사

이마가와 요시모토

호조 우지야스

가즈사

도토미

아와

사토미 요시히로

시마

이즈

마쓰다이라 히로타다

기라 요시야스

롯카쿠 사다요리

롯카쿠 요시카타

기타바타케 도모노리

● 에이로쿠永祿 3년경 센고쿠 다이묘의 판도

우에스기

오다

호조

조소카베

다케다

모리

이마가와

오토모

인 명 에이로쿠 3년(1560)경의 주요 센고쿠 다이묘

織田信長

미카타가하라 전투

⑤

오다 노부나가

야마오카 소하치 장편소설

이길진 옮김

織田信長 미카타가하라 전투 5

오다 노부나가

솔

『오다 노부나가』를 바로 읽기 위해

1. 본문 중 ㅇ표시를 한 용어는 책 뒤에 풀이를 실었다.
2. 인명과 지명은 외래어 표기법에 따랐고, 장음은 생략하였다. 단, 킷포시(오다 노부나가)는 원음에 가깝게 표기하였다. 인·지명 및 고유명사는 처음 나올 때 원어 병기를 원칙으로 하였고 강과 산, 고개, 골짜기 등과 같은 지명 역시 현지 음대로 카와(가와), 야마(잔, 산), 사카(자카), 타니(다니) 등으로 표기하였다.
3. 성과 이름 중간에 나오는 것은 대부분 그 관직명을 나타내는 것인데, 그 당시의 관습에 따라 이름 대신 쓰이는 경우도 있다.
   보기) 히라테 나카쓰카사노타유 마사히데 → 원 이름: 히라테 마사히데 + 나카쓰카사노타유(나카쓰카사의 장관)
4. 시간과 도량형은 센고쿠 시대에 쓰던 것을 그대로 따랐으며, 역시 부록에서 설명하였다.

천하포무 天下布武

오다 노부나가가 사용한 도장

차례

기후에 돌아오다

22일 사시巳時(오전 10시)에 노부나가의 알현은 무사히 끝났다.

그러나 신분의 차이 때문에 가까이 가지 못하고 멀리서 주상을 우러러보았을 뿐이다. 그런 뒤 혼코쿠 사에서 노能를 상연하는 자리에서 노부나가는 거의 입을 열지 않았다.

무언가 마음에 걸리는 정보를 입수했기 때문일까?

아니면 황폐해진 궁성이 마음을 어둡게 만든 것일까?

앞서 말한 비용의 갹출에 대해서는 이시야마 혼간 사의 오천 관과 나라의 천 관은 차질 없이 거두어들였으나, 미쓰히데가 우려했던 대로 사카이의 상인들은 만 관의 납부를 거부하고 시내의 사방에 호를 파는 한편 낭인들을 모아 사사로이 군사를 훈련시켰다.

그러나 이런 일로 안색이 어두워질 노부나가가 아니었다.

"흥, 역시 상인들은 잇속이 밝군. 장난감 군대라도 만들어놓으면 내가 돈을 깎아줄 줄 아는 모양이야."

웃으면서 이렇게 말했으므로 이 일에 대해서는 별로 신경을 쓰지 않는 모양이다.

그런데도 노부나가는 22일에 알현을 끝낸 뒤 26일에는 교토의 방비를 미쓰히데에게 맡기고는 속히 기후로 돌아갔다. 이미 목적을 달성했기 때문이라고도 할 수 있었으나 사실은 다른 이유가 있는 듯했다.

"주군이 움직이면 반드시 태풍이 일어나기 마련이다."

이 태풍은 경우에 따라서는 상대가 불러일으키기도 하고 때로는 주군 자신이 일부러 일으키기도 했다. 그것을 알고 있는 미쓰히데는 세다까지 노부나가를 배웅하고 교토로 돌아왔다.

여전히 노부나가의 진면목을 알지 못하는 쇼군 요시아키는 아무 직위도 원치 않는 노부나가에게 감사장을 보내고 의기양양해졌다.

미쓰히데는 감사장을 자기가 받아 노부나가에게 건넸기 때문에 그 문구를 생각하면 지금도 웃음이 그치지 않았다.

이번에 나라의 흉도兇徒들을 때를 놓치지 않고 단시일에 퇴치했으니 그 무용은 천하제일이오. 우리 가문을 부흥시킨 그 충성 이보다 더한 것이 없소. 앞으로도 나라의 치안을 부탁하며 이에 감사를 드리는 바요. 그리고 후지타카와 고레마사가 따로 인사를 드릴 것이오.

에이로쿠 11년 10월 24일
　서명
아버님 오다 노부나가 귀하

　추신

12

이번의 큰 충성을 기려 문장과 갑옷을 보관할 오동나무 상자를 보내겠소. 무공의 힘을 입은 보답의 선물이오.

서명
아버님 오다 노부나가 귀하

서른두 살인 요시아키가 아무리 그렇기로서니 노부나가에게 '아버님'이라고 한 것도 이상하지만, 그보다도 그것을 읽고 노부나가가 기뻐할 줄 알다니 우스워 견딜 수 없었다.

'모든 과거와 단절하고 새로운 세상을 만들기 위해 벼슬과 관직은 안중에도 없는 노부나가에게……'

그러나 삼개월 만에 천하를 장악한 노부나가가 이 한 장의 종이쪽지를 받고 웃지도 못한 채 급히 기후로 돌아갔으므로 그 마음은 미쓰히데도 알 수 없었다.

'이번에는 또 어느 방향에서 태풍이 불어올 것인가……'

부부의 전략

노부나가가 조급하게 기후 성으로 돌아가자 놀란 이는 미쓰히데만이 아니었다. 노부나가와 마찬가지로 상경할 기회를 노리던 가이의 다케다 신겐과 에치젠의 아사쿠라 요시카게도 몹시 놀라 혼란에 빠졌다.

노부나가는 아시카가 요시아키를 미노로 맞이한 지 불과 석 달 만에 두 사람이 갈망하고 선망해 마지않던 상경 작전을 완수해 보인 것이다.

이렇게 되면 누가 생각하기에도 노부나가는 우선 요시아키 밑에 있으면서 간레이˚나 부쇼군, 또는 집정이라는 명목으로 당분간 교토에 머무를 거라고 보는 것이 상식이었다.

그러나 노부나가는 관직 하나 받지 않고 얼른 영지로 돌아왔던 것이다.

새삼스럽게 말할 나위도 없이 이 두 사람이 노부나가 밑에 들어가 그 명령에 복종한다는 것은 상상도 못 할 일이었다.

다케다 신겐은 아시카가 가문과 마찬가지로 미나모토 씨의 명문이므로 아시카가 씨를 표면에 내세워 같은 미나모토 씨인 다케다 씨가 정권을 잡는다 해도 전혀 이상할 것 없다는 생각을 가지고 있었다. 한편 아사쿠라 요시카게는 요시아키가 의지하고 있는 북부 최대 명문인 자기가 당연히 정권을 잡아야 한다고 단순하게 생각했다.

그는 요시아키가 상경 작전을 너무 서두르는 것을 보고, 자신의 건강이 별로 좋지 않을 뿐만 아니라 세상을 좀더 알게 해야 한다는 생각으로 요시아키를 놓아주었던 것이다.

"상경 작전이란 그리 쉬운 일이 아니다. 그러므로 여기저기 다녀 보다가 곧 머리를 숙이고 나에게 돌아올 것이다."

그런 뒤에 아사이 부자와 에이잔, 혼간 사 등과 협의하여 상경 작전에 돌입해도 늦지 않을 거라고 생각했던 것인데 그만 노부나가가 양쪽 모두를 앞질러버렸다.

특히 신겐의 분한 생각은 각별했을 것이다. 그가 일부러 노부나가와 인척 관계를 맺은 이유는 자신의 상경 작전에 대비한 하나의 방편이었다. 그런데 뜻밖에도 이용하려던 노부나가에게 도리어 이용을 당해 그의 상경 작전을 음양으로 도와준 결과가 되었기 때문이다.

따라서 만약 노부나가가 교토에 머물러 있었다면 이들의 마수는 노부나가의 영지를 무섭게 교란했을 것이다.

노부나가는 이 점을 잘 알고 있었다. 관직을 받지 않고 서둘러 영지로 돌아온 것도 모두 이 두 사람의 야심에 대비하기 위해서였다.

"역시 주군은 제 남편이에요. 교토 여자에게 넋을 잃고 계실 분이 아니에요."

기후 성에 돌아와 갑옷을 벗고 아취 있게 꾸민 안방으로 들어가자 노히메가 진지한 표정으로 노부나가 앞에 차를 내왔다.

"아, 그야 나는 원래 살무사의 사위니까."

노부나가는 실눈을 뜨고 정원의 단풍을 바라보며 차를 마시다가 능청스럽게 말했다.

"세상 사람들과 조금은 다른 행동을 하게 될지도 몰라."

노히메는 조롱하듯 생긋 웃었다. 역시 무언가 조언을 할 생각인 모양이다.

"주군이 무엇 때문에 이처럼 일찍 돌아오셨는지 알아맞혀볼까요?"

"영리한 체하지 마. 그대가 알 리 없어."

"호호호호, 저 또한 살무사의 딸이에요."

"독기가 넘치는군. 그럼, 말해봐."

그러자 노히메는 장난스럽게 목을 움츠리고 노래하듯 말했다.

"돈벌이."

"뭐, 뭐, 뭣이?"

"돈벌이…… 라고 말했어요."

노히메는 천연덕스럽게 똑같은 말을 되풀이하고 소녀처럼 말똥말똥 눈을 뜨고 노부나가를 쳐다보았다.

노부나가는 어이없다는 듯이 노히메를 바라보았다.

얼마나 불가사의한 여자란 말인가. 자식을 낳지 못했기 때문이기는 하나 이렇게 장난스럽게 말을 걸어오는 얼굴을 보면 전혀 나이를 느낄 수 없다. 스무서너 살이라고 해도 통할 것 같이 젊고, 더구나 그 두뇌는 종종 노부나가를 압도할 정도로 날카롭다.

'도대체 이 여자는 무슨 생각으로 뜬금없이 돈벌이라는 말을 꺼냈을까?'

다케다를 조심하라거나 아사쿠라가 아사이 나가마사의 아버지 히사히데를 열심히 설득하고 있다는 말을 할 줄 알았던 노부나가는 갑자기 할 말이 없다.

아닌 게 아니라 아사쿠라뿐만 아니라 다케다 가문에서도 노부나가가 없는 동안, 원래 기후 성의 성주였던 사이토 다쓰오키를 은밀히 나가시마의 혼간 사에서 고후로 초대하여 식객으로 있게 했다고 하지만…… 돈벌이라니 대관절 무슨 소리일까?

"주군, 사실이 그렇지요? 그 때문에 서둘러 돌아오셨을 거예요…… 즉시 기노시타 님을 불러 명령하십시오."

점점 더 알 수 없는 말을 하자 그만 노부나가도 고개를 갸웃거리며 큰 소리로 일갈했다.

"못된 것, 그대는 이 노부나가를 야유할 생각인가!"

현명한 아내의 조언

큰 소리로 꾸짖으면서도 노부나가는 화를 내지 않았다.

'이 여자는 절대로 무의미한 말을 할 사람이 아니다.'

"호호호……"

노히메는 즐거운 듯이 웃었다.

"오늘은 주군의 어깨가 굳어진 것 같아요. 여느 때보다 훨씬 반응이 딱딱하니까 말이에요."

"오노!"

"예."

"나는 교토에 오래 머무르거나 관직을 받거나 하면 다케다와 아사쿠라를 더욱 자극할 뿐이라는 생각에서 원망을 받지 않으려고 깨끗이 돌아온 거야. 이것만으로는 납득이 되지 않는다는 말인가?"

"어머, 속이 뻔히 들여다보이는 말씀을 하시는군요."

"뭐가 들여다보인단 말이야!"

"호호호, 저에게까지 숨길 필요는 없어요. 주군이 서둘러 돌아오신 이유는 첫째로 주군이 안 계시는 동안 다케다나 아사쿠라가 쇼군께 어떤 작용을 할 것인가? 여기에 대해 쇼군님은 어떤 태도를 취하실 것인가? 또 미요시의 잔당과 마쓰나가, 쓰쓰이의 속셈은 어떠한가? 그리고 둘째는 제가 말한 대로 돈벌이를 위해서라고 생각하는데요."

"으음, 방심할 수 없는 여자야."

이렇게 말하기는 했으나 돈벌이의 의미는 아직 확실하게 납득할 수 없었다.

노히메는 이것을 분명히 꿰뚫어보고 있다.

"주군! 첫째 것은 잠시 그대로 두면 자연히 알 수 있으므로 우선 돈벌이부터 착수하실 생각이시겠지요?"

"서둘러야 한다는 말인가?"

"그야 관직을 받지 않는 것만으로는 주군의 체면이 서지 않으니까요."

"으음……"

"아무것도 바라지 않고 쇼군님에게 바쿠후의 청사를 조성해드리고 궁전도 재건해야만 비로소 전국의 무장도 교토 일대의 상인도 주군이 보통 대장이 아니라는 것을 알고 눈이 휘둥그레질 거예요."

노부나가는 그제야 가슴에 퍼뜩 와 닿았다.

"그러기 위해서는 돈이 필요하므로 돈벌이를 해야 한다는 말인가?"

"예. 주군은 사카이의 상인들에게 돈 이만 관을 할당하셨다면서요?"

"알겠어!"

노부나가는 내던지듯 찻잔을 내려놓았다.

"도키치로를 이리 불러!"

"호호호, 알겠어요. 역시 그 일을 우선시해야 할 거예요."

일이 이렇게 되면 노부나가는 체면을 차리는 성격이 아니었다.

"오노! 그대는 정말 대단해. 살무사의 훌륭한 딸이야. 미쓰히데 따위는 감히 따라오지 못할 정략가政略家야."

"호호호…… 또 딴전을 부리시는군요. 그런 것쯤은 잘 알고 계실 텐데."

"그래, 확실히 그래. 잘 말했어. 내가 다케다와 아사쿠라에게 지나치게 신경을 쓰고 있었던 모양이야. 맞아, 사카이의 상인 문제가 있었어. 어서 도키치로를 부르도록 해."

노부나가가 노히메의 의견을 충분히 받아들이려 하자 그녀는 익살맞은 소녀 같은 태도를 버리고 평소처럼 근엄한 기후 성의 여주인으로 돌아왔다.

어쨌거나 이 얼마나 탁월한 재능이란 말인가.

노히메의 혈관에는 아케치 가문에 전해오는 명석한 피와 사이토 도산의 대담한 혈통이 최고의 균형을 이루면서 함께 살아 있는 듯했다.

그러기에 많은 소실들을 제치고 계속 노부나가의 마음을 사로잡아 전혀 싫증을 느끼지 않고 지낼 수 있었던 것이지만……

"으음."

노부나가는 허공을 노려보며 신음했다. 노히메의 조언을 들은 그의 두뇌는 이미 비약을 시작하여 그 그림자를 쫓고 있음이 분명하다.

눈동자는 허공에서 무섭게 빛나고, 이윽고 꼭 다문 입술에는 칼날과 같은 싸늘한 미소가 떠오르기 시작했다.

"오노, 과연 그대는 현명해. 확실히 내 오른팔이야."

이때 노부나가와 함께 교토에서 돌아온 도키치로가 무장을 한 채 시녀의 안내를 받아 황급히 들어왔다.

"부르실 때가 되었다고 생각하고 있었습니다."

도키치로는 천연덕스러운 표정으로 이렇게 말하고 나서 노히메에게 판에 박은 듯한 인사를 했다.

"언제나 변함없는 모습을 뵙게 되어……"

정치의 표리

"원숭이!"

"드디어 부르셨군요."

"뭣이, 드디어 부르다니?"

"원숭이! 라고 부르실 때는 반드시 보람 있는 일이 생겼을 때입니다. 그래서 근육이 팽팽해졌습니다."

"엉뚱한 녀석. 그래, 네네寧寧(히데요시의 부인)가 좋아하더냐?"

"그야 물론…… 교토의 여자는 거들떠보지도 않고 이 기후에 마련해주신 집으로 곧바로 돌아왔으니까요. 그런데 용건은?"

"무엇일 것 같으냐?"

"예?"

"돈벌이야!"

"아, 그렇군요."

도키치로는 얼른 고개를 끄덕였다.

"그러면 곧 출발해도 될까요?"

"으음, 그럼 너도 깨닫고 있었구나."

"예. 대장 정도 되시는 분이 상대가 호를 파거나 낭인들을 모아 훈련시킨다고 해서 일단 부과한 할당금을 중지해서야 체면이 서지 않지요. 아무튼 이제부터 쇼군의 청사도 지어야 하고 궁전의 공사도 해야 하지 않습니까. 돈은 얼마든지 필요하지요."

"멍청한 놈!"

"예? 무어라 하셨습니까?"

"멍청이라고 했어. 너는 단지 돈이 필요하므로 그것을 구하러 간다. 그 정도로만 생각하느냐?"

"당치도 않습니다!"

도키치로는 입을 삐죽 내밀고는 한 걸음 다가앉았다.

"그것을 정치라고 합니다."

"흥, 어떤 정치인지 말해보거라."

"대장님, 아시다시피 사카이는 신식 무기인 철포가 들어오는 곳. 이곳을 노부나가 님이 확실히 장악하신다면 다케다나 아사쿠라, 미요시의 잔당이나 마쓰나가는 심적으로 큰 타격을 입습니다. 그런 중요한 일을 방치해둘 수는 없습니다."

"도키치로!"

"예."

"네게 정치가 무엇인지 가르쳐주겠다. 마음에 깊이 새겨두거라."

"예, 이번에는 주군이……"

"너는 사카이에 가서 돈 이만 관을 마련해 올 생각이겠지?"

"그렇습니다. 한 푼도 탕감해주지 않겠습니다."

"그것은 정치가 아니야."

"예. 그러면 불쌍히 여겨 약간 에누리를 해줄까요?"

"멍청한 놈! 탕감해주라는 뜻이 아니라 사만 관을 받아 오라는 말이다."

"아니…… 사만 관을?"

"그래. 이것이 바로 정치라는 것이다. 잘 기억해두거라. 그들은 이만 관이 불만이어서 호를 파고 군사를 양성하고 있어. 이것이 중요한 점이야. 이만 관을 바치는 대신 얼마를 썼는지는 알 수 없으나 어느 정도 군비를 갖추고 있는 편이 오히려 나는 공략하기가 쉬워."

"으음……"

"모처럼 돈을 들여가며 방비를 하고 기다리고 있다면 노부나가도 군사를 잠시 쉬게 하여 충분히 힘을 갖춘 다음에 전력을 다해 분쇄하겠다…… 이렇게 말하더라고 전하라."

"아, 일부러 돈을 들이게 하여 기다리게 만들자는 말씀이군요."

"그래. 그들에게 무력으로 인사하지 않으면 예의가 아니지. 언제 공격해오면 좋겠느냐고 말하게."

"과연 그럴듯하군요."

"너희들은 노부나가를 쓰러뜨리려거든 그 병력으로 즉시 교토 일대를 평정하라, 그 대신 만약에 노부나가에게 지면 그대들을 모두 죽이고 앞으로 국제 교역은 모두 노부나가가 독점하겠다, 깨끗하게 일전을 벌이고 싶어 준비가 되었는지 알아보러 왔다고 하거라."

"잠깐 기다려주십시오, 주군."

"왜, 미심한 점이라도 있느냐?"

"과연 그렇게 말하면 이만 관의 두 배인 사만 관도 내놓겠지만, 그렇게 되면 대장님의 평판이 나빠질 것 같습니다. 마치 그것은 강도와 같은 수법……"

"닥쳐라, 원숭이!"

"예."

"나는 그 돈을 훌륭히 활용하겠다는 거야. 금고에 넣어두겠다는 것이 아니야. 쇼군의 청사나 궁전의 건축 외에 교토에서 오사카, 사카이에 이르는 수로水路를 보수하고 도로를 정비하며 영지 내의 검문소를 철폐하여 교통을 자유롭게 하려는 거야. 그런데 어째서 평판이 나빠진다는 말이냐. 선정을 베푼다고 모두 기뻐할 것이다."

"하지만 그것은 다른 지방 사람들의 경우이고 문제의 사카이 사람들은……"

도키치로가 여기까지 말하자 노부나가는 배를 움켜쥐고 웃어댔다.

"원숭이는 역시 원숭이로군. 사카이 사람들의 원한이 쌓인다는 말이냐?"

"그렇습니다."

"그렇지 않을 테니 걱정할 것 없어. 상인이란 말이다, 일단 돈을 빼앗기면 반드시 그것을 만회하기 위해 빼앗은 사람의 편에 서게 마련이야. 말하자면 그들의 소중한 자본을 투자한 노부나가가 정권이 쓰러지면 안 된다고 혈안이 되어 진지하게 나올 것이다."

"과, 과연 그럴까요?"

"알겠거든 사만 관으로 올려 징수해가지고 오너라. 그쪽도 여기에 신물이 나서 더 이상 나에게 거역하지 않고 무장은 무장, 상인은 상인이라며 새로 살 길을 찾아 나서겠지. 세 방면에서 모두 이득이 된다."

"말씀을 듣고보니 확실히……"

"우리도 이득이고 서민도 이득이며 사카이의 상인 또한 낭인들을 더 이상 먹여 살리지 않아도 되니까 이득…… 이렇게 모두에게 이득이 되게 하는 것을 정치라고 한다. 그리고 이 일은 네가 말했듯이 다케다, 아사쿠라, 미요시의 잔당과 마쓰나가를 제압하는 일이 되기도 해. 얼른 가서 담판을 짓고 오너라."

노부나가는 이렇게 말하고서 노히메를 힐끗 바라보며 위엄을 갖추었다.

노히메가 준 암시는 이미 노부나가의 생각을 통해 세 방면, 네 방면으로 이득을 주는 '돈벌이'로 바뀌었던 것이다.

"과연, 이제야 납득이 되었습니다! 확실히 옳으신 말씀입니다. 그럼, 즉시 출발하겠습니다."

도키치로는 무릎을 치면서 일어났다. 노히메는 물끄러미 그를 바라보고 있을 뿐 한마디도 입을 열지 않았다.

북쪽의 행성行星

에치젠의 천지는 이미 눈으로 완전히 뒤덮였고 오늘까지 사흘 동안이나 태양이 얼굴을 내비치지 않았다.

아사쿠라 요시카게는 일족인 가네가사키金ヶ崎 성주 아사쿠라 가게쓰네景恒를 이치조가타니一乘ヶ谷 성으로 불러 중신인 야마자키 나가토山崎長門, 다쿠미 에치고詫美越後와 함께 벌써 일각 가까이 밀담을 계속 나누었다.

때때로 시동이 화로의 숯을 갈러 들어올 뿐 거실에는 아무도 들이지 않았다.

"그러니까 사카이의 상인들은 노부나가에게 사만 관을 바쳤다는 말이지?"

이렇게 묻는 요시카게의 안색은 몰라보게 건강해 보였다.

"예. 그래서 봄부터 쇼군의 청사를 짓기 시작할 거라고 합니다."

"청사까지 지어주면 쇼군은 더욱더 노부나가 놈에게……"

"그러므로 이 시점이 중요합니다. 우리 가문의 오른팔이었던 아사이 가문은 오이치라는 나가마사 부인에 의해 쐐기가 박혀 있고, 쇼군은 노부나가의 손에 감쪽같이 빼앗겼습니다."

"그런 문제는 일단 제쳐두고 지금은 어떻게 하면 노부나가를 쓰러뜨릴 수 있을지 그것을 생각해야 하는 거야. 반복해서 말하지 말게."

"반복하는 것이 아닙니다. 정세의 검토로 아시고 들어주시기 바랍니다."

가게쓰네가 이렇게 말하자 요시카게는 혀를 찼다.

"말다툼 할 때가 아니야. 종이를 꺼내게. 눈이 녹기를 기다렸다가 어디서부터 노부나가를 공격할 것인지 그 전략을 적어놓아야겠어."

그러면서 가게쓰네가 내미는 종이와 붓을 받아들었다.

"우선 미요시의 잔당에게 다리를 놓아 혼코쿠 사에 있는 요시아키를 공격할 것……"

자기가 말하고 직접 '혼코쿠 사 공격'이라고 적어 넣었다.

"쇼군을 공격한다는 말입니까?"

"걱정할 것 없어. 이렇게 하면 노부나가는 반드시 쇼군을 도우려고 다시 교토로 군사를 옮길 거야."

"그러나 만약 미요시의 잔당이 너무 강해 쇼군이 위험해지신다면……?"

"그때는 쇼군에게 다시 에치젠으로 오도록 하면 돼. 그 준비는 이미 마련되어 있어. 쇼군을 우리 손에 넣고 노부나가가 군을 교토에 못 박아 두자는 것일세."

"과연 그렇게만 된다면 더 바랄 것이 없습니다마는……"

가게쓰네는 불안한 듯 두 중신을 바라보았으나 야마자키 나가토도 다쿠미 에치고도 묵묵히 입을 다물고 있었다.

"다음은 다케다 가문의 식객으로 있는 사이토 다쓰오키를 에치젠에 맞아들일 것."

"아니, 다쓰오키 님을?"

"그래. 어쨌든 다쓰오키는 미노의 옛 주인, 그를 도와 기후 성을 다시 탈환해주겠다고 하면 미노의 토박이 무사들도 움직일 거야."

"그러면, 노부나가를 교토로 유인해놓고 주군은 미노를 공격하시겠다는 말씀입니까?"

"뻔한 일이 아닌가. 노부나가의 사위가 된 아사이 나가마사는 어떨지 모르나 그 아버지인 히사히데는 며느리의 목을 자르는 한이 있어도 반드시 우리 편이 되겠다고 일부러 밀사까지 보내왔어. 그리고 북부 오미의 이카伊香, 사카타坂田, 아사이淺井 등 세 군郡에는 혼간 사의 성채가 십여 군데나 있어. 모두가 시시한 다이묘들보다는 훨씬 더 강한 세력을 가진 사찰들이야."

가게쓰네는 고개를 갸웃하고 신중하게 생각하다가 물었다.

"그러면 노부나가 군을 교토에 묶어놓을 사람은 누구입니까? 묶어놓지 않으면 도리어 되돌아오는 노부나가에게 북부 오미에서 협공을 받게 될 텐데요."

"그럴 경우의 대비책은 따로 마련해놓았어. 물론 미요시의 잔당 따위는 믿을 만하지 못해. 미요시 잔당의 혼코쿠 사 공격을 신호로 이시야마 혼간 사의 신도와 에이잔의 승병僧兵, 롯카쿠 쇼테이의 잔당 등을 일제히 봉기시켜 노부나가의 퇴로를 차단시키는 거야. 그 사이에 교묘히 쇼군을 탈취하면, 이번에는 쇼군의 이름으로 마쓰나가 히사히데와 쓰쓰이 준케이도 궐기하게 하는 거야. 이렇게 되면 자기 영지로 돌아갈 수 없는 노부나가 군은 대번에 와해되고 말아."

요시카게는 잇따라 작전 계획을 적어 넣었다.

"문제는 그 시기일세. 어쨌거나 눈이 녹지 않으면 실행할 수가 없어. 눈이 녹기를 기다렸다가 일제히 출동할 수 있도록 만반의 준비를 해놓게."

마지막으로 '오다 군 섬멸'이라고 쓴 다음 붓을 놓았다.

"그리고 이것만이 아니야. 노부나가와 동맹을 맺고 있는 미카와의 마쓰다이라 이에야스 가문의 잇코―向 종 신도°에게도 반란을 일으키도록 조치해놓았어. 반란이 일어나면 마쓰다이라도 원군을 보낼 수 없어 노부나가는 완전히 고립되는 거야. 또 우리는 이번 겨울 안에 반反 오다 동맹을 맺어야 해."

요시카게의 말을 요약하면 봄이 되기를 기다렸다가 미요시의 잔당을 선동하여 혼코쿠 사에 있는 쇼군 요시아키를 공격하게 한다. 그렇게 해서 노부나가를 교토로 유인하고는 에치젠에서 북부 오미로 밀고 나가 미노에서 기후를 공격한다는 계획이다.

그 최대의 우군은 혼간 사.

혼간 사의 우두머리인 겐뇨 조닌顯如上人의 부인과 요시카게의 부인과는 자매간이고 겐뇨의 아들 교뇨敎如에게는 요시카게의 딸이 출가했기 때문에 아사쿠라 가문과는 겹사돈이다.

그리고 요시카게는 히에이잔° 엔랴쿠 사延曆寺에 많은 시주를 하고 있기 때문에 이곳의 승병도 충분히 설득하여 아군이 되게 할 수 있다.

에치젠의 병력은 약 3만 4,5천. 여기에 신앙심이 깊은 승병과 혼간 사의 우수한 신도를 합하면 족히 8만에 가까운 인원의 동원이 가능해진다.

따라서 오미의 아사이 부자가 확실히 아사쿠라의 편을 든다면 승산이 있다.

"그럼, 저는 일단 일이 벌어졌을 때 쇼군 요시아키 공을 에치젠에 모시도록 준비하면 되겠군요."

가게쓰네가 다시 한 번 요시카게의 작전 순서를 읽어보고 나서 묻자 요시카게는 이번에도 혀를 끌끌 찼다.

"가게쓰네."

"예."

"그 말이 맞다고 할 수 있지만 일단 일이 벌어졌을 때, 쇼군이 교토를 떠나 에치젠으로 오게 하기 위해서는 사전에 해야 할 일이 있어."

"……"

"나는 임무를 자네에게 명하고 있는 거야. 지금 당장 쇼군에게 밀사를 보내, 노부나가가 심상치 않은 저의를 가지고 있다고 거듭 쇼군에게 귀띔하라는 말이다. 알겠나?"

"노부나가에게 심상치 않은 저의가……?"

"그래. 노부나가가 관직도 받지 않고 기후로 돌아간 이유는 스스로 쇼군이 되기 위해서……"

"그, 그것이 사실입니까?"

"작전이야."

요시카게는 내뱉듯이 말했다.

"아니, 분명히 그럴 거야! 자네도 그렇게 믿고 쇼군을 납득시키라는 말일세."

그러고는 바로 고쳐 말했다.

"그 증거로 노부나가가 우선 쇼군에게 청사를 지어주어 기뻐하게 만들어 그곳에 묶어놓은 다음 궁성을 지어 주상과의 접근을 시도하는 것이 수상하지 않느냐고 몇 번이나 쇼군에게 고하라는 말이야. 알겠나? 주상에게 접근하기만 하면 언제라도 칙명을 빙자하여 쇼군을 치고 자기가 대신 들어앉을 수 있다…… 노부나가의 속셈은 이쪽에서 보낸 첩자의 보고로 자세히 알고 있으므로 만약의 경우에는 즉시 우리에게 연락하라고 말하는 거야."

"과연 묘안입니다."

"암, 묘안이지. 그러는 한편 반 노부나가 동맹이 결성되었다는 것을 슬쩍 내비치면 고지식한 쇼군은 반드시 노부나가를 의심하게 돼. 쇼군의 기질은 내가 잘 알고 있어."

여기까지 말하고 요시카게는 미소를 띠면서 중신들을 돌아보고, 가슴을 활짝 펴면서 명했다.

"좋아! 이제 가게쓰네도 납득을 한 모양일세. 추위가 심해지는군. 미리 준비한 술을 마시도록 하세. 여자들을 부르게."

에이로쿠 12년의 계책

어느 시대에나 큰 나무는 강한 바람을 맞기 마련이다.

유독 에치젠의 아사쿠라만이 아니라 가이의 다케다도 노부나가를 견제하기 위해 그 특유의 고육책苦肉策을 쓰기 시작했다.

한편 신겐은 노부나가의 동맹자로서 마쓰다이라에서 도쿠가와德川로 성을 바꾼 이에야스에게 접근하여 이마가와 요시모토의 옛 영지인 스루가와 도토미를 두 사람이 분할하자는 밀약을 맺고, 다른 한편으로는 요시모토의 아들 우지자네氏眞를 선동하여 이에야스의 영지에서 잇코 종 신도가 반란을 일으키게 한 뒤 자신은 스루가로 진출한 것이다. 아마 신겐에게 에치고의 우에스기 겐신이라는 까다로운 적이 없었다면 그는 일거에 도토미에서 미카와로 공격해 들어갔을지도 모른다.

어쨌든 이에야스에게 도토미 진출이라는 달콤한 미끼를 던져 노부나가와의 사이를 이간시키고, 이에야스의 영내에서 잇코 종 신도의 반란을 유발시켜 상경을 위한 자신의 길을 개척하려는 신겐 특유의 계략은 노부나가에게 있어 경계를 늦출 수 없는 위험한 압박이라 할 수 있다.

미카와 일대에서 일어난 잇코 종 신도의 반란은 차차 그 세력이 확대되어 이에야스의 원군을 전혀 기대할 수 없는 상황으로 몰아넣은 채 에이로쿠 11년(1568)이 저물었다. 그리고 거목인 노부나가로서도 가장 경계를 요할 태풍을 예고하는 에이로쿠 12년이 되었다.

노부나가는 서른여섯 살.

동맹자인 이에야스는 스물여덟 살.

에치젠의 아사쿠라나 가이의 다케다도 이미 노부나가를 제거할 작전을 세워놓고 호시탐탐 기회를 노리고 있었다.

만약 노부나가에게 털끝만큼의 틈이라도 보인다면 당장 짓밟아버릴 것이 틀림없다.

이런 절박한 상황에서 노부나가는 유유히 정월을 맞이했다.

"도키치로, 기분 좋은 정월이야."

신년 하례와 2일부터의 업무 시작, 5일의 군비 점검을 마치고 6일 아침을 맞았을 때였다.

대지에는 하얗게 서리가 내리고 산 하나를 사이에 둔 호쿠리쿠北陸 가도에는 무섭게 눈보라가 휘몰아칠 듯한 추위가 기승을 부렸다.

"예, 정말 기분 좋은 정월입니다."

도키치로가 여느 때와 다름없는 그 특유의 낙천적인 어조로 말했다.

"우선 돈이 남아돌 정도로 쌓이고 군사도 점점 더 강해지고 있으며 천하가 점점 대장님 쪽으로 걸어오고 있으니까요."

"흥, 천하가 걸어오는 것이 네 눈에 보인다는 말이냐?"

"물론입니다. 제 눈은 천리안이거든요."

"어떠냐, 미요시 마사야스가 어디쯤 왔을 거라고 생각하느냐?"

"오늘이 벌써 6일이므로 지금쯤은 아마 혼코쿠 사를 공격하기 시작해 쇼군님이 벌벌 떨고 있지 않을까 싶습니다."

"너도 그렇게 생각한다는 말이지? 그러나 나는 쇼군이 벌벌 떠는 모습보다도 깜짝 놀랄 아사쿠라 쪽에 더 흥미가 있어."

"하하하, 그러실 테지요. 아사쿠라 요시카게는 꽃이 필 무렵에 공격해왔으면 좋겠다는 생각을 하고 있으니까 말입니다. 지금은 눈에 파묻혀 꼼짝도 못하고 있겠지요. 미요시의 잔당이 너무 재빠르다며 이를 갈고 있을 겁니다."

도키치로가 큰 소리로 웃으며 이렇게 말하자 노부나가도 보기 드물게 흐흐흐 하고 묘한 소리를 내며 웃었다.

"아사쿠라는 내게 고마운 인척이야."

"그렇습니다. 대장님이 활동하시기 쉽도록 일부러 꾸며주고 있으니까요."

노부나가는 이 말에는 대답하지 않고 다른 이야기를 꺼냈다.

"준비는 되었겠지, 도키치로?"

"예. 교토에서 연락이 오는 대로 즉시 출발할 수 있도록 사람과 말을 엄선해놓았습니다. 그런데 주군, 정말 재미있습니다. 혼코쿠 사의 쇼군 님을 공격할 군사는 엄청난 대군이거든요."

도키치로는 거창하게 손가락을 꼽으면서 말했다.

"미요시 마사야스, 미요시 나가요리長緣, 야쿠시지 사다하루藥師寺貞春, 이와나리 스케미치岩成左通, 그리고 여기에 마쓰나가 단조 히사히데가 가담해 있기 때문에 미요시의 잔당이라고는 하나 따지고 보면 아주 큰 세력입니다. 그런 상대를 대장님은 단 150기騎로 무찌르려고 하시니 정말 재미있는 일이지요"

"함부로 말하면 안 돼."

노부나가는 쓸쓸히 웃었다.

"나도 다케다나 아사쿠라가 빈집을 노리지만 않는다면 이렇게 하지는 않아. 마지못해 하는 일이야."

"하하하…… 그러시겠지요."

도키치로는 굳이 반대하지 않았다.

"아무튼 두고 보면 알 수 있겠지요. 어쨌든 에이로쿠 12년이라는 해는 대장님의 진면목을 보여주는 해가 될 것 같습니다."

바로 이때였다.

근시가 가져온 차를 주종이 의미 있는 미소를 교환하며 마시고 있을 때, 측근인 모리 산자에몬이 사색이 되어 뛰어들어왔다.

"말씀드리겠습니다! 교토의 아케치 님에게서 사자가 급히 달려왔습니다."

"사자가 급히? 그렇다면 정초부터 큰일이로군. 곧 정원에 들여보내라."

노부나가와 도키치로는 다시 얼굴을 마주보며 싱긋 웃고, 자못 놀랐다는 표정으로 일어났다.

아마 두 사람은 산자에몬에게도 미요시의 잔당이 반란을 일으켰다는 말은 하지 않았던 모양이다.

산자에몬은 부리나케 물러갔다가 곧 온몸이 땀으로 범벅 된 젊은 무사 하나를 데려왔다.

"젊은이, 주군께 직접 있는 그대로 보고해라."

"예."

젊은이는 툇마루에 머리를 조아렸다.

"무슨 일이 생겼느냐? 침착하게 대답하라."

노부나가는 마루에 나와 여느 때처럼 질타하는 듯한 어조로 말했다.

"큰일입니다! 아와에서 군사를 일으킨 미요시 마사야스와 나가요리, 마사나가 등이 셋쓰로 쳐들어와 마쓰나가 히사히데, 이와나리 스케미치 등과 합세하여 드디어 교토를 공격하기 시작했습니다."

"뭣이, 미요시의 잔당이 교토에 들어왔어? 그 인원과 본진은?"

"약 6천이 도후쿠 사에 주둔하여 쇼군이 계시는 혼코쿠 사로……"

"그것이 언제의 일이냐?"

"4일 아침입니다."

"그럼, 아군의 방비는?"

"미요시 요시쓰구義繼, 이타미 지카오키伊丹親興, 이케다 노부테루, 아라키 무라시게 등이 적을 추격하여 교토로 들어왔으나 그 뒤의 일은 알 수가 없습니다. 아무튼 급히 보고하라는 아케치 님의 명을 받고 달려왔습니다."

"알겠다! 수고가 많았으니 물러가 쉬도록 하라."

"예."

"염려할 것 없다. 내가 즉시 교토로 달려가 대번에 일당을 소탕할 것이다. 산자에몬, 젊은이에게 휴식을 취하게 하라."

"알겠습니다."

산자에몬이 젊은이를 부축하여 일으키자 도키치로는 노부나가를 쳐다보며 다시 싱글벙글 웃었다.

"모두가 예상대로 되어가는군요, 대장님."

"함부로 입을 놀리지 마라. 즉시 출발할 것이다."

"150기로 6천의 적을 무찌르시겠다니 참으로 놀랍습니다."

"사자가 와 있어, 말을 삼가거라. 거기 누구 없느냐, 갑옷을 가져오 너라!"

큰 소리로 말하고 노부나가 자신도 우스웠는지 미소를 띠었다.

"역시 마쓰나가 히사히데 놈이 배신을 했군, 호호호……"

"그러나 대장님이 달려가시면 또 얼른 항복할 겁니다."

"그래. 놈처럼 항복과 배신을 손바닥 뒤집듯 하는 자도 드물어. 그 것도 큰 재주라고 할 수 있지."

"그럼, 군사를 성문 앞에 모아놓고 기다리겠습니다."

도키치로는 그제야 비로소 큰 소리로 외치며 서둘러 달려갔다.

"큰일이다! 큰일났다! 정초부터 교토에 큰 변란이 일어났다."

교토의 혼란

미요시의 잔당이 난입하는 바람에 교토의 정월은 상하를 불문하고 큰 혼란에 빠졌다.

그들은 미요시 일당이 정월 초하룻날 셋쓰에 상륙했다는 사실을 몰랐던 것이다.

노부나가의 덕으로 오랜만에 정초를 즐겁게 보내게 되었다며 안심하고 있었다. 그런데 3일 아침이 되자 적군이 오사카와 교토 중간에 있는 히라카타에까지 나와 닥치는 대로 불을 지르면서 진격해 뜻밖의 소식을 듣게 되었으므로 놀라지 않을 수 없었다.

"큰일났다."

"곧 가재도구를 옮겨야 하는데……"

"아니, 그럴 틈이 없어. 아녀자들을 피난시키는 것조차 어렵게 됐어."

"그런데 노부나가 공은 어쩌자고 미노로 돌아가셨을까? 나는 처음부터 이렇게 되지 않을까 싶어 조마조마했어."

이런 혼란 속에서 미노 군의 선봉이 속속 교토로 들어와 도후쿠 사에 진을 쳤으므로 혼란은 더욱 커져만 갔다.

더구나 4일이 되자 앞서 노부나가에게 귀순했던 미요시 요시쓰구, 이타미 지카오키, 아라키 무라시게 등이 노부나가가 키운 이케다 노부테루와 힘을 합쳐 교토에 들어왔던 것이다. 이렇게 되면 누가 보기에도 시가전은 불가피한 것이다.

"대관절 이번에는 누가 이기게 될까?"

가엾은 서민들은 모든 관심을 쏟고 있었다.

"도로아미타불이야 이전의 난세로 되돌아가겠어. 마쓰나가 단조도 미요시 쪽에 가담했다는 거야."

"뭣이, 마쓰나가 님이? 그렇다면 큰일이군. 마쓰나가 님은 지난번에 노부나가 공에게 항복하여 목숨을 건졌잖아?"

"그게 문제야. 이번에 쇼군님이 승리하시면 제일 먼저 노부나가 공에게 목이 잘릴 거야. 아무튼 마쓰나가 님이 미요시 쪽에 가담했다면 쇼군님이나 노부나가 공에게는 승산이 없어."

"그렇다면 도대체 우리는 어느 쪽의 비위를 맞춰야 할까?"

"소문으로는 혼코쿠 사의 쇼군도 벌써 피신할 준비를 하고 계신다더군."

"제기랄, 모처럼 좋은 세상이 올 줄 알았는데 역시 허망한 꿈이었단 말인가……"

이케다 노부테루는 교토에 진입하자 혼코쿠 사의 아시카가 요시아키를 경호하면서 가까이 오는 적을 물리칠 뿐 철저하게 공격하지는 않았고, 그동안에 미요시 군은 차차 병력을 증강시키는 것 같았다.

어쨌거나 예기치 못했던 돌발 사태였다.

그렇다면 과연 이러한 일들이 노부나가에게 알려졌을까?

　　만약 알려졌다고 해도 정월의 일이기 때문에 대군의 소집에 시일
이 걸려 노부나가도 교토로 올라오지 못할 것이라는 풍문이 압도적
이었다.

　　혹시 대군의 소집에 몇 달이 걸린다면 교토는 일단 침입군의 수중
에 들어가 다시 노부나가 군과의 결전장으로 변하게 된다.

　　미요시 군이 침입한 3일부터 교토는 나날이 혼란이 더해졌고, 7일
이 되자 벌써 도후쿠 사에 있는 미요시의 본진을 몰래 찾아가는 '예
방자'가 나타나기 시작했다.

　　어떻게 해서라도 침입자의 비위를 맞추어 시내가 불타지 않도록
탄원하기 위해서였다.

　　"더 이상 불타게 되면 교토는 당분간 재건될 가망이 없습니다. 수
도를 폐허로 만들지 않으시려면 부디 관용을……"

　　이렇게 탄원해도 싸움에는 적이 있기 마련이므로 도리가 없다……
이를 잘 알고 있으면서도 잠자코 있을 수만은 없는 것이 가련한 약자
의 몸부림이었다.

　　그리하여 거의 절망의 밑바닥에 빠졌을 때, 기쁜 소식이 들려왔다.

　　"노부나가 공이 들어왔다!"

　　8일 오후에 갑자기 이런 소문이 시내에 널리 퍼졌기에 시민들의 기
쁨은 이루 말할 수 없었다.

　　엄한 군율을 가진 노부나가 군이 시민들의 편이었다는 것은 지난
번의 상경 때 경험한 바 있다. 그런데 이번에도 백성들에게는 전혀
피해를 주지 않고 도카이도東海道를 따라 달려온 것이다.

　　"설마 거짓말은 아닐 테지."

　　"천만의 말씀. 아와타栗田 가도에서 산조三條로 향해 오시는 모습

을 이 눈으로 똑똑히 보았어. 대장님이 맨 앞에 서고 그 뒤를 씩씩한 기마무사가 하타사시모노°를 휘날리면서 달려오고 있었어."

"천만다행이야! 그렇다면 오늘이나 내일 교토의 운명이 결정되겠군."

"그래. 대장님이 도착했다는 소식을 듣고 쇼군 쪽에서도 일제히 도후쿠 사로 달려갔으니까……"

이런 소문은 언제나 그렇듯이 반은 사실이고 반은 희망이 섞인 거짓말이었다.

노부나가는 결코 대군을 거느리고 온 것이 아니었다.

불과 150기. 엄선에 엄선을 거친 정예를 거느리고 달려왔는데, 달려옴과 동시에 이케다 노부테루, 아라키 무라시게, 미요시 요시쓰구, 이타미 지카오키 들의 오다 군이 일제히 미요시 군을 공격했다. 이렇게 되자 상대방은 완전히 당황했다.

그들 또한 노부나가가 150기로 달려올 줄은 생각지도 못했고, 노부나가가 진두지휘를 한다면 적어도 1만이 넘는 대군이 왔을 거라고 착각한 것이다.

맨 먼저 미요시 마사야스 군이 기회를 보아 달아났고 이어서 마사야스, 스케미치가 무너져, 이튿날인 9일에는 이미 교토에서 적의 그림자는 거의 찾아볼 수 없게 되었다.

이때 비로소 시민들은 노부나가가 뜻밖에도 소수의 군사를 데리고 들어와 순식간에 대군을 몰아냈다는 것을 알고 깜짝 놀랐다. 상대방을 놀라게 만드는 것이 노부나가의 신조. 그로서는 이 모든 일들이 예기했던 진퇴였다.

노부나가가 비록 교토에 있지 않아도 수도의 방비에는 허점이 없다는 사실, 그리고 자기 영지의 기후 성은 이런 일에 미동도 하지 않는다는 점을 주로 아사쿠라와 다케다 쪽에게 분명히 알릴 작정이었던 것이다.

물론 쇼군 요시아키의 놀라움은 그 이상이었다. 이미 그에게 아사쿠라 요시카게가 손을 썼던 모양이다.

'노부나가는 쇼군의 지위를 노리고 있다.'

일단 이렇게 생각하면 모든 일이 그렇게 보이는 것이 그릇이 작은 인물의 상례이다. 10일이 되어 시내 순시를 끝낸 노부나가가 혼코쿠 사로 요시아키를 찾아가자 그는 부들부들 떨면서 접견했다.

"걱정하실 필요 없습니다. 저는 이런 일로 까딱도 하지 않습니다. 기후는 철통같이 방비하고 올라왔으므로 이 기회에 쇼군 일가의 거처에 어울리는 새로운 저택을 니조二條에 지어드리겠습니다."

"역시 집을 지어주겠다는 말이오?"

"처음부터 약속했던 일! 노부나가는 약속을 어기지 않습니다."

"으음, 역시 지어주겠다는 것이군요……"

요시아키가 왠지 모르게 떨떠름한 표정을 짓고 고개를 끄덕인 것은 그의 마음에 한 가닥 의혹이 있다는 증거였으나 노부나가는 전혀 개의치 않았다.

"미쓰히데, 민심의 안정을 위해서라도 앞서 말했던 것처럼 즉시 니조에 공사를 시작하게. 전에 있던 무로마치 저택보다 못해서는 안 돼. 훌륭하게 짓도록 하게, 알겠나?"

"알겠습니다. 벌써 유명한 석재石材와 나무를 각지에서 점찍어두었습니다."

미쓰히데는 정중하게 대답하고 나서 목소리를 낮추고 쓸쓸히 웃으며 말했다.

"또 항복하겠다는 자가 있습니다마는……"

"하하하…… 마쓰나가 히사히데일 테지."

"예. 마쓰나가 단조와 이와나리 스케미치입니다."

"좋아, 이번에는 내가 만나겠네. 별실로 안내하게."

　노부나가는 이렇게 말하고 잔뜩 굳어져서 의심의 눈초리로 쳐다보는 쇼군 앞에서 유쾌한 듯이 웃었다.

정직한 문답

"으음, 그대가 히사히데인가?"

혼코쿠 사의 별실에서 지칠 정도로 기다리게 했다가 겨우 들어선 노부나가는 이와나리는 쳐다보지도 않고 마쓰나가 단조 히사히데를 향해 빙긋이 웃었다.

"역시 오다 님은 놀랍습니다. 저 같은 사람은 도저히 적수가 되지 못합니다."

히사히데도 천연덕스러운 표정으로 뻔뻔스럽게 말했다.

"아니, 그렇지 않아. 나도 그대 앞에서는 무색할 정도야."

"무색한 사람은 바로 저입니다. 설마 150기만 거느리고 오실 줄은 몰랐습니다."

"나도 그대가 뻔뻔스럽게 또 항복하러 올 줄은 몰랐어. 잘한 일이야."

"칭찬하시니 송구스럽습니다. 그러나 이 마쓰나가 히사히데는 누구보다도 정직한 자이므로 쓸데없는 의리니 인정이니 하는 거짓된 밧줄에는 매달리지 않습니다. 솔직히 말해서 동쪽에는 다케다가 있고 북쪽에는 아사쿠라가 있기에 저희가 교토를 뒤집어놓아도 직접 나오시지는 않을 줄로 판단했습니다."

"그렇게 판단하고 배신했다는 말인가?"

"예. 저는 약하다고 보았을 때 배신하는 것은 조금도 잘못된 일이 아니라고 생각합니다. 배신당하는 것이 싫으면 항상 강하기만 하면 되니까요."

"그렇다면, 이 노부나가가 생각보다 강하기 때문에 이번에도 항복했다는 말이냐?"

"예. 이 정도라면 아사쿠라나 다케다에게 결코 쉽게 패하지는 않을 것이다. 그렇다면 항복하는 편이 이득이라는 계산을 하고 왔습니다."

노부나가도 그만 이 상대에 대해서는 놀라지 않을 수 없었던 모양이다.

"히사히데."

"예."

"내가 이 자리에서 화를 내지 않는 것은, 가식이라고는 전혀 모르는 살무사 사이토 도산을 장인으로 삼았기 때문이야."

"감사합니다."

"그런 인사는 아직 일러. 그러나 언제나 그런 식이라면 안심할 수 없기 때문에 내가 여기서 죽이겠다면 어떻게 하겠느냐?"

노부나가가 이렇게 말하자 히사히데는 두터운 입술을 부들부들 떨면서 고개를 저었다.

"그러시면 오다 님의 손해입니다. 이 히사히데도 상대가 오다 님이기에 심중을 솔직하게 털어놓은 겁니다. 그 신의를 저버리시면 오다 님답지 못하십니다. 시시한 것도 없는 것보다는 낫다는 속담이 있듯이 용서하심이 마땅한 줄로 압니다."

여기까지 말하자 노부나가는 별안간 부르르 어깨를 떨면서 소리질렀다.

"노부테루! 이 자를 베거라! 이 천하의 거짓말쟁이를……"

마쓰나가라는 너구리

노부나가의 엄한 명령이 떨어지자, 이케다 가쓰사부로 노부테루는 벌떡 일어섰다.

"예!"

아마도 정말 마쓰나가 히사히데를 죽일 생각이었을 것이다.

그는 일어나서 성큼성큼 히사히데 옆으로 걸어왔다.

"마쓰나가 님, 주군의 명령이오!"

순간 혼코쿠 사의 객실에는 무서운 살기가 감돌았다. 당연한 일이었다. 정면의 노부나가는 눈을 부릅뜨고 히사히데를 노려보고 있고, 칼 손잡이에 손을 대고 있는 이케다 가쓰사부로는 원래 고지식한 순정파인 만큼 녹은 고약같이 끈적끈적한 히사히데가 처음부터 비위에 거슬렸던 것이다.

아니, 가쓰사부로뿐이 아니다.

노부나가 뒤에서 칼을 들고 호위하고 있는 모리 산자에몬의 아들

나가요시와 가모 쓰루치요도 눈썹을 잔뜩 치켜올리고 숨을 죽인 채 가만히 지켜보았다.

히사히데와 같이 왔던 이와나리 스케미치는 이러한 살기에 기 죽지 않으려는 듯 어깨에 힘을 주고 있었으나, 그 얼굴은 경직되고 귀까지 창백해져 있었다.

"처치하라!"

다시 한 번 노부나가가 소리질렀다.

"사찰 안이라 해서 거리낄 필요 없다. 이 따위 거짓말쟁이는."

그런데 바로 이때였다.

"하하하……"

당연히 벌벌 떨며 사색이 되었어야 할 마쓰나가 단조 히사히데가 벗겨진 머리를 흔들며 웃기 시작한 것이.

깨닫고보니 그는 전혀 낯빛도 변하지 않은 채, 여전히 능글맞은 너구리와 같은 표정으로 뻔뻔스럽게 말했다.

"과연 거짓말이 좀 섞였던 것 같습니다."

"이제야 알았느냐, 히사히데?"

"그렇습니다. 정말 대장님의 눈은 속이지 못하겠군요."

능청스런 얼굴로 계속 지껄여대자 이번에는 이케다 가쓰사부로가 당황하며 노부나가를 바라보았다.

"좋아, 잠깐 기다려라. 가쓰사부로. 좀더 들어보기로 하자."

"고맙습니다…… 라고 말하고 싶지만 정직하게 말씀드려서 이 자리에서 저를 베시면 지금까지의 인내가 수포로 돌아갈 것 아닙니까?"

"히사히데!"

"예."

"그대는 시시한 것도 없는 것보다는 낫다고 하면서 실은 나더러 좀 더 비싸게 사달라는 말이지?"

"황송합니다만 사실이 그렇습니다. 현재 수도권 일대를 아무리 둘러보아도 이 히사히데만 한 기량을 가진 자는 찾기 어려우실 겁니다."

과연 히사히데는 산전수전을 다 겪은 늙은 너구리. 처음부터 노부나가가 자기를 죽일 생각이 없었음을 간파하고 넉살 좋게 무릎을 내밀고 있는 것이다.

"아시다시피 이 히사히데 또한 한때는 천하를 손에 넣으려고 했을 정도인 사나이. 따라서 웬만큼 감복할 만한 상대를 만나지 않는 한 마음으로부터 항복하겠다는 말은 하지 않습니다."

"남의 일 말하듯 하지 마라, 너구리 같은 놈아. 그 정도는 처음부터 알고 있었기에 용서했던 것이다."

"그런데 이 히사히데도 이번에는 정말 감동했습니다. 우리 돈줄인 사카이의 상인들로부터 사만 관이나 되는 돈을 갹출하고, 또 겨우 150기로 미요시 군을 무찌르면서도 본거지는 미동도 하지 않았지요. 그러나 오직 한 가지, 대장님도 간과한 것이 있는 듯합니다."

"히사히데! 더 이상 지껄이지 마라."

노부나가는 상대의 뻔뻔스러운 태도에 어이가 없는 듯 소리 질렀다.

"그대는 이번 반란이 자신의 공로였다고 말하고 싶겠지. 그 정도도 모를 노부나가라고 생각하느냐?"

"아니, 그것도 꿰뚫어보시고……?"

"알고 있기에 접견한 것이다. 그대는 아사쿠라 요시카게가 세운 작전의 허를 찔러 성공하는 경우에는 수도권 일대를 그대 손에 넣고,

뜻대로 되지 않으면 이 노부나가에게 그 계획을 팔 생각으로 배후에서 미요시 군을 선동했어. 속셈이야 어떻든 그 공을 인정하기에 현재의 영지만은 소유하도록 하겠다. 하지만 그 이상은 바라지 마라."

"황송합니다. 그러나……"

"더 이상 듣고 싶지 않다. 물러가라!…… 아니, 기다려라."

"예, 예."

"좀더 많은 영지를 원한다면 표리가 없는 마음으로 새로 공을 세우도록 하라. 천하는 그대의 노리개가 아니야. 자비를 베푸는 것도 한계가 있는 법. 앞으로 다시 잔재주를 부리면 그때는 목숨이 살아남지 못할 것이다. 알겠나? 알았거든 물러가서 뱃속을 깨끗이 씻고 나오너라."

엄한 어조로 말하고 나서 노부나가는 긴장해 있는 가쓰사부로에게 이렇게 말했다.

"언젠가는 쓸모가 있을 것이다. 두 사람에게 서약서를 쓰게 하고 인질을 잡은 뒤 밥이라도 먹여 돌려보내거라."

"예."

이번에도 노부테루보다 히사히데가 먼저 머리를 조아리고 대답했다.

새로운 종

마쓰나가 히사히데도 이번만은 거짓이 아니라 진심으로 노부나가에게 심복할 것처럼 보였다.

히사히데와 같은 복잡하고 기묘한 성격을 가진 인물은 상대가 자신의 역량을 인정하지 않는 한 몇 번이나 농간을 부리지만 그 대신 상대가 자기를 인정한다고 여기면 의외로 도움이 되기 마련이다.

그런 점에서 히사히데와 미쓰히데는 일맥상통하는 면이 있는지도 모른다. 그들에게 노부나가는 무서운 존재인 동시에 자기를 누구보다도 잘 알아주는 거목이다.

이리하여 마침내 교토에서 미요시 일당의 영향력을 몰아낸 노부나가의 진용은 광대한 영지에 걸맞은 거대하고 울창한 인재의 숲이 되었다.

무엇보다도 먼저 인재를!

여기에 심혈을 기울였던 노부나가의 목적은 에이로쿠 12년(1569)

에 이르러 마침내 금은, 무기, 말 등 어느 것 하나 부족함 없이 문자 그대로 패자覇者의 위용을 갖추고 천하에 군림하기 시작했다.

이해 3월 15일에 기후 성으로 찾아와 노부나가를 만난 선교사인 프로에는 노부나가를 '기후 왕'이라 부르고 4월 8일에는 교토에서의 선교宣教를 허락받아 난반지南蠻寺°를 세웠는데, 이해 무렵부터 노부나가는 확실히 '왕자'로서의 실력과 품격을 완전히 갖추게 된다.

여기서 그 새로운 진용의 당당한 면모를 기록해 보면,

총대장 오다 노부나가

7부장副將 (장남) 노부타다

(차남) 노부오

도쿠가와 이에야스

(삼남) 노부타카

오다 노부즈미

오다 노부카네

오다 노부마스

8각장角將 시바타 가쓰이에

사쿠마 노부모리

니와 나가히데

기노시타 도키치로

다키가와 가즈마스

아케치 미쓰히데

삿사 나리마사

쓰쓰이 준케이

9조장爪將 마에다 마타자에몬

아라키 무라시게

야나다 마사쓰나

후와 우지나카

하치야 요리타카

이나바 사다미치

가와지리 시즈요시

이가 미쓰토시

가모 가타히데

그 밑에 12아장牙將, 36비장飛將, 근시 5익장翼將, 호로슈母衣衆 등의 장수가 있고, 이들 가운데는 다카야마 우콘, 나카가와 요리베에, 가나모리 고로하치, 이케다 가쓰사부로, 호소카와 요이치로, 모리 산자에몬, 모리 신스케, 이치바시 나가토시, 다케나카 한베에, 구로다 간베에, 히라테 겐모쓰, 핫토리 고헤이타, 호리히사 다로 등 일기당천의 실력자가 즐비해 있었으므로 이미 하루아침에는 무너질 수 없는 대단한 진용이었다.

게다가 예의 마쓰나가 히사히데와 호소카와 후지타카가 있고 또한 기타바타케, 간베, 이코마, 스가야, 하세가와, 무라이 등이 있었다. 이들이 평시에는 중신이 되고 행정관이 되어 지모를 다해 노부나가를 보좌했으므로 일찍이 나고야 성에서 혈육 간의 다툼에 시달리던 때를 상기하면 그야말로 꿈속의 꿈이라고 할 수밖에 없는 엄청난 비약이었다.

물론 에치젠의 아사쿠라 요시카게는 미요시의 잔당들이 망동하는 바람에, 봄이 되기도 전에 노부나가가 이런 대대적인 진용을 갖추게 된 것을 보고 이를 갈았을 것이 분명하다.

어쨌든 노부나가는 요시카게가 움직이지 못하는 겨울 동안 진용을 정비하고는 예정대로 쇼군 아시카가 요시아키를 위해 니조 무로마치에 광대한 저택을 지어주었다.

다이묘들의 협력을 얻는 데 어려움이 없을 뿐만 아니라 아케치 미쓰히데, 호소카와 후지타카 등 풍류를 아는 자들이 각지에서 모은 유명한 석재와 목재로 지은 것이어서 그 호화로움은 당사자인 요시아키가 눈이 휘둥그레질 정도였다. 이것은 교토의 민심을 안정시키는 훌륭한 계기가 되었다.

4월 14일 저택이 완성되자, 노부나가는 당당하게 요시아키를 이곳으로 모시고 나서 이번에는 아사야마 니치조朝山日乘 대사에게 궁전을 재건하기 위한 설계를 하도록 명했다.

그리고 이 설계가 이루어지는 동안 전의 천황(고나라後奈良 천황)에게 제를 올릴 비용조차 없어 고민하던 오기마치正親町 천황에게, 자기뿐 아니라 도쿠가와로 성을 바꾼 마쓰다이라 이에야스에게까지도 2만 필을 바치게 하여 비용을 마련했으므로 천황의 기쁨은 이루 말할 수 없을 정도였다.

"내년에는 드디어 교토에서 정말 봄다운 봄을 맞이할 수 있게 되겠군."

"노부나가 공은 교토 재건의 큰 은인이야!"

"그 정도로 강한 분이라면 난폭하기 마련인데, 소문으로 듣던 기소 요시나카와는 하늘과 땅 차이로군. 관직도 마다하고 여색에도 빠지지 않다니 전대미문의 일일세."

"옳은 말이야. 이번에 궁전이 완성되면 노부나가 공을 위해서라도 교토 사람들이 모두 나서서 축제를 열어야겠어."

이런 말들이 나돌고 있을 때 드디어 요도 강淀川 연변과 도바鳥羽,

후시미伏見 가도를 가득 메우며 궁전 건립에 쓰일 건축자재가 속속 운반되어 왔으므로 교토의 활기는 넘치고도 남을 정도였다.

더구나 이번에는 궁전을 건립하는 일이어서 목수, 미장이, 석수와 대장장이 등의 장인에 이르기까지 모두 옛날 격식대로 하카마袴°에 에보시烏帽子°를 쓰게 하는 복고풍의 공사였다.

한편 시조 호몬마치四條坊門町에 저택을 얻은 구교의 선교사들이 커다란 남반지를 세웠는데, 여기서는 일찍이 들어본 적이 없는 이상한 음악이 아침저녁으로 흘러나왔다.

노부나가는 민심을 일신하고 훌륭한 미풍을 다시 부흥시키면서 규율 있는 새 시대의 도래를 분명히 민중의 인상에 남기려 했다. 그리고 자기 자신은 늠름한 말에 서양식 안장을 얹고 역시 새로운 서양식 모자와 옷차림으로 시내를 돌아다니면서 재료 운반을 지시하기도 했다.

물론 아직은 이런 일에만 몰두하고 있어도 될 시대가 아니었다. 그의 활동이 눈부실수록 천하를 노리는 다른 무장들이 더욱 초조할 테니까…… 그러나 에이로쿠 12년이라는 해는 노부나가에 의해 일본 역사가 분명히 근대로의 길을 걷게 된 특기할 만한 해였다는 점을 잊어서는 안 된다.

그리고 이듬해인 겐키元龜 원년(1570년 4월 23일에 연호를 고침)의 봄이 되자 노부나가는 자못 궁전의 조성과 교토의 부흥에 전력을 다하는 체하면서 드디어 다음 계획을 실천에 옮겼다.

이해 노부나가는 서른일곱. 심신이 모두 왕성하게 활동할 나이였다.

내 세상의 봄

"소문 들었나? 우리 대장이 금년에 교토에서 성대한 꽃놀이를 하실 계획이라네?"

"물론 들었지. 우리들한테까지 참석을 허락하셨어. 지금까지 수고가 많았다, 궁전의 조성도 예정대로 진행되고 있으니 일생일대의 대대적인 꽃놀이를 하겠다고."

"그뿐만이 아니야. 도중에 씨름 대회까지 연다고 하더군."

"뭐, 씨름 대회?"

"아직 모르고 있었나? 대장은 교토를 손에 넣더니 너무 선심을 쓰는 게 아닌가 하는 소문도 돌고 있어."

"대관절 씨름 대회를 어디서 연다고 하던가?"

"상경하는 도중에 오미의 조라쿠 사常樂寺라는 절의 경내에서 연다는 거야. 씨름에 미치다시피 한 후세구라 슌안不瀨藏春庵 님이 그 일로 오와리와 미노와 북부 이세를 비롯하여 교토 일대를 누비고 있다더군."

"무엇 때문에?"

"장사꾼들을 모으기 위해서지. 사방에 푯말을 세우고 표찰을 붙이거나 하면서 이번에 노부나가 님이 상경하는 도중에 평화 속에 맞이한 봄을 축하하기 위해 씨름 대회를 열기로 했다. 낭인이나 농부, 상인을 불문하고 자신 있는 장사는 기꺼이 오미의 조라쿠 사에 모이기 바란다. 승리한 장사는 말할 것도 없고 참가한 자 모두에게 푸짐한 상을 내릴 것이다. 또한 가능성이 있는 자는 그 자리에서 즉시 가신으로 발탁할 것이니 연령을 불문하고 누구든지 참가하기 바란다."

"그, 그게 정말인가?"

"왜 거짓말을 하겠나. 이 때문에 기후 부근에서도 하던 일을 집어치우고 오미로 가는 자도 있어."

"으음, 그 소문이 사실이라면 대장은 마음이 약간 해이해졌는지도 몰라."

"그럴 수도 있지. 더구나 이번 꽃놀이에는 매제인 도쿠가와 님도 교토로 초대한다더군."

"도쿠가와 님까지?"

"그래. 도쿠가와 님은 미카와의 잇코 종 신도가 일으킨 반란을 진압하고 가이의 다케다 가문과 스루가, 도토미를 분할한 뒤 히쿠마노曳馬野(하마마쓰浜松) 성으로 옮겨 한시름 놓고 있을 때이므로 도쿠가와 님을 초대한다는 거야…… 꽃구경만으로도 위험할 지경인데 도중에 씨름 대회까지 열 필요는 없지 않을까?"

"으음."

"아무래도 대장은 그 바테렌(선교사)인가 하는 남만인南蠻人을 성으로 부른 후부터 약간 이상해졌어. 그에게 홀린 건지도 몰라."

"그런 것도 같군."

"듣자 하니 그 바테렌에게 교토에 큰 사원을 지어주었다고 하더군."

"그 소문은 나도 들었어."

"그 사원에 에이로쿠 사永祿寺라는 이름을 붙이게 했기 때문에 히에이잔의 고승들이 크게 화를 내고 있다는 거야. 수상한 남만인의 사원에 우리 나라 연호年號를 이름으로 사용하게 허락하다니 말이 되느냐면서."

"듣고보니 정말 이상한 일인걸."

"혹시 대장이 성을 비운 동안 다케다나 아사이, 아사쿠라가 움직이면 어떻게 될까. 그건 위험한 일이야."

"설마 그렇지는 않겠지. 하지만 꽃놀이는 좀 이르다는 생각이 드는군."

"그래, 1년은 이른 것 같아. 하다못해 궁전이 완공되었다면 몰라도 아직 공사가 진행 중인데, 꽃놀이를 한다, 씨름을 한다…… 이것은 별로 좋은 일이 아니야."

이런 소문이 기후 성 일대에 나돌 무렵, 이번 행사의 총책임을 맡게 된 기노시타 도키치로 히데요시는 기후의 자기 집에서 아내인 네네에게 여장을 준비하게 했다.

"이봐, 오다 가문의 으뜸가는 공신, 큰 기둥은 누구와 누구일까?"

교만한 표정으로 더운물에 만 밥을 먹으면서 물었다.

"그야 역시 니와 님과 시바타 님이겠지요."

히데요시의 아내 네네와 마에다 도시이에의 아내 오마쓰는 모두 노히메가 여자로 태어난 것이 아깝다고 칭찬했을 정도의 여장부였다. 그런 만큼 네네는 히데요시의 질문을 받자 교토에 가져갈 내의 등을 챙기면서 즉석에서 대답했다.

"으음, 역시 그렇다는 말이지. 그럼, 두 사람에게 씨름을 시키면 누가 이길까?"

"뭐, 뭐라고 하셨습니까?"

"두 사람에게 씨름을 시키면 누가 이기겠느냐고 물었어."

"원, 이런……"

네네는 눈이 휘둥그레져 한숨을 쉬었다.

"대장님의 머리가 좀 이상해지셨다는 소문이 돌고 있는데 덩달아 당신도 그렇게 되셨군요."

"그렇게 보이나?"

"설마 오미의 조라쿠 사에서 두 분에게 씨름을 하게 할 생각은 아니겠죠?"

"아니, 그렇게 하면 재미있겠다는 말이야. 그런데 만약 씨름을 시키면 어느 쪽이 이길까, 네네?"

"그야 니와 님이겠죠. 훨씬 젊으시니까."

"으음, 니와가 이긴다는 말이지. 좋아, 결정했어."

"무엇을 결정했다는 말인가요? 정신이 나가서 니와 님과 씨름이라도……"

"왓핫핫하, 능청을 떠는군. 내가 씨름을 할 수 있겠나. 씨름을 하면 나이 어린 가토 도라노스케加藤虎之助(가토 기요마사清正)도 이기지 못해."

"그럼, 어째서 그런 이상한 것을 물으시는 거예요?"

"네네, 나무 밑(히데요시의 성인 기노시타木下는 나무 밑을 가리킴)이란 별로 좋지 않아."

"나무 밑…… 이라면 바로 당신의 성이 아닌가요?"

"나는 이 성이 너무 하찮아서 마음에 들지 않아. 좀더 그럴듯한 성이 필요해."

"어머나!"

"그래서 시바하柴羽로 바꿀까 하시바羽柴로 바꿀까 생각하는 중이었어. 그런데 니와丹羽가 시바타柴田를 이길 거라고 하니 하시바로 바꾸겠어. 이기는 쪽이 위니까."

입을 열기만 하면 뜻밖의 말을 하여 상대를 놀라게 하는 히데요시였으나, 자기 성을 바꾸는 데 씨름 이야기와 결부시키다니 얼마나 엉뚱한 일인지 모른다. 네네는 어이가 없어 잠시 멍해졌다.

"반대한다는 말인가, 그대는?"

"아니, 그런 것은 아니지만 하필이면 남의 성에서 한 자씩 빌리다니 영문을 모르겠어요."

"나는 지혜가 너무 많기 때문이야."

"지혜가 너무 많다면 달리 생각해볼 만도 할 텐데요."

"여기에는 이유가 있어."

히데요시는 네네를 일깨우듯 바라보면서 말해주었다.

"이 가문의 큰 충신인 시바타 님과 니와 님을 본받고 싶어 한 자씩 빌려 성을 하시바로 고쳤다."

"어머나."

"이것은 표면적인 구실이고, 실은 두 사람이 덤벼도 나를 이기지 못한다. 즉 이 히데요시는 니와와 시바타를 합친 것보다도 훨씬 더 뛰어난(秀) 좋은(吉) 사나이라는 의미가 되기도 해. 알겠나? 알았으면 밥을 한 그릇 더."

"호호호……"

드디어 네네는 웃음을 터뜨렸다.

"그럼, 이번의 씨름 대회도 당신과 대장님이 지혜를 짜냈군요."

"뭐, 뭣이? 이상한 소리를 하는군. 씨름이 어쨌다는 거야?"

"아니, 됐어요. 아무 말도 하지 않겠어요. 공연히 입을 열었다가 원숭이님이 꾸중이라도 하시면 무서우니까 가만히 있겠어요."

네네는 히데요시가 내민 그릇에 밥을 퍼서 건넸다.

"네네!"

"예."

"그대는 또 나는 원숭이라고 불렀어."

"그야 뭐……"

"원숭이라는 말은 대장에게 듣는 것만으로도 충분해. 벌을 주겠어. 얼굴을 이리 내밀어."

네네가 하라는 대로 얼굴을 가까이 가져오자 히데요시는 때리는 대신 살짝 자기 얼굴을 갖다대더니 싱긋 웃었다.

"지혜도 너무 많으면 좋지 않아."

"정말이에요. 위엄 있는 성을 가지면 도리어 웃음거리가 될지도 몰라요."

"뭣이……"

"사루다猿田라거나 사루자와猿澤와 같은, 원숭이라는 글자가 들어가는 성보다는 하시바가 좋겠어요."

네네는 익살스럽게 말하고 나서 이번에는 자기가 먼저, 젓가락을 들고 있는 히데요시에게 사마귀가 있는 쪽 뺨을 대면서 생긋 웃었다.

"어때요, 나도 지혜가 있죠? 원숭이라는 말을 세 번이나 했으니까요."

"요것이! 요 깜찍한 것이!"

히데요시는 녹아들 듯한 표정으로 무섭게 뺨을 비벼댔다.

"알겠지, 씨름에 대해서는 남에게 말하면 안 돼."

"예. 싸우더라도 목숨은 잃지 마세요. 밤에 감기 걸리지 않도록 조심하시고요."

네네와 히데요시 사이에는 노부나가와 노히메의 경우와는 다른 묘한 재치와 훈훈한 분위기가 있었다.

조라쿠 사의 씨름

히데요시가 네네에게 잠자코 있으라고 말할 정도이므로 이번 씨름 대회에도 노부나가는 무슨 깊은 생각이 있음이 틀림없다.

어쨌든 무슨 비책이 있는지는 모르나, 큰 전쟁의 수송대와도 같은 행렬에다가 씨름대회에 쓸 상품을 산더미처럼 싣게 하고 하타모토旗本°와 함께 기후를 떠난 것은 2월 25일이었다.

음력 2월 25일이라면 산맥 저편의 호쿠리쿠에서는 아직 눈이 덜 녹았을 것이나, 도카이도에서는 앞으로 일주일이면 벚꽃이 필 정도여서 이미 가도에는 봄빛이 완연했다.

"아, 복숭아꽃이 벌써 만발했군."

평복을 하고 말을 몰던 노부나가는 기분이 좋은 듯 이번 일의 총책임자인 히데요시를 불렀다.

"어떤가, 장사들이 조라쿠 사에 얼마나 모였나?

"글쎄 그게 말입니다."

"그럼, 별로 모이지 않았다는 말인가?"

"아닙니다. 천하의 장사라고 자칭하는 젊은이가 무려 2천 4,5백 명이나 모였기 때문에 후세구라 안 님도 그만 눈이 휘둥그레졌습니다."

"허어, 모두 평화가 온 것을 기뻐하는 모양이군. 그런데 그렇게 많이 모였다면 이틀 동안에는 도저히 끝내지 못하겠는데."

"그래서 조라쿠 사에서는 벌써 이른 아침부터 씨름이 시작되었을 겁니다."

"뭣이, 벌써 시작했다는 말인가?"

"그렇지 않으면 대장님이 전부 보실 수 없습니다. 예선을 거쳐서 승자끼리 겨루는 장면을 대장님께 보여드릴 생각입니다."

"으음, 그렇기는 하군."

이리하여 노부나가가 앞서 롯카쿠 쇼테이가 조상을 모셨던 묘진明神 신사와 이어져 있는 비와 호琵琶湖에 인접한 조라쿠 사에 도착한 것은 이튿날인 26일.

노부나가도 도착해 씨름판을 둘러보고는 눈이 휘둥그레졌다.

이곳에 모인 장사의 수도 대단했으나 구경하러 온 사람들은 그 수십 배나 되어 구경꾼들이 인근 부락은 물론 아즈치安土 산기슭의 숲까지 가득 메우고 있었다.

"아, 대장님이 도착하셨다."

"엄청나군. 상품을 싣고 온 말이 3백 필은 될 것 같아."

"내일은 정말 볼 만하겠어."

"좋은 세상이 됐어. 여기 묵으면서 씨름 구경 할 수 있게 되다니."

구경하러 온 군중은 저마다 평화를 구가했으나 씨름에 나설 장사들은 그렇지 않았다. 이들은 절과 신사 주변에 임시로 마련한 동서

양편의 숙소에 묵으면서 결전을 맹세했다.

"내일의 한판으로 출세를 하느냐 못하느냐가 달려 있으니 절대로 양보할 수 없어."

"물론이지. 상대를 죽이는 한이 있어도 이겨야 해."

"대장의 눈에 띄면 그 자리에서 발탁할 수도 있다고 했으니까."

"그래. 천하는 이미 노부나가 공의 것이 되었어. 잘 보이면 이 천하님의 하타모토가 되는 거야."

그들 대부분이 이 씨름판을 통해 출세하려는 야심에 불타고 있었으므로 후세에 행해진 축제 때의 씨름과는 전혀 다른 활기에 넘쳐 있었다.

낭인이 있는가 하면 벤케이弁慶°와 같은 승병도 있다. 또 본직이 씨름꾼인 자도 있고 불량배도 있으며 장사꾼도 있다……

그들은 마침내 이튿날 다섯 점 반(오전 9시)부터 산더미 같은 상품을 곁눈으로 바라보며 씨름판 주위에 모였다.

이날 노부나가는 아침에 일어나자마자 여느 때처럼 말달리기를 하면서 가까이 있는 아즈치 산에 올라가 사방의 경관과 조용한 호수를 잠시 바라보았다.

시대의 큰 별이 된 이 풍운아가 산정에 서서 무엇을 생각하는지 그 마음은 누구도 알 리 없었으나, 산에서 내려와 조라쿠 사 주지의 방에서 조반을 먹고 본당 정면의 마루에 앉아 씨름판을 내려다보고 있을 때의 노부나가는 이미 소년 시절부터의 씨름 애호가, 열렬한 지지자였다.

당일의 주관자는 말할 나위도 없이 후세구라 안. 그가 하카마의 양옆을 높이 쳐들고 동서에 있는 씨름꾼의 이름을 부르자, 이미 예선을 끝낸 승자들이 살기를 띠고 씨름판에 나타났다.

히데요시는 경비를 책임졌으므로 계속 경내를 돌아보고 있었으나 시바타, 사쿠마, 니와, 마에다, 삿사, 야나다, 하치야, 가모 등은 모두 노부나가의 좌우에 자리잡고 씨름판에 올라오는 장사들에게서 눈을 떼지 않았다.

그들 역시 눈에 띄는 장사가 있으면 고용하겠다고 생각했기 때문일 것이다.

그런데 여기가 오미 땅인데도 불구하고 아사이 부자만은 자리에 모습을 나타내지 않았다.

어쩌면 에치젠의 아사쿠라 가문을 꺼렸기 때문인지도 모른다.

첫날의 우승자는 아오치 요에몬青地與右衛門이라는 낭인과 다이토 쇼켄大唐正權이라는 승려였는데 이 두 사람의 승부는 이튿날로 미루어졌다.

오랫동안 중단되었던 이 성대한 행사를 축하하기라도 하는 듯 이튿날도 활짝 개어 씨름판에 올라온 장사들의 체격이 더 우람해 보였다.

오늘의 상대는 조코 기와하라 사長光河原寺의 다이신大進과 구다라 사百濟寺의 시카鹿.

나마즈에鯰江의 마타이치로又市郎와 미야이 간자에몬宮居眼左衛門.

구다라 사 시카의 동생 고시카小鹿와 아오치 요에몬.

특히 다이토 쇼켄과 낭인인 후카오 마타지로深尾又次郎의 대결은 그야말로 조라쿠 사의 숲을 뒤흔드는 듯한 대열전이어서 노부나가마저 몸을 앞으로 내밀고 정신없이 부채를 휘두를 정도였다.

결국 마지막 승자는 아오치 요에몬, 그 다음은 나마즈에의 마타이치로였는데, 노부나가는 두 사람을 즉시 발탁했다.

발탁과 동시에 교토로의 수행을 명령받았기 때문에 이번에는 그 두 사람이 거기 모인 장사 중에서 각각 부하를 선발했다.

처음부터 구경하고 있던 장수들도 각각 눈에 든 인물을 고용하고, 또 이렇게 해서 고용된 사람이 저마다 부하를 택함으로써 등용되기를 바라는 자가 순식간에 동이 났다. 그리하여 29일에 노부나가의 행렬이 교토를 향해 조라쿠 사를 떠났을 때 그 수는 전에 비해 다섯 배나 늘어났다.

"대장님은 역시 놀라운 분이야. 혹시 교토에서 다시 한 번 씨름 대회를 열지 않을까?"

"그럴지도 몰라. 하타모토의 수보다 장사의 수가 더 많아졌으니까."

"하지만 씨름을 너무 좋아하시는 것 같아."

"약간 정도가 지나치다는 생각이 들기는 해."

"니조에 쇼군의 저택을 지었고 궁전의 조성에도 돈이 모자랄 지경인데 씨름에까지 돈을 물 쓰듯 하다니……"

행렬 중에서 도보로 가는 아시가루들이 계속 이런 말을 나누고 있을 때 당사자인 노부나가는 개의치 않는 듯했다.

"도키치로, 이리 가까이 와. 어떤가, 원숭이는 저 산을 어떻게 생각하나?"

"저 산…… 은 아즈치 산입니다마는."

"그래. 여기서 바라보니 호수를 끼고 솟아 있는 모습이 무어라 말할 수 없을 만큼 훌륭하군."

"예. 그렇다면 저 산을 선물로 가져갈까요?"

"능청스런 녀석. 아무리 노부나가라도 산은 옮기지 못해. 그러나 이용하기에 따라서는 큰 도움이 될 수 있을 거야."

그러자 히데요시는 말을 바짝 가까이 대고 목소리를 낮추었다.

"밑에서 정상에 이르기까지 전부 한 건물로 보이는 거대한 성을 쌓고 싶으신 거군요."

"쉿!"

노부나가는 눈을 번쩍 빛내고 말했다.

"아사이가 불안하게 여길 거야. 그런 말은 하지 마라. 그러나 교토와의 왕래가 잦아지면 기후는 너무 거리가 멀어."

"그렇다고 교토에 계속 머무르실 수는 없지 않습니까?"

"뻔한 소리를 하는군. 내가 교토로 본거지를 옮기면 사사건건 조정에 폐를 끼치게 돼. 수도란 병화兵火에서 멀리 떨어져 있어야 하는 거야. 이 점만은 분명히 기억해두어야 한다."

그러면서 다시 한 번 돌아보자 호수 오른쪽으로 보이는 아즈치 산이 더할 나위 없는 매력으로 노부나가를 사로잡는 것이었다.

다도茶道에의 집념

　노부나가는 교토에 도착하자 우선 덴야쿠노카미典藥頭 벼슬에 있는 나카라이 로안半井驢庵의 집에 들어가 꽃놀이 준비를 시작했다.

　곧바로 니조에 있는 쇼군의 새 저택으로 가지 않은 것은 그 전에 교토 시민의 솔직한 목소리를 듣고 싶었을 뿐 아니라 또 다른 중요한 이유가 있었기 때문이다.

　"로안 님, 쇼군은 새 저택이 마음에 드신다고 하던가요?"

　"예, 그야 물론……"

　조정이나 아시카가 가문에 대해 잘 알고 있는 로안은 입버릇처럼 이렇게 대답하다가 얼른 입을 다물었다.

　너무 입에 발린 소리를 하여 노부나가에게 경멸당하지 않을까 싶었기 때문이다. 그러고는 잠시 후,

　"아무튼 옛날 아시카가 요시마사 공이 무척이나 아끼시던 명산대천의 돌과 호소카와 저택에 있던 아름다운 수석壽石까지 정원에 옮

겨왔기 때문에 사카이의 다인茶人들이 여간 부러워하지 않아……"

"그게 아니오, 로안 님. 나는 사카이의 다인 이야기를 하는 것이 아니오."

"예…… 예."

"쇼군이 나의 호의를 진정으로 기뻐하시는지를 물었소."

"그 일은 저어…… 그러니까 너무도 과분한 친절을 베푸셨기 때문에 그분은 불행하게 자라신 어른이라 도리어, 혹시 저의가 있는 것이 아닌가 하여 의아해하시는 면이 없지도……"

"하하하, 알겠소. 그러니까 지금도 에치젠의 무리가 은밀히 출입하고 있다는 말이군요."

"그, 그것을 알고 계셨습니까?"

로안은 되도록 그 일에 대해서는 말하고 싶지 않다는 표정이었다.

"주군의 이번 상경에 사카이 사람들은 깜짝 놀라는 것 같습니다."

"또 사카이 이야기를 꺼내시는군."

"예. 오다 공께서는 교토에서 꽃놀이가 끝나면 사카이에 있는 귀한 명품들을 모두 구입하겠다고 하셨다면서요?"

"그렇소. 지금부터 니와 고로자에몬이 곧 사카이에 가서 돈을 아끼지 않고 명품을 사들일 것이오."

"바로 그 이야기입니다. 그렇게 되면 숨겨두었다가 나중에 꾸중을 듣느니 모두 진품을 가지고 와서 노부나가 공에게 헌납하는 편이 좋지 않겠느냐는 말이 나돌고 있는 듯합니다."

"하하하, 재미있군. 나는 말이오, 염원이던 궁전의 조성에도 착수하고 교토 일대도 평정했으므로 이번 꽃놀이를 계기로 좋아하는 씨름을 즐기면서 명품을 수집하고 다도에도 취미를 붙일 생각이오. 당신은 그 방면의 달인이니 좀 지도해주시오."

"예. 그야 물론."

다시 입버릇처럼 대답했으나 이번에는 로안도 머뭇거리지 않았다.

교토의 상인들이 노부나가의 존왕尊王 정신에 마음으로부터 경모하고 있다는 것. 특히 교토의 시민들에게 쌀을 빌려주고 그 이자를 오기마치 천황에게 헌납하여 생활을 안정시켜 주는 데 대해 뜻있는 시민들은 감격하고 있다는 말을 했다.

당시 천황의 생활은 극도로 곤궁하여 그 넓은 궁전에 있는 하인의 수가 겨우 열두세 명에 불과했고, 무너진 토담 사이로 아이들이 들어가 보면 어느 건물이나 황폐하기 짝이 없어 도깨비가 나올 것 같아 오래 놀 수 없을 정도였다.

그런 만큼 궁전의 조성은 그렇다 치더라고 나날의 일용품을 헌납하지 않으면 생활을 할 수 없는 형편이었다. 물론 이런 사정에 처한 황실에 금은을 헌납하여 처리하기란 쉬운 일이다. 그러나 노부나가는 이렇게 하지 않고 시민들에게 쌀을 빌려주고 그 이자를 헌납하는 방법을 써서 백성과 황실의 유대를 긴밀하게 했다.

그렇게 해서 헌납하는 쌀이 다달이 15석.

이것은 1년 동안 180석으로 생활해야 하는 것이 되므로 황실이 얼마나 어려운지를 상상하게 하는 동시에 그 사실을 민중들이 분명히 알도록 한 것이다. 이러한 노부나가의 시책에 뜻있는 시민들은 감격하고 있다는 것이 로안의 말이었다.

노부나가는 로안의 집에 일주일 동안 머물렀다. 그리고 3월 7일이 되자 도토미의 히쿠마노 성을 하마마쓰 성으로 이름을 바꾼 도쿠가와 이에야스가 노부나가의 꽃놀이 초청을 받고, 팔백에 가까운 군사의 호위를 받으면서 조심스럽게 교토에 도착하여 즉시 숙소로 정해진 쇼코쿠 사相國寺로 들어갔다.

용과 호랑이의 전략

노부나가가 쇼코쿠 사로 이에야스를 찾아간 것은 그 이튿날인 8일이었다.

교토에서는 벚꽃이 하나 둘씩 피기 시작하여 성급한 시민들이 벌써부터 꽃의 명소를 찾기 시작할 무렵이었다.

이에야스는 노부나가가 찾아오자 직접 현관에까지 나가 맞이했다.

"먼저 인사를 드리러 가야 하는데 이렇게 방문해주시니 황송합니다."

"아니, 그대는 교토에 익숙지 않고 또 나는 아직 니조의 저택에도 들어가지 않아 야행 중인 몸일세."

노부나가는 가볍게 손을 젓고 객실에 들어가 새삼스럽게 이에야스를 바라보았다.

옛날 미카와의 인질로 자기 집에 머물던 여섯 살 때의 이에야스. 그리고 스물한 살이 되던 해의 정월에 기요스 성에 와서 노부나가와 동맹을 맺었을 때의 이에야스.

그 이에야스가 스물아홉이 되어 여기서 노부나가와 세번째 만나게 된 것이다.

"미카와의 아우님."

"예."

"참으로 반갑군. 그로부터 8년이 지났군."

"그렇습니다. 감개무량합니다."

"나는 약속한 대로 교토의 땅을 밟았네. 그대 역시 약속대로 동쪽으로 나가 도토미를 손에 넣었어. 그러나 할 일은 이제부터일세."

노부나가가 이렇게 말하자 이에야스는 천천히 손을 저었다.

"그대들은 모두 나가 있게."

그러자 같이 있던 사카이 다다쓰구酒井忠次와 오쿠보 다다요大久保忠世, 혼다 다다카쓰本多忠勝 등의 중신이 물러났다.

"여전히 조심성이 있군."

"이 자리에서 하는 이야기가 누설되어 저들이 의심이라도 받게 되면 가엾으니까요."

"으음, 그렇군. 이야기가 누설되어 의심을 받으면 가엾다! 과연 자네다운 배려로군."

노부나가는 실눈을 뜨고 늠름한 모습에 중후감이 더해진 이에야스를 바라보았다.

"그러나 누설될 우려는 일단 없는 것 같아."

"듣자 하니 에치젠을 공격할 군사는 쇼라쿠 사에서 새로 모집하셨다지요?"

"하하하. 자네는 벌써 간파했군. 세상에는 내가 단지 씨름을 좋아하는 사람으로 통하는데도."

"항상 그렇지만, 참으로 놀라운 재략이십니다."

"아니, 놀란 쪽은 도리어 나일세. 아무도 모를 줄 알았는데 자네만은 꿰뚫고 있으니까. 영지의 일이 염려되어 병력을 되도록 기후에 머무르게 하고 싶었기 때문일세."

"그런데 아사쿠라 님은 이번 봄에도 역시 교토에 인사하러 오지 않으실까요?"

"올 리가 없지. 아무래도 쇼군 쪽에서는 내가 쇼군이 될 야심을 가졌다면서 아사쿠라 쪽과 내통하고 있는 듯해."

"으음."

무슨 말을 들어도 이에야스는 놀라는 기색을 보이지 않는다.

"역시 쇼군은 고생에 지친 분이군요."

"하하하, 그래. 자네처럼 고생을 교훈으로 삼지 못하는 인물인 것 같아. 행복해지면 그것을 그대로 받아들이지 못하고 이럴 리가 없다, 이제는 불행이 찾아올 때가 됐다, 그렇게 생각하면서 불행을 기다리는 성격이라면 불행해질 수밖에 없지."

"그렇다면 그런대로 좋은 것 아니겠습니까?"

"음, 그런대로 좋아. 처음부터 큰 기대는 하지 않고 있었네. 그러나 자네도 조심해야 할 걸세."

"쇼군…… 말씀입니까?"

"아니, 다케다를."

"으음."

"쇼군이 우리 눈을 피해 아사쿠라와 내통할 정도라면 반드시 다케다에게도 그렇게 할 거라고 보아야 하니까."

"하하하."

이번에는 이에야스가 재미있다는 듯이 웃었다.

"그렇다면 쇼군, 아사쿠라, 다케다가 연합하여 오다, 도쿠가와를 공격하겠다고 나설지도 모르겠군요."

"그렇게 되지는 않을 걸세. 그 전에 아사쿠라는 내가 섬멸할 테니까."

"준비는 되어 있습니까?"

"일단은 그렇다고 할 수 있지. 자네가 간파했듯이 쇼라쿠 사에서 장사들을 뽑아 교토로 소집해놓았고, 꽃놀이로 보이게 한 계략은 현재까지 아무도 눈치를 못 챈 것 같아."

"그럼, 일정은 이미 결정해 놓으셨습니까?"

"물론일세. 나는 내일 쇼군의 새 저택으로 옮겨 꽃놀이 준비에 착수하려고 하네. 되도록 많은 다이묘와 공경들을 초대할 생각이기 때문에. 물론 노能도 상연할 걸세. 그날은 14일쯤이라고 기억해두게."

"14일."

이에야스는 알았다는 듯 고개를 끄덕였다.

"그러면 무인으로는 누구누구를?"

노부나가는 손가락을 꼽으면서 말했다.

"자네를 위시하여 이세의 기타바타케, 히다의 아네노코지姉小路…… 어쨌든 그들도 영주니까. 그리고 하타케야마 다카아키畠山高昭, 호소카와 후지타카, 잇시키 시키부다유一色式部大夫……"

계속 손가락을 꼽아 나가다가, 문득 생각난 듯 말했다.

"참, 그 약아빠진 마쓰나가 단조도 불러야겠지. 교토에 있는 한 공경들이 모두 모일 테니까. 연극은 간제 다유와 곤바루金春 다유가 교대로 일곱 가지를 상연하도록 유칸 호인友閑法印을 통해 명해놓았어. 사흘 동안 연극을 관람하고 나서 이 달 중에는 에보시의 끈을 늦추고 교토 관광이라도 할 계획을 세워두게."

"이 달 중에는 교토 관광을?"

"그렇다니까. 여기서는 어디까지나 내 세상의 봄을 만난 것처럼 꾸미고 산 너머의 눈이 녹기를 기다려야 할 거야."

"눈이 녹으려면 그렇게까지 시일이 걸릴까요?"

"금년에는 유난히 눈이 많이 내렸다고 하더군. 물론 여러 곳에 첩자를 보냈으니 혹시 사나흘 정도 늦어질지 모르나 아무튼 대체로 그렇다는 말일세."

"알겠습니다."

"그리고 4월 초에 나는 니와 고로자에몬을 사카이에 파견하겠네."

"사카이에?"

"명품을 수집하기 위해서야. 이제부터 노부나가는 다도에 몰두할 거라는 소문을 퍼뜨리면서."

"하하하……"

"우스울 거야. 나도 때때로 우스운 생각이 들어. 사카이 녀석들이 당황할 테니까."

"그럴 테지요. 시골뜨기인 이 이에야스도 짐작이 갑니다."

"이렇게 해서 모두의 시선이 사카이로 향했을 때 영지로 돌아갈 준비를 하는 것처럼 보이고 출진 준비를 하겠다는 말일세."

"그러면 나머지 일은 준비가 끝나기에 달렸군요."

"그래. 우선 자네가 먼저 움직였으면 해. 그래서 오미의 사카모토에서 나를 기다리게 나는 한발 늦게 교토를 떠나 사카모토에서 자네를 만나 에치젠을 향해 갈 걸세. 다케다가 말한 것처럼 바람과 같이 강물과 같이 밀고 나가세."

"잘 알겠습니다."

"그때까지는 서로 교토의 봄에 취해 있는 것처럼 행동하세."

"하하하, 저는 그런 일이 가장 고역입니다마는."

"하기는 이 노부나가도 마음에 없는 다인 노릇을 해야 할 형편이 되었어."

"두 사람 모두 잘 어울리겠군요."

"천하를 위해서라고 생각하게, 아우님."

"그렇습니다. 난세의 암 덩어리를 하나씩 제거해나가는 수밖에 다른 방법이 없습니다."

"옳은 말일세. 그럼, 이 정도로 하고 근시를 부르도록 할까. 오랜 여행을 한 아우님의 가신이므로 이 노부나가가 선물을 주고 싶어."

"알겠습니다."

두 사람은 이런 말을 나누고 다시 한 번 얼굴을 마주 보며 웃고 나서 각자 평소의 표정으로 돌아가자 이에야스가 손뼉을 쳤다.

"거기 누구 없느냐. 이야기는 끝났다. 모두 들어와 오다 님에게 인사드려라."

에치젠 공격

이에야스와의 회견을 끝낸 뒤 비로소 노부나가는 니조에 있는 쇼군의 저택으로 가서 꽃놀이 준비에 착수했다. 이미 모든 지시를 내린 뒤여서 남은 일은 실행하는 것뿐이었으나……

3월 14일부터 3일간에 걸친 성대한 노의 흥행에 교토 사람들의 눈이 휘둥그레질 무렵부터 거리에는 두 가지 상반된 소문이 나돌기 시작했다.

"노부나가 공의 이번 상경은 에치젠을 공격하기 위해서라고 하더군."

"아니, 그럴 리가 없어. 그 말은 아사쿠라 님이 이 성대한 행사에 참석하지 않으셨기 때문에 나온 헛소문이야."

"그런 것만도 아닌 듯해. 그 증거로 노부나가 공은 오사카의 이시야마 혼간 사에 그 땅을 내놓으라고 교섭했다는 거야."

"혼간 사와 아사쿠라 공격이 무슨 관계가 있다는 말인가?"

"내 말을 들어보게. 노부나가 공은 이시야마 혼간 사가 있는 곳에 이즈미와 셋쓰, 가와치를 제압할 수 있는 큰 성을 쌓겠다는 속셈인 것 같아. 그런데 혼간 사 쪽에서는 한마디로 거절했다더군."

"허어, 노부나가 공의 제안을 거절하다니 혼간 사도 대단하군."

"물론 대단하다고 할 수 있겠지. 그러자 노부나가 공도 수상하게 여겨 첩자를 보내 알아보았더니, 혼간 사의 배후에는 에치젠의 아사쿠라와 가이의 다케다 등이 버티고 있다는 거야."

"하하하, 마치 자네가 노부나가 공의 첩자인 것 같군. 그러나 나는 에치젠을 공격한다는 소문은 사실이 아니라는 증거를 갖고 있어."

"뭣이, 자네야말로 첩자와 같은 소리를 하고 있군."

"정말이야. 노부나가 공도 미카와의 도쿠가와 이에야스 공도 이번에는 교토에서 느긋하게 지내려고 각각 자기 영지에서 한쪽은 부인, 다른 한쪽은 소실을 불러들였어. 나는 그 여자들의 행렬이 숙소에 들어가는 모습을 이 눈으로 똑똑히 보았네."

어떤 이들은 부인과 소실을 부를 정도라면 싸움은 생각지 않고 있다는 증거라고 주장하는가 하면, 또 어떤 이들은 그것이 책략일지도 모른다고 고개를 갸웃거리는 것이었다.

그러나 이런 소문도 4월 1일에 이르러 니와 고로자에몬이 마쓰나가 유칸과 함께 여러 필의 말에 수많은 금을 싣고 명품을 사러 사카이로 갔다는 것이 알려지자 어느 틈에 사라지고 말았다.

명품 수집과 싸움과는 전혀 관련이 없다. 그뿐만 아니라 꽃놀이가 끝나자 노부나가는 매일같이 궁전의 공사장에 나가 책임자인 오사와 오이노스케를 큰 소리로 독려하는 것이었다.

"오이노스케, 예정보다 늦어지면 용서하지 않겠다. 날마다 와서 지켜볼 테니 차질이 생겨서는 안 된다."

물론 이 태도도 출진할 기회가 무르익기를 기다리는 깊은 계략에서 나온 생각임은 말할 나위도 없다.

이미 에치젠으로 가는 통로는 열렸다. 무섭게 쌓였던 눈도 이미 녹고 파릇한 새싹들이 산과 골짜기를 수놓기 시작했고 그쪽으로 나간 첩자가 보고해왔으나 노부나가는 아직 움직이지 않았다.

유칸 호인과 니와 고로자에몬이 사카이에서 화제의 소용돌이를 몰고 돌아왔다.

"덴노지야天王寺屋의 소큐宗及가 결국 그 과자 그림을 헌납했다는 거야."

"그러게 말일세. 생명과도 바꿀 수 없다고 하던 그 보물을."

"야쿠시인의 고마쓰지마小送島(항아리 이름), 아부라야 쓰네스케油屋常祐의 홍귤나무 등이 모두 노부나가 공의 손에 들어갔다는 소문이 있어."

"노부나가 공은 이에 대해 막대한 사례금을 주었다고 하더군."

"풍류를 여간 좋아하는 분이 아니야, 노부나가 공은."

이런 소문 가운데 노부나가는 또 하나의 정보를 은근히 기대하고 있었다.

그것은 오다와라의 호조 우지마사와 에치고의 우에스기 겐신에 관한 동태였다.

이 양자는 서로 제휴하여 가이의 다케다 신겐과 대적하려는 분위기가 무르익어가고 있었다. 그렇게 되면 다케다 신겐은 이들의 견제를 받아 노부나가가 없는 기후를 칠 가능성이 적어진다.

아니, 노부나가만이 아니다. 다케다 신겐의 움직임을 견제할 자가 없다면 노부나가의 초대를 받고 교토에 간 도쿠가와 이에야스 역시 안심할 수 없는 상황이다.

드디어 4월 중순 기다리고 기다리던 그 정보가 도착했다.

호조 우지마사의 동생 우지히데가 우에스기 겐신의 양자로 오다와라 성으로 간 지 얼마 안 되어 겐신이 행동을 일으켜 고즈케上野의 누마타 성沼田城까지 진출하여 신겐을 위협하고 있다는 소식이었다.

우에스기 겐신 역시 가스가 산성春日山城에서 눈이 녹을 때를 기다렸음이 분명하다.

'지금이다!'

노부나가는 단안을 내렸다.

4월 18일, 우선 이에야스가 교토의 봄을 만끽했으므로 하마마쓰로 돌아간다는 명분으로 행동을 개시하고, 하루 건너 20일에는 노부나가도 기후로 돌아간다면서 교토를 떠났다.

그리고 현재 측근인 모리 산자에몬이 성주로 있는 오미의 사카모토 성에 들어가 미리 와서 무장을 갖추고 있던 이에야스와 함께 와카사지若狹路를 향해 발진했다.

맨 앞에 황갈색 깃발 열 개를 내세우고 다음에는 활부대와 철포대, 이어서 세 간間이나 되는 길고 붉은 자루가 달린 창을 꼬나든 3백 명의 창부대, 그 뒤를 비로소 갑옷을 입고 붉은 호로母衣°를 두른 기마무사 5백 기가 따르는 노부나가 특유의 대열에, 노부나가가 또한 주위를 압도하는 화려한 무장을 하고 있었다.

금실로 누빈 감청색 갑옷, 흰 별을 장식한 투구, 칼자루에 황금을 입힌 긴 칼, 그리고 가이의 다케다 가문이 기증한 늠름한 검정말을 타고 있는 그 모습은 그야말로 가로에 만발한 꽃을 압도하기에 충분한 위용이었다.

그리하여 21일에는 구마가와熊川, 22일에는 사가와佐川와 와카사를 지나 23일에는 그 선봉이 접경을 넘어 에치젠의 쓰루가敦賀에 침입했다.

이 부근에서는 아직 적을 만나지 않았기에 소박한 북국의 민중들은 그 화려한 모습의 대군을 보고 혀를 내두르고 있었다.

"대관절 이렇게 굉장한 군대가 또 있을까?"

"저 엄청난 총포는 또 어떤가!"

"아니, 그보다도 저 길고 붉은 창의 손잡이와 붉은 가죽끈으로 꿴 갑옷의 미늘을 좀 보게."

그리고 일행이 처음으로 전방에서 적을 만난 때는 25일이었다. 노부나가의 본진이 데즈쓰 산手筒山 기슭으로 나갔을 때 산꼭대기에 가네가사키 성주 아사쿠라 가게쓰네의 일대가 나타났던 것이다.

"가네가사키의 가게쓰네라면 만만치 않다. 일거에 추격하여 기노메木の芽 고개에서 이치조가타니一乘ヶ谷에 있는 아사쿠라의 본성을 단숨에 공격하라."

선봉은 역시 저돌적인 시바타 가쓰이에였다. 그리고 에치젠의 지리에 밝은 군사형軍師型인 아케치 미쓰히데가 가담했다.

아마도 이 무렵까지 노부나가의 기개가 에치젠을 압도하고도 남았을 것이다.

진중에는 마쓰나가 히사히데가 있고 도쿠가와 이에야스가 있었으며 다케다 신겐이나 우에스기, 호조에 대한 대비도 빈틈없다는 것을 확신할 수 있었다.

그런 만큼 데즈쓰 산의 정상을 향해 진격 개시를 알리는 소라고둥이 울렸을 때 오다 군의 사기는 하늘을 찌를 듯한 기세였다.

미녀의 걱정

이곳은 화창한 봄빛을 받아 갖가지 나뭇잎이 파릇파릇 자라는 오미 오다니 성의 본성 안이다.

오다니 성은 본성을 산꼭대기에 쌓고 그 밑에 가운데 성, 조금 떨어진 곳에 교고쿠京極 성곽, 산노山王 성곽, 아카오赤尾 성곽 등이 산기슭을 따라 펼쳐져 있어 산 전체가 비취를 뿌려놓은 두루마리 그림을 보는 듯한 아름다운 성이었다.

정면에서 보면 요코야마橫山, 가나구소金糞, 이부키伊吹의 세 산을 배경으로 왼쪽은 도라히메 산虎姫山, 오른쪽은 멀리 호수가 바라보이는 평야가 이어진다.

그 본성의 망루에 서서 성주인 아사이 비추노카미 나가마사의 부인 오이치는 아까부터 넋을 잃은 듯 서쪽을 바라보고 있다.

노부나가의 여동생으로 이 성에 시집와서 이미 장녀인 자자히메茶茶姫를 낳았고, 부부가 화목하다는 것을 말해주듯 둘째 아이도 배 안에서 숨쉬고 있는 것 같았다.

"마님, 무엇을 그렇게 바라보고 계십니까?"

오이치가 너무도 넋을 잃은 듯이 서 있자 자자히메를 안고 있던 로조老女°인 마키眞喜가 다가왔다.

마키는 오다 가문에서 따라온 유일한 시녀였다.

물론 시집올 때는 혼자가 아니었다. 그러나 시아버지인 히사히데가 오다 가문 사람을 몹시 싫어했기 때문에 하나 둘씩 돌려보내고 지금은 이 로조 한 사람만 남아 있다.

"마키…… 에치젠에서 왔다는 사자는 아직 머물러 있나?"

"예. 은퇴하신 히사히데 님이 계시는 산노 성곽에 체재하고 있습니다. 오늘은 아침부터 고와카마이幸若舞° 배우인 쓰루와카 다유鶴若大夫를 불러 춤 추게 하면서 북소리가 끊이지 않는다고 합니다."

"아무래도 마음에 걸려……"

"무슨 말씀인지요? 수상한 자라고 생각하십니까?"

오이치는 아이를 낳고 나서 타고난 미모에 요염한 매력까지 더해졌다. 이러한 그녀가 산자락에 난 에치젠으로 통하는 길을 내려다보면서 눈도 깜빡이지 않는 모습이, 마키는 한없이 가엾고 안타깝게 느껴졌다.

"그러면 아사쿠라 쪽에서 또 헤어지라고 요구해왔나요?"

"마키……"

"예."

"이번에 온 사람은 야마자키 나가토노카미 요시이에山崎長門守吉家라는 에치젠의 중신이라고 해. 그런 사람이 왔다면 아주 중요한 용건이 있는 것만 같아."

"아주 중요한 용건?"

"응, 그래. 어젯밤 주군의 안색이 심상치 않았어. 그대는 몰라도 된다, 걱정할 것 없다, 이렇게 말씀하면서도 때때로 한숨을 쉬고 거의 주무시지 않았어."

"그런 대담하신 분이 한숨을……"

"그래서 무슨 큰일이 생기지 않았나 싶어."

"하지만 그렇지 않을 거예요. 기후의 주군은 교토에 계시고……"

"왜 우리 주군을 교토로 부르지 않으셨을까? 노히메 님까지 교토에 가셨는데……"

"아닌 게 아니라 노히메 님이 상경하실 무렵에 터무니없는 소문이 나돌기는 했습니다마는……"

"터무니없는 소문이라니?"

"노히메 님이 교토로 가실 때 운반한 수많은 궤에 들어 있던 물건은 옷이 아니라 철포의 탄환이라고, 은퇴하신 노공老公이 말씀하셨어요."

바로 이때였다.

"쉿!"

오이치는 마키의 말을 제지하고 멀리 보이는 허연 가도를 가리켰다.

"저것은 파발마로군요."

"역시 왔어! 내 불안이 들어맞았어. 에치젠에서 두번째 사자가……"

여기까지 말하자 마키는 안고 있던 자자히메를 오이치의 손에 건넸다.

어째서 아까부터 오이치가 여기에 서 있는지 깨달았기 때문이다.

"잠시 살펴보고 오겠습니다."

"그러나 섣부른 짓을 하면……"

"염려하지 마십시오. 주군의 시동에게 살짝 물어보면 대강은 알 수 있을 거예요. 아기씨가 바람을 쐬지 않도록……"

마키가 급히 달려가자 그때야 비로소 오이치는 그 자리에 주저앉아 무심히 잠들어 있는 자자히메의 얼굴로 시선을 옮겼다.

센고쿠戰國 시대의 여자가 행복을 제대로 누릴 수 있으리라고는 생각지 않았다. 그렇더라도 오이치가 처한 상황은 너무도 짓궂은 것이었다.

"비추의 나가마사는 결코 어리석은 사나이가 아니야. 머지않아 이 노부나가의 비원을 틀림없이 깨닫게 될 것이니 그때는 처남 매부가 손을 잡고 함께 영광을 누리게 될 거야."

오빠인 노부나가는 시집을 올 때 몇 번이나 이렇게 말했고, 남편인 나가마사 또한 마음으로부터 자기를 사랑해주었다.

그런데도 오이치가 앉은 자리에는 언제나 바늘이 꽂혀 있다. 남편에 대한 사랑조차 함부로 입 밖에 낼 수 없었다.

아사이 가문 전체에 오빠에 대한 반발이 겨울철의 서릿발 같았다.

'어째서일까?'

곰곰이 생각해보았으나 곱게 자라난 오이치로서는 알 수 없었다.

에치젠의 아사쿠라 가문에 대한 경원敬遠 때문이라도 생각해보았으나 이것만으로는 납득이 되지 않는다. 어쨌든 오이치와 나가마사만이라도 화목한 모습을 보여주지 않으면 중신들뿐만 아니라 은퇴한 히사히데의 눈총이 무서웠다.

아니, 그 눈총은 에치젠의 아사쿠라 가문에서 사자가 올 때마다 한층 더 매서워진다. 그래서 오이치는 언제나 에치젠으로 통하는 서북쪽 길에 신경을 쓰게 되는 것인지도 몰랐다.

아까 그 파발마는 벌써 실에 끌려가듯 성안으로 들어갔다.

그리고 갑자기 성안이 떠들썩해졌음이, 이 산꼭대기에서도 느껴지는 것은 어째서일까?

'나쁜 소식이 아니었으면 좋겠는데……'

오이치는 잠들어 있는 자자히메의 뺨을 가만히 비비면서 마음속으로 중얼거리며 갸름한 눈을 조용히 감았다.

아기의 몸에서 젖 냄새와 함께 남편의 체취가 어렴풋이 느껴져 안타까웠다.

감정적인 작전 회의

오다니 성의 산노마루 성곽은 오이치의 예감대로 에치젠의 사자를 맞이하여 숨막히는 긴장과 살기의 소용돌이에 휘말렸다.

"웬일일까, 무슨 일이 생겼을까?"

은퇴한 히사히데의 거실을 향해 황급히 복도를 달려가는 중신들의 모습을 보고 젊은 무사들은 눈을 치켜떴다.

"드디어 일이 벌어진 거야."

"어디서, 무슨 일이?"

"오다 군 말일세. 교토에서 기후로 돌아가는 체하고 사카모토로부터 와카사로 곧장 들어와 가네가사키를 지나 이치조가타니를 향해 진격 중이야."

"그럼, 먼저 왔던 사자인 야마자키 나가토노카미의 우려가 그대로 현실로 나타난 것이 아닌가."

"어쩌면 노부나가가 먼저 아사쿠라의 의도를 간파했을지도 몰라.

아무튼 싸움은 피할 수 없게 됐어."

이런 말이 오가는 동안에도 엔도 기에몬, 유게 로쿠로자에몬弓削六郎左衛門 등 이미 은퇴한 중신에 이어 오노기 도사小野木土佐, 아카오 미마사카, 아사이 이와미淺井石見, 후지카케 미카와藤掛三河 등의 가신이 속속 히사히데의 거실로 향했다.

그리고 밀담을 나누기 시작한 지 약 반각이 지나 본성에서 성주인 아사이 비젠노카미가 달려왔을 때 중신들은 입을 굳게 다물었고 은퇴한 히사히데만이 미안하다는 듯이 웃으면서 말했다.

"비추, 용서하게. 이런 회의는 본성에서 여는 것이 당연한 일이지만 그곳에는 오다의 여자가 가까이 있기에 은퇴한 내가 나서지 않을 수 없어."

나가마사는 일부러 대답하지 않고 좌중을 한 번 둘러보고 입을 열었다.

"모두가 제 아내를 그렇게 생각한다면 도리가 없군요. 회의를 시작합시다."

"그게 좋겠어. 방금 도착한 사자의 말로는 데즈쓰 산에서 전투가 시작된 모양이야."

"사자의 보고는 들었습니다."

나가마사는 가볍게 아버지의 말문을 막았다.

"야마자키 나가토노카미의 제안은, 우리가 오다 가문과의 약속을 파기하고 즉시 군사를 동원하여 오다 군을 배후에서 공격할 수 없겠느냐는 것이었습니다. 약속의 파기에 대해 어떻게 생각하십니까?"

"그것은 말이지, 비추."

다시 히사히데가 입을 열었다.

"단순히 약속을 파기하라는 뜻만은 아니야. 우리가 오다 가문과 서약서를 교환할 때 오다 가문은 절대로 아사쿠라 가문을 적대시하지 않겠다는 조문이 있었어. 이 약속을 노부나가가 멋대로 어겼기 때문에 우리로서도 약속을 지켜야 할 의무가 없어졌어. 노부나가가 먼저 깨뜨렸으니까."

"아버님."

"이의가 있다는 말인가?"

"그럼, 약속을 어겼다는 이유만으로 싸움을 하실 생각입니까?"

"그렇지는 않아. 싸움에는 이겨야 해. 싸워서 이길 방법이 있기 때문이야."

"말씀하십시오. 어떻게 이긴다는 말씀입니까?"

"좋아. 노부나가는 쇼군을 농락하여 자기 야망을 달성하려 하고 있으나, 쇼군은 이미 아사쿠라 가문을 비롯하여 아사쿠라에게 의탁하고 있는 사이토 다쓰오키, 가이의 다케다, 에이잔, 혼간 사, 롯카쿠 쇼테이 등에게 노부나가 타도의 밀령을 내렸어. 그러므로 지금 우리가 아사쿠라 군과 함께 지리에 익숙지 않은 노부나가를 협공하면 오다 군은 진퇴양난에 빠져 9할 9푼까지는 골짜기에서 소멸하여 재기할 기회마저 뺏을 수 있을 거야."

"그렇습니다."

엔도 기에몬이 옆에서 다가앉으며 말했다.

"지금 공격하지 않으면 우리 가문은 반드시 노부나가의 손에 멸망할 겁니다. 친동생인 노부유키를 죽이고 사이토 가문을 빼앗은 노부나가가 아닙니까. 그에게 신의 따위는 조금도 없습니다. 노부나가가 여동생을 출가시켜 인척을 맺은 일은 이미 싸움을 걸어온 것이나 다름없습니다."

"닥쳐, 기에몬!"

나가마사가 일갈했다.

"그대는 지금 오다 님에게는 신의 따위가 조금도 없다고 했지?"

"예, 그렇습니다. 주군은 있다고 생각하십니까?"

"그렇다면 묻겠다. 오다 님을 믿고 상경하여, 오다 님의 힘으로 쇼 군이 되고, 오다 님의 힘으로 니조의 저택에 있게 된 쇼군이, 나의 아 버지, 나를 구해 준 아버지라며 친서를 쓴 쇼군이, 그 먹물도 마르기 전에 아사쿠라, 다케다, 에이잔, 혼간 사 등에 밀령을 내렸다고 한다. 그대는 이것을 도리에 맞는 일이라 생각하느냐?"

"하, 하지만 쇼군과 노부나가와는 처지가 다릅니다."

"사람에 따라 가는 길이 다르다는 말이냐?"

"한쪽은 천하를 다스리는 분, 그러므로 노부나가는 쇼군이 보시기 에 방심할 수 없는 교활한 사나이라는 증거가 아니겠습니까?"

"알겠다. 그대의 눈에는 천하를 다스리는 사람과 다스림을 받는 사람이 거꾸로 비치는 모양이군."

나가마사는 쓸쓸히 웃으면서 기에몬의 말을 제지하고 아버지 쪽으 로 향했다.

"들으신 대로 도의를 문제로 삼는다면 이번의 파약은 근거가 없습 니다. 쇼군이 아사쿠라에게 밀령을 내렸다면 불의는 쇼군 쪽에 있는 것입니다. 이것을 안 오다 님이, 쇼군을 뒤에서 선동하여 세상을 시 끄럽게 만든 아사쿠라를 공격하는 것은 불의가 아닙니다."

"나가마사!"

"납득이 안 되십니까?"

"너는 언제부터 아내의 손에 꼭 잡혔느냐?"

"그 무슨 이상한 말씀을……"

"이상한 일이야, 참으로 이상한 일이야. 도대체 너는 오늘의 아사이 가문이 있게 된 것이 누구 덕이라 생각하느냐? 나의 아버지, 즉 네할아버지는 이 북부 오미에서 사사키 겐지의 롯카쿠와 교고쿠 사이에 끼어 꼼짝도 못하고 있었어. 그러다가 아사쿠라 가문의 후원을 받아 이처럼 3대가 오미의 아사이로 훌륭히 자랄 수 있게 됐어. 그 은혜를 망각하고 노부나가가 옳다니 당치도 않아! 네가 아내의 손에 잡혀꼼짝도 못한다면 나 혼자 출진하겠다. 무인武人의 의리가 어떤 것인지 오장육부까지 썩은 자에게 똑똑히 보여주겠다."

"아버님!"

"듣기 싫다. 너는 노부나가가 두려운 거야. 아내한테 세뇌를 당했어."

"한 가지만 더 말씀드리겠습니다. 지금은 오다 님의 힘으로 겨우평화가 회복되려 하고 있습니다. 이럴 때 오다 님을 쓰러뜨리고 다시전란이 일어난다면 과연 누가 종식시킬 수 있을지 생각해보신 일이있습니까?"

"그것은 아사쿠라 님이나 다케다 님 아니, 너라도 할 수 있는 일이아니냐. 나마즈에 성의 롯카쿠 님도 우리에게 호응하여 군사를 일으키겠다고 했어."

여기까지 듣자 나가마사는 그만 눈을 꼭 감고 입을 다물었다.

이미 아버지는 전혀 정세를 읽지 못하는 편협한 노인이 되고 말았다. 그 기백은 높이 살 만했으나 견식見識에 있어서는 롯카쿠 쇼테이와 조금도 다를 바가 없었다.

대관절 노신들이 아버지에게 무슨 말을 한 걸까?

천하를 평정하고 호령하는 자가 아직도 쇼군이라고 생각한 다면문제가 달라진다.

'가문의 분위기가 어째서 이토록 편협하게 되었을까?'

94

이런 생각을 하자 나가마사는 눈물이 나올 것 같았다.

이 전쟁은 자기가 오이치를 아내로 맞은 일 때문인지도 모른다. 오이치가 그처럼 미인으로 태어난 것이 가문 전체의 질투를 사고 있다. 질투만 없었다면 모두가 좀더 넓은 마음으로 나가마사의 말을 냉정하게 음미하고 분석할 여유를 갖지 않았을까?

"기에몬, 사자를 이곳으로 안내하라. 비추는 태도가 분명치 않아. 그러나 나는 의義의 길을 걷는 사람이야. 나만이라도 먼저 출진하겠다고 고하여 사자를 안심시키겠어. 오다와 한 약속 따위는……"

"알겠습니다."

완전히 감정이 격앙된 히사히데의 말에 엔도 기에몬이 일어서려 했다.

"잠깐!"

나가마사가 다시 한 번 일갈했다.

"회의의 결론은 이 나가마사가 내린다. 이것으로 아버님과 기에몬의 의견은 알았다. 다음은 미마사카, 그대의 의견을 말하라."

그 자리에 있던 중신들은 서로 얼굴을 마주 보았다. 이처럼 부자간의 의견이 다르므로 아무도 당장에는 대답할 수 없었다.

지명을 받은 아카오 미마사카노카미 기요쓰나가 가만히 앞으로 다가앉자 모두의 입에서 한숨이 새어나왔다.

뒤를 쫓는 자

북쪽 지방의 봄은 햇살이 강렬했다.

짧은 시간 동안 만물을 한꺼번에 자라게 하려는 자연의 배려인지도 모른다. 싸우고는 전진하고, 전진하고는 다시 싸우면서 쓰루가敦賀와 가네가사키 성을 함락하고, 또 테즈쓰야마 성手筒山城을 손에넣고 또다시 하치부세 산鉢伏山 동남쪽에 있는 기노메木の芽 고개까지 왔을 때는 투구의 마에다테前立°까지 뜨겁게 달아올라 있었다.

여기까지는 예상대로 오다와 도쿠가와 연합군이 백전백승, 문자그대로 파죽지세로 전진해 왔다. 그리고 오늘은 이 고개 기슭으로 본진을 옮겨 드디어 내일 28일부터 아사쿠라朝倉의 본거지인 이치조가타니로 향할 계획이었다.

"어떤가, 미쓰히데, 이 고개를 넘으면 길이 편할까?"

노부나가는 말에게 사료를 주도록 명하고 땀을 닦으면서 막사로들어와 선봉에 섰던 미쓰히데에게 물었다.

"예. 이 고개만 넘으면 길이 평탄하여 전진하기 쉬울 것입니다."

"가네가사키 성의 아사쿠라 가게쓰네景恒도 대수롭지 않았어. 난 공불락의 성을 하루도 지탱하지 못했으니까."

"참으로 신속하고 과감한 공격이었습니다. 지금쯤은 요시카게義景도 당황하고 있을 겁니다."

"이런 상태라면 이치조가타니도 이삼일 안으로 함락할 수 있겠군."

"그렇기는 하나 적도 만만치 않습니다. 그다지 서두르지 않는 편이 좋을 듯합니다."

"핫핫하, 너무 쉽게 함락해버린다면 그대의 체면도 깎이겠지. 원래 아사쿠라는 그대의 옛 주인이었으니까."

노부나가는 모리 산자에몬의 아들 나가요시가 푸른 대나무 통에서 따라주는 물을 받으면서 의자에 앉았다.

"이쯤에서 함락한 후의 처리 문제도 생각해야 할 것 같아."

노부나가는 모두에게 여기서 밥을 짓도록 허락하고, 오늘은 이 부근에서 야영하며 한숨 돌리기로 했다.

휘하의 장수들과 도쿠가와 군도 동서로 나란히 진을 치고 하루가 다르게 짙어져가는 푸른 숲에 장막을 쳤다.

"어떤가 미쓰히데, 내 곁에 있기가 거북한가?"

"아닙니다. 어찌 그럴 리가 있겠습니까. 마쓰나가 히사히데라면 혹시 모르겠습니다마는……"

"핫핫하, 그러나 이번에는 히사히데도 수고가 많았어. 데리고 온 의미를 깨달았던 모양이야."

"예. 그를 데려온 것은 좀 익살스러운 일이었습니다."

"녀석을 교토에 남겨두면 또 무슨 장난을 칠지 모르니까."

"이미 그런 일은 없을 것입니다마는 역시 조심하시는 편이 좋겠지요."

"미쓰히데."

"예."

"내가 어제부터 그대를 내 곁에 두는 이유를 알겠나?"

지나가는 말처럼 물었으나 미쓰히데는 움칫 놀라 안색이 변했다.

"그러시면 이 미쓰히데도 전에 여기서 일한 몸이어서 경계하신다는 말씀입니까?"

"왓핫하, 대머리의 생각은 그런 쪽으로 돌아가는 모양이군. 과연 그러고보니 그대도 경계를 요하는 위험한 사나이인지 몰라."

"농담이 지나치십니다. 원망스럽습니다."

"핫핫하. 그렇게 언짢은 얼굴은 하지 말게, 미쓰히데. 나는 그대가 이곳 지리와 민심에 얼마나 밝은지를 지켜본 거야."

"무슨 말씀이신지?"

"뻔하지 않은가. 이 에치젠의 땅을 손에 넣으면 곧 누군가가 다스려야 해."

"아, 그 일이라면……"

미쓰히데는 갑자기 표정이 밝아졌다.

"이번에 선봉에 서서 발군의 무공을 세운 시바타 님이 적임이 아닌가 생각합니다."

"뭣이, 곤로쿠가 적임자라고?"

"예. 이곳은 여간 강한 기질을 가진 분이 아니고는……"

"나는 그렇게 생각하지 않네. 미쓰히데."

"아니, 그럼 주군의 생각은?"

"하하하, 미쓰히데. 그대는 왜 자신이 적임자라고 말하지 않나? 내 마음은 이미 정해졌어. 그러나 이치조가타니 성이라면 다스리기 어려울 거야. 그대라면 어디에 새로 성을 쌓겠나?"

"제 생각에는 기타노쇼北ノ庄(후쿠이福井)에 쌓는 것이 가장 유리할 것 같습니다."

"그런가? 그렇다면 기타노쇼로 결정한 것으로 알고 그곳 민심을 잘 살펴보게. 그리고 각자 진지의 배치가 끝나면 자네와 산자에몬이 대장들을 소집하게. 작전 회의를 마치고 나서 식사하세."

"알겠습니다."

미쓰히데는 침착하고 냉정해 보이면서도 감정만은 어린아이처럼 얼굴에 그대로 나타났다. 그는 노부나가가 에치젠을 자기에게 맡기려 한다는 것을 알고 용기백배하여 막사를 나왔다.

그러나 곧 다시 돌아와 외쳤다.

"주군, 우리를 뒤쫓듯이 파발마가 도착했습니다."

"뭣이, 파발마?"

"예. 아, 모리 산자에몬 님이 이리 데려오고 있습니다. 등에 꽂은 작은 깃발의 문장으로 보아 아사이 가문의 사자……"

순간 노부나가는 전신에 긴장을 하고 일어섰다.

'아사이 가문에서 온 사자……?'

공개적으로 의사를 표명하면 곤란할 것 같아 비밀에 부쳤던 매제인 아사이 나가마사가 보낸……

이것만으로도 노부나가의 마음을 번개처럼 위협하는 무언가가 있었다.

물론 노부나가가 아사이 가문의 분위기를 모를 리 없다. 하지만 그 분위기도 결국은 나가마사에 의해 번복되리라 믿어왔다. 나가마사는 정세를 내다보는 명석한 두뇌와 노부나가의 큰 뜻을 이해하는 능력을 충분히 가지고 있다. 이렇게 믿고 일부러 숨겨왔던 것인데……

'그런데도 뒤쫓듯이 사자를 보내다니……'

그렇다면 원군을 보내겠다고 할 리가 없다. 혹시 양자 간의 조종 역할을 할 테니 자기에게 맡겨달라는 것이 아닐까?

그렇다면 노부나가로서는 몹시 곤란한 일이었다.

노부나가는 이미 아사쿠라 요시카게를 가망이 없는 자로 보고 있다. 고작 쇼군의 그늘에서 소요나 부추길 정도의 인물, 더구나 그는 명문인 만큼 다루기가 곤란한 존재였다. 그가 책동하면 쇼군만이 아니라 에이잔의 승려와 혼간 사의 신도들까지 난동을 부린다. 또 그럴 만한 힘을 가졌다고 여기면, 다케다 신겐이나 우에스기 겐신도 나가마사를 이용하려고 움직이기 시작할지 모른다.

'난처한 자가 나타났다.'

노부나가는 입을 한일자로 꼭 다물었고 이마에는 신경질적인 힘줄이 불끈 솟았다.

결렬

"아사이 비추노카미의 사자로, 오다니 성小谷城에서 온 오노기 도
사小野木土佐입니다. 오다 님에게 전해주십시오."

그 말이 채 끝나기도 전에 모리 산자에몬 요시나리가 장막 뒤에서
급히 들어왔다.

"오다니 성에서 아사이 비젠 님의 사자가……"

"들여보내라! 내게도 귀가 있다."

"예."

산자에몬이 나가자 노부나가는 그 자리에 망연히 서 있는 미쓰히
데를 돌아보고 내뱉듯이 소리쳤다.

"진격 중지. 즉시 대장들에게 시달하라. 그리고 너구리 같은 히사
히데를 잘 감시하라!"

최악의 경우를 생각했을 것이다.

만약 이것이 조정하겠다는 것이 아니라 동맹의 파기라면 원정군은

완전히 앞뒤에서 적을 만나는 셈이 된다.

미쓰히데도 곧 이 점을 깨달은 듯 바람처럼 막사 밖으로 나가고, 그 뒤를 이어 아사이 가문의 중신 오노기 도사가 모리 산자에몬의 안내를 받아 들어왔다.

별안간 노부나가는 큰 소리로 웃기 시작했다. 들어온 오노기 도사의 표정을 보는 순간 무슨 말이 나올지 알았던 것이다.

'최악의 사태가 벌어졌다!'

오노기 도사는 이마에서부터 목덜미까지 땀을 뻘뻘 흘리고, 입술과 얼굴은 새파랗게 질려 있었다. 눈은 한 곳을 응시하고 칼자루에 얹은 손을 부들부들 떨고 있었다.

"오노기 도사인가?"

"그렇습니다."

"용건은 말할 것 없다. 서약서를 반환하러 왔을 테니 이리 내놓게."

"우선 전할 말씀을!"

노부나가가 쏘아붙이듯이 말하고 칼끝으로 땅을 탁 치자, 상대도 또한 튀기듯이 응했다.

"기후의 주군은 아사이, 아사쿠라, 오다의 3자 동맹을 파기하고 아사쿠라를 공격했습니다. 무엇보다도 의義를 중시하시는 우리 주군은 이에 결코 승복할 수 없습니다. 따라서 아사이, 오다의 관계를 단절하여 서약서를 반환하고 오다 가문을 적으로 삼겠다는 것을 통고하는 바입니다."

노부나가는 다시 한 번 소리 내어 웃었다.

"떨 것 없다, 도사. 노부나가는 그대를 죽일 정도로 화가 나지는 않았어. 사자의 통보는 분명히 들었다. 돌아가거든 비추에게 전하라.

그대의 의義는 우물 안 개구리라고. 개구리는 끝내 이 노부나가의 마음을 보지 못했어. 가엾은 녀석이라고 전하거라."

"그럼, 분명히 서약서를 반환하겠습니다."

"알겠다. 언젠가 싸움터에서 다시 만나자. 게 누구 없느냐. 사자에게 식사를 대접하고 우리 진영을 떠날 때까지 배웅하거라."

상대가 가슴을 떡 펴고 억지로 떨리는 몸을 억제하며 나가는 모습을 보고 노부나가는 저도 모르게 이마에 주먹을 대고 눈을 감았다. 말로는 얼마든지 강경하게 응수할 수 있었으나 이처럼 큰 충격을 받은 일은 일찍이 없었다.

'아뿔싸!'

오이치お市의 남편…… 매제임을 생각하고 믿었던 것이 실수였다.

아니, 이 결정은 결코 나가마사의 의사가 아닐 것이다. 그러나 나가마사의 의사가 통하지 않을 정도로, 완고하고도 험악한 아사이 가문의 분위기를 간과하고 있었다니 얼마나 어리석었나?

여기서 아사이 군에게 배후를 찔리고, 아사이의 궐기를 알고 출동한 아사쿠라 군에게 앞길이 막힌다면, 지리에 어두운 아군은 어떻게 될 것인가?

여러 곳의 싸움터에서 갖가지 경험을 다 겪은 노부나가인 만큼 이 낯선 곳에서의 싸움이 얼마나 어려운지 잘 알고 있었다. 일단 혼전에 들어가면 노부나가 자신이나 이에야스도, 부하 장병들도 방향조차 알 수 없는 산악 지대에서 미아가 될 것이 아닌가.

서른일곱의 노부나가는 결국 공든 탑이 무너지듯 에치젠의 땅에 그 시체를 남기고 남의 웃음거리가 될 운명에 빠지고 만 것일까……

별안간 막사 밖이 소란스러워졌다.

미쓰히데가 부르러 갔던 장수들이 깜짝 놀라 달려왔음이 분명하다.

노부나가는 얼굴을 들었다.

'여기서 약점을 보여서는 안 된다.'

이렇게 생각하면서도 자기 얼굴이 조금 전에 다녀간 아사이의 사자처럼 흙빛으로 굳어지는 것을 알고 견딜 수가 없었다.

죽느냐 사느냐

인간의 생애는 아무리 굳세게 살아가는 자에게도 반드시 몇 번쯤은 생사를 기약할 수 없는 큰 위기가 닥치는 모양이다.

노부나가에게 이번 위기는 아마 덴가쿠 골짜기의 싸움 이후 최대의 것이리라.

출격에 즈음하여 그토록 면밀하게 계획했던 일이 단 하나의 부주의 때문에 보기 좋게 무너지고 말았다. 그런 의미에서는 눈물도 나오지 않을 정도로 분한 노부나가였다.

'역시 나는 인정에 사로잡혀 있었던 것일까?'

귀여운 자기 여동생을 출가시킨 만큼 상대도 이쪽을 배신하지는 않을 거라고 가볍게 생각했던 것이다.

'나가마사를 원망할 필요는 없다.'

이렇게 우유부단한 생각을 가지고 어떻게 천하를 다스릴 수 있다는 말인가. 다스릴 수 없는 그릇이므로 지금 운명이 크게 시험을 하고 있는 것이리라.

"주군, 전부 모였습니다마는……"

미쓰히데의 말에 제정신으로 돌아온 노부나가는 묵묵히 모두의 얼굴을 둘러보았다.

왼쪽에 시바타, 사쿠마, 모리, 니와, 삿사 등이 도열하고 오른쪽에는 도쿠가와 이에야스와 마쓰나가 히사히데, 조금 떨어진 곳에서 히데요시가 작은 몸으로 한쪽 무릎을 꿇고 있다.

한결같이 창백하고 굳어진 얼굴이어서, 노부나가가 먼저 말하지 않는 한 입을 열 것 같지 않았다.

"하하하하."

잠시 후 노부나가는 크게 웃었다. 그러나 이 웃음 역시 전처럼 호탕한 것이 아니라, 자신이 처한 입장을 꿰뚫어본 객관적인 웃음이었다.

"참으로 어이없는 일이야. 아사이 비추에게 손가락을 물리다니."

"……"

"나는 비추를 착실한 젊은이, 우리 뜻을 이해할 수 있는 젊은이인 줄 알고 처음부터 낙관하고 있었어. 조금이라도 이상한 기색이 보이면 꼼짝도 못하게 할 수단은 얼마든지 있었지. 그러나 감시를 소홀히 했기 때문에 모두에게 고생을 시키게 되었어. 용서하게."

노부나가로서는 아마도 하기 힘든 말이었으나 그 무렵부터 차차 얼굴과 입술에 여느 때와 같은 화색이 돌기 시작했다.

당황하는 것만으로는 일이 해결되지 않는다. 빨리 향후 행동에 대해 결단을 내리지 않으면 안 된다.

"모두 저마다 생각하는 바가 있을 것이다. 따라서 이 노부나가는 나와 더불어 행동을 같이하자는 말을 하지 않겠어. 각자 뜻대로 하기 바란다."

"그러면 대장님은 어떻게 하시겠습니까?"

나중에 들어온 마에다 도시이에가 물었다.

"내가 할 일은 한 가지밖에 없네. 퇴로는 이미 아사이의 정병이 가로막았을 테지. 물러나서 목을 내준다는 것은 천부당만부당한 일. 그러므로 곧바로 이치조가타니에 쳐들어가 아사쿠라 요시카게와 싸우다 죽을 생각이네."

"으음, 그렇다면 물론 저희들도 행동을 같이하겠습니다. 그렇지 않은가, 우에몬?"

"여부가 있겠습니까!"

시바타 가쓰이에가 무거운 입으로 말하자, 사쿠마도 몸을 앞으로 내밀었다.

"협공당할 것을 알면서도 후퇴한다면 어리석은 일. 삿사도 니와도 마에다도 모두 같은 생각이겠지?"

"물론이오."

"죽을 때는 같이 죽어야 합니다."

그러나 여기에 당장 동의하지 않는 자도 적지 않았다.

마쓰나가 히사히데는 당연한 그랬고, 미쓰히데도 히데요시도 모리 산자에몬도 잠자코 있었다.

노부나가가 그것을 간과했을 리 없으나 굳이 탓하려고 하지 않았다.

다시 한 번 얼굴에 대담한 웃음을 떠올렸다.

"그럼, 여기서 군사를 둘로 나누세. 일대는 되도록 이에야스 님과 협력하여 어떻게 해서든지 적을 피해 미노 가도까지 후퇴하도록 하게. 나는 곧장 전진하겠어."

그러자 지금까지 담담하게 모두의 표정을 살피고 있던 이에야스가 비로소 의자를 앞으로 끌어당겼다.

"잠깐."

"미카와의 아우는 나와는 다른 의견을 가지고 있나?"

"그렇습니다."

"부담 없이 말해 보게. 자네에게는 면목이 없어."

"아닙니다. 승패는 병가지상사. 결코 놀랄 것 없습니다. 그러나 이 자리에서는 오다 님도 일단 군사를 후퇴시키는 편이 좋겠습니다."

"그러면 아사이 비추가 군사를 매복시키고 대기하는 곳으로 물러가라는 말인가?"

"그렇습니다마는…… ."

이에야스는 차분한 목소리로 말했다.

"지금 곧바로 철수를 결행하면 뜻밖에도 아사이가 포진을 끝내기 전에 산을 넘어 위험에서 벗어날 수 있을지도 모릅니다."

"아니, 그럼 아사이 군은 그렇게 신속하게는 움직이지 못한다는 말인가?"

"그렇습니다. 아사이 군이 산악 전투에 강하다는 말은 들었으나 신속하다는 말은 듣지 못했습니다. 그리고 첫째……"

"첫째로 어떻다는 말인가?"

"오다 님 같은 대장을 아사쿠라 군 따위에 잃는다는 것은 천하의 큰 손실입니다."

"으음."

"그와 같은 큰 손실은 신불이 용서하지 않습니다. 따라서 지금은 여기서 일단 후퇴하여 후일을 도모하심이 신불의 뜻에 부응하는 길인 줄 압니다."

"옳은 말씀입니다."

별안간 말석에서 히데요시가 큰 소리로 말했다.

"이런 곳에서 쓸데없는 고집을 부려 쳐들어가는 것을 저돌猪突이라고 합니다. 저는 도쿠가와 님의 의견에 찬성합니다."

"도키치로!"

"예, 시바타 님."

"아직은 그대가 입을 열 때가 아니야. 그대의 말은 겁이 나서 도망치자는 것처럼 들려."

"그게 무슨 말씀입니까? 시바타 님도 찬성해주십시오. 이런 곳에서 주군을 잃으면 어떻게 되겠습니까? 그렇게 되면 지금까지의 노고가 수포로 돌아갑니다. 교토의 일은 어떻게 되고 궁전의 건조와 수도의 인심은 어떻게 된다는 말씀입니까? 이 도키치로는 목숨이 아깝거나 적이 두려워서가 결코 아닙니다. 그 증거로, 책임지고 가네가사키 성의 후퇴 작전을 훌륭히 수행하겠습니다. 지금 곧 가네가사키 성으로 옮겨 밤이 되기를 기다렸다가 퇴각하십시오. 이처럼, 이처럼 부탁드립니다! 부탁을……"

그 말을 듣고 이에야스는 다시 크게 고개를 끄덕였다.

"저도 그 일을 돕겠습니다."

"그것이 좋겠습니다!"

마쓰나가 히사히데와 미쓰히데가 동시에 말했다.

그러나 여기에 대해 노부나가는 당장 대답하지 않았다. 대신 또 한 번 허공을 노려보고 입을 꼭 다물었다.

해는 서서히 기울어지기 시작하고, 장막의 자락을 흔드는 바람 소리가 차차 강하게 귓전을 때렸다.

제3의 출발

노부나가는 잔뜩 허공을 노려본 채 아직도 퇴각하겠다는 말은 하지 않는다. 이에야스가 상반신을 앞으로 내밀듯이 하고 다시 말했다.

"지금은 작은 체면 따위에 사로잡혀 시기를 놓쳐서는 안 될 때입니다. 아사이의 사자가 오다니 성으로 돌아가기 전에 시급히 진지를 철수하는 것이 상책인 줄 압니다."

"그렇습니다!"

얼른 맞장구를 친 사람은 이번에도 히데요시였다.

"가네가사키 성의 뒷일은 제가 맡을 테니 하마마쓰 님(이에야스)도 곧 이곳을……"

"아닙니다. 귀하부터 우선 이곳을 떠나십시오."

"그럴 수는 없습니다."

"이에야스 님은 어디까지나 객장客將입니다. 귀하가 먼저."

마치 자기가 총지휘관인 듯 말하는 히데요시의 태도에 이에야스는 쓴웃음을 지었으나 다른 사람들은 모두 웃음을 터뜨렸다. 아마도 히데요시는 그 웃음으로 얼어붙은 이 자리의 긴장을 풀려는 모양이었다.

그 순간 노부나가는 무서운 투지가 맹렬하게 마음속에서 분출된다는 것을 깨달았다.

'원숭이까지도 이처럼 나를 아끼고 있다.'

이에야스의 침착한 태도도 노부나가의 가슴을 때렸으나 그보다도 이런 자리에서까지 여유를 보이는 도키치로 히데요시의 모습이 강한 투지를 불러일으켰다.

"좋아, 퇴각하겠다! 일단 교토로 돌아가 다시 작전을 짜도록 하자."

이렇게 말하고 노부나가는 먼저 의자에서 일어나 막사를 나왔다.

"각 부대는 막사를 그대로 두고 군사만 가네가사키로 퇴각하라. 퇴각한다는 것을 절대로 적이 눈치 채도록 해서는 안 된다."

물론 무사히 퇴각할 수 있으리라고는 생각지 않았다.

아사이 나가마사까지 아사쿠라 쪽으로 돌아섰다. 그렇게 되기까지 아마도 남부 오미에 살아남아 있는 롯카쿠 쇼테이는 물론 미요시의 잔당도, 혼간 사, 에이잔도…… 아니, 어쩌면 다케다나 모리 등과도 연계하려고 온갖 수단을 다 강구했을 것이다.

그러한 획책의 총본부는 공교롭게도 노부나가가 교토로 복귀시킨 아시카가 요시아키 쇼군의 니조 저택임이 분명하다. 이것을 알고 있는 만큼 퇴각을 결의한 노부나가의 심중은 착잡했다.

아사이 나가마사를 당연히 자기 편이라 생각하고 교토의 배후를 위협할 가능성이 있는 아사쿠라 요시카게를 치기만 하면 천하의 대세는 결정된다…… 이렇게 내다보았던 노부나가의 큰 계획은 아사이 나가마사의 이탈이라는 뜻하지 않은 사건으로 와르르 무너져 내리고 말았다.

단지 아사이를 적으로 돌렸을 뿐만 아니라 아사쿠라 요시카게를 치지 못했다고 하면, 쇼군 요시아키는 더더욱 정세를 오판하게 될 것이다. 그 결과 쇼군의 암약으로 미요시, 롯카쿠, 혼간 사, 에이잔, 다케다 등이 모두 노부나가를 타도하려고 단결하여 움직일 것이 틀림없으므로 이 실패는 너무도 타격이 크다.

그러므로 일단 퇴각을 결의한 이상 그와 같은 난관에 대처할 만반의 대책을 새로 강구해놓고 재출발할 수밖에는 달리 방법이 없다.

'아! 이것으로 십 년은 뒤로 되돌아갔다.'

가네가사키 성으로 철수한 노부나가는 이와 같은 고뇌의 기색을 전혀 내비치지 않았다.

"철수하기로 결정한 이상 잠시도 지체할 수 없다. 후방을 담당한 군사만 이 성에 남기고 나머지는 모두 오늘 밤 안으로 철수를 끝내라."

승전하고 진격하는 것과는 달리 적진에서 퇴각하는 일은 어려운 것이다. 상대가 그 의도를 탐지한다면 끝까지 추격을 받아 완전히 섬멸되고 만다. 그런 만큼 이 경우에는 성에 남기고 갈 수비대의 대장이 매우 중요하게 되는 것인데, 노부나가는 주저 없이 그 임무를 도키치로 히데요시에게 맡겼다.

"아사이 군은 틀림없이 비와 호 동쪽의 기노모토木本 가도로 북상할 것이다. 따라서 우리는 쓰루가에서 호수 서쪽으로 나가 구쓰키朽木 골짜기로부터 교토에 들어간다. 하마마쓰 님은 와카사若狹의 고마쓰小松에서 하리바타케針畑를 지나 구라마 산鞍馬山을 넘어 교토로 가도록. 이 샛길에는 아직까지 아사이 군의 손이 미치지 못했을 테니까."

진행 방향까지 지시하고 나서 기노시타 군 칠백 명만을 남긴 채 전
군은 그날 밤 안으로 가네가사키 성에서 철수했다.

나중에 생각해보면 이 일은 노부나가에게 있어 인생의 세번째 큰
출발이었다.

구쓰키 골짜기를 넘어

    사카모토 성을 출발할 때는 주위를 완전히 제압하는 위용이었고 또한 대군이었다. 그러나 퇴각할 때 노부나가의 군사는 겨우 삼백 기騎도 되지 않았다.

    이에야스에게는 따로 행동하게 하고 니와 나가마사와 아케치 미쓰히데는 와카사로 보냈다. 그리고 시바타, 사쿠마, 마에다 등의 장수들도 따로 분산시켰기 때문에 노부나가의 측근에는 모리 산자에몬과 마쓰나가 히사히데만 있을 뿐이었다.

    그들은 우선 사가키佐柿의 작은 성에 들어가 성주인 아와야 엣추노카미粟屋越中守에게 구쓰키 골짜기를 건널 길을 안내해달라고 부탁했다.

    때는 4월 29일 새벽.

    엣추노카미의 장남 아와야 나이키는 이 모습을 보고 얼른 아버지에게 귀띔했다.

"구마가와熊河 깊숙히 인적 없는 곳으로 안내하여 노부나가의 목을 베십시오. 그러면 우리 가문은 크게 출세할 수 있습니다."

아와야 엣추노카미는 망연히 자기 아들을 바라보았다.

"천재일우의 좋은 기회입니다. 그리고 우리는 노부나가의 목을 가지고 그 길로 상경하여 쇼군을 알현하는 것입니다."

"너는 정신이 나갔느냐!"

"그럼, 아버님은 반대하십니까?"

"안 돼! 너는 무슨 소리를 하고 있느냐. 노부나가 공은 불세출의 영웅, 백 년에 걸친 난세에 서광을 비추고, 쇼군을 위해서나 조정을 위해서도 그토록 힘을 쓰신 분이다. 그런 분이 이 작은 성에 의지하기 위해 오셨어. 그런데 위해를 가하다니 그것은 도리를 망각한 강도의 소행이야. 다시 그런 말을 하면 용서하지 않겠다."

노부나가는 부자 사이에 그런 문답이 오가는 줄은 몰랐으나 마음속으로는 늘 똑같은 말을 되풀이하고 있었다.

'무사히 교토에 도착한 뒤 두고 보자.'

교토에 도착할 수 있느냐의 여부로 노부나가의 운명은 결정된다. 아니, 노부나가는 운명이라기보다 신이 자기의 사명을 결정한다고 생각했다.

그러므로 아와야 엣추노카미가 자기 아들의 뜻과는 달리 가신들을 데리고 구마가와에서 오미의 다카시마 군高島郡에 있는 산중으로 안내하여 구쓰키 골짜기로 들어갔을 무렵, 노부나가는 더없이 명랑한 기분으로 히사히데와 산자에몬에게 계속 미소를 지어 보였다.

"히사히데, 푸른 경치가 형용할 수 없을 만큼 아름답구나."

"그렇습니다."

"그대들도 지금까지는 천하를 훔칠 생각만 하고 있었겠지. 이번처럼 모든 것을 운명에 맡긴 여행의 즐거움은 처음일 거야."

"천하를 훔친다는 것은 좀 지나친 말씀입니다."

"핫핫하, 나도 그런 생각을 한 기억이 있기 때문에 하는 말일세. 그러나 이런 소수의 인원으로는 무슨 생각을 해도 소용없는 일이야. 그러므로 어떻게 할 수 없는 인생의 순간도 있다는 것을 알았어. 이것은 뜻밖에도 즐거운 일이 아니냐."

"말씀을 듣고보니 그렇기도 합니다."

"야심을 버린 인생…… 그 즐거움을 찾는 자가 은자隱者, 속세를 버린 사람의 목적이었던 거야."

"주군도 속세를 버린 사람의 경지가 부럽습니까?"

"그대는 어떤가?"

"저는 지금 주군에게 여쭌 것입니다."

"핫핫하, 나는 부러워하지 않아. 다만 오늘의 현실 그대로를 받아들이고 그것을 즐기고 있을 뿐일세."

"그러시면 교토에 도착하시거든 어떻게 하시겠습니까?"

"그것은 교토에 도착하고 나서 생각할 일, 지금은 아무 생각도 없네."

"즉시 군사를 동원하여 아사이를 공격하시겠습니까?"

"모르겠어, 전혀."

"아니면 이번 소요의 뿌리인 쇼군의 목을 대번에 베시겠습니까?"

"그것도 모르겠어."

"주군!"

"왜 그러나?"

"이 히사히데는 주군이 철수하라고 하셨을 때 실은 호수 동쪽의 북국 가도로 되돌아가 곧바로 아사이의 오다니 성을 공격하실 줄 알고 있었습니다."

"핫핫하, 그런데 뜻밖이었다는 말이군. 이런 산길로 터벅터벅 퇴각하고 있으니까. 어떤가 히사히데, 지금이라면 노부나가를 쉽게 없앨 수 있을 텐데."

"또 그런 말씀을……"

히사히데는 백발이 섞인 귀밑머리를 긁적이며 쓴웃음을 지었다.

"정직하게 말씀드리겠습니다."

"그렇다면 역시 무언가 생각하고 있었군."

"주군을 재평가했습니다. 주군에게는 힘은 있으나 여유가 없다, 성급하고 인내를 모르는 것이 결점이라고 보았기에 만약 호수의 동쪽 길로 돌아가 오다니 성을 공격하게 되면 이 히사히데는 아사이와 도모하여 주군의 목숨을 단축시키려고……"

"으음, 과연 재미있군."

"그러나 철수를 결정하자 그야말로 전광석화, 더구나 단 한 사람의 군사도 다치지 않도록 치밀하게 계산하시고 깨끗이 운명을 하늘에 맡기신 이 위험하기 짝이 없는 길…… 이번에는 정말 이 히사히데가 감복했습니다."

노부나가는 말 위에서 배를 움켜쥐고 웃었다.

"그렇다면 나는 아사이에게 배신을 당한 대가로 마쓰나가 단조 히사히데를 얻은 결과가 됐군."

"그 손익 계산은 절대로 손해가 되지는 않을 것입니다. 아까만 해도……"

"아까만 해도?"

"예. 모든 것을 훨훨 털어버리고 구애받지 않으신 모습이 주군의 생명을 구한 것 같습니다."

"뭐, 그렇다면 누가 내 생명을 노리기라도 했단 말이냐?"

"안내를 맡은 아와야 엣추노카미의 아들이었지요. 그러나 엣추노카미가 주군의 모습에 감동하여 보시다시피 진심을 다해 안내한 것입니다."

"으음, 과연 재미있군!"

이렇게 말하면서 노부나가는 말을 세웠다.

벌써 여덟 점(오후 2시)이 훨씬 지나고, 푸른 잎이 울창한 산골짜기에는 구쓰키 골짜기로 향하는 외길이 있을 뿐이었다.

"그럼, 이쯤해서 아와야 엣추노카미를 돌려보내기로 하세."

"그것이 좋겠습니다. 그렇지 않으면 저들은 오늘 안으로 성에 돌아갈 수 없을 테니까요."

"좋아, 돌려보내세."

노부나가는 일부러 엣추노카미를 불러 단도를 주었다.

"나중에 다시 은상을 내리겠다. 그대의 성의는 결코 잊지 않겠어."

이렇게 말하고 그를 돌려보냈다. 그리고 20리쯤 걸어 겹겹이 쌓인 바위 너머로 구쓰키 시나노카미 모토쓰나朽木信濃守元綱의 성이 보이기 시작하자 이번에는 모리 산자에몬을 불렀다.

"오늘 밤에는 저 구쓰키 모토쓰나의 성에 묵을 수밖에 없겠어. 그대가 가서 모토쓰나에게 노부나가가 숙박하겠다는 말을 전하라."

"알겠습니다."

"혼자서는 위험하니 열대여섯 명쯤 데리고 가도록."

그런데 모리 산자에몬은 얼마 후에 돌아와 노부나가에게 이렇게 보고했다.

"모토쓰나는 밤이 되기를 기다렸다가 군사를 동원할 생각인 듯 무장을 갖추고 제가 아무리 말해도 성문을 열지 않습니다."

노부나가는 이때에도 웃어넘겼다.

"핫핫하. 무력해진 노부나가가 앞에 드디어 적이 나타났다는 말이군. 그런데 병력은?"

"병력은 우리보다 별로 많지 않습니다. 그러기에 밤이 되기를 기다렸다가 공격해 나올 생각인 듯합니다…… 그러나 이 외길에서 우리 인원으로는 그리 쉽게 무찌를 수 있을 것 같지 않은 방비였습니다."

이미 해는 서쪽으로 기울고, 깊은 벼랑 밑은 서서히 저녁 빛이 감돌기 시작하고 있다.

물론 되돌아서면 문을 열고 공격해 나올 것이고, 앞으로 나가면 길을 가로막을 것이다. 진퇴양난이란 바로 이런 상황을 두고 하는 말일 것이다.

"주군."

이때 히사히데가 싱긋 웃고 입을 열었다.

"이 히사히데를 믿으시겠습니까?"

"뭣이, 믿는다면 방법이 있다는 말인가?"

"예. 이 히사히데라면 구쓰키 시나노카미를 설득할 수 있습니다. 그러나 제가 시나노카미와 공모하여 주군을 반역할 것이라 생각하신다면 주군은 저를 보내실 까닭이……"

"히사히데."

"예."

"믿지는 않아. 믿지 않으므로 이 노부나가를 칠 수 있겠거든 공모하여 죽여도 좋아."

"으음."

"좋아, 가거라."

"예?"

"그대가 가서 정말 언변이 능하다면 설득해보라."

노부나가는 이렇게 말하고 훌쩍 말에서 뛰어내려 큰 소리로 모두
에게 말했다.

"길이 막혔다. 잠시 쉬도록 하라!"

숙명의 길

아사이 나가마사 부자가 있는 오다니 성에는 쉴새없이 전선에서 사자와 전령이 드나들었다.

모두 본성의 망루 위에서 내려다보이는 북국 가도에서 성문으로 통하는 길을 흙먼지를 날리면서 말을 달려오는 것이다.

등에 꽂은 작은 깃발로 보아 그것은 아사이 가문 사람이기도 하고 아사쿠라 가문 사람이기도 했으며, 이번에 나마즈에 성을 빼앗고 호응했다는 롯카쿠 쇼테이의 부하이기도 했다.

나가마사의 아내 오이치는 오늘도 높은 전각의 한 모서리에 서서 그들을 자세히 바라보고 있다.

성안에서 수많은 군사가 에치젠을 향해 북국 가도로 발진한 때는 사흘 전인 4월 29일이었다.

그리고 오늘은 5월 2일, 전선에서 부상병이 후송되어 오지 않는 것을 보면 아직 가까이에서는 격전이 벌어지지 않은 듯했고, 남편인 나가마사도 시아버지인 히사히데도 아직 성에 있으면서 때를 기다리고 있었다.

"마님, 이토록 오래 서 계시면 몸에 해롭습니다. 좀 쉬세요."

로조인 마키가 차를 가져와 이렇게 말했으나 오이치는 돌아보려고도 하지 않았다. 이미 오빠인 노부나가와 남편이 서로 적이 되었다는 사실은 잘 알고 있었다.

젊은 시녀들이 시동들을 통해 알아본 바로는 교토에 있던 올케인 노히메는 남장을 하고 북부 오미에서 빠져나가 하룻밤 사이에 기후로 돌아갔다고 한다.

"강한 기질을 가지신 분이라 비록 노부나가가 전사한다고 해도 적자嫡子인 기묘마루를 받들고 기후 성을 지키며 습격하는 자가 있으면 일전을 불사하겠다고 길을 지키는 자에게 호언하면서 돌아갔다고 합니다."

이 말을 들었을 때 오이치는 노히메가 여간 부럽지 않았다.

노히메 역시 원래는 노부나가의 목을 베라는 명령을 받고 시집온 기구한 운명을 지닌 여인이다. 그러나 지금은 돌아갈 집도 부모도 없고, 오로지 남편을 위해 헌신하는 아내의 자리를 차지하고 있다. 그처럼 강한 기질인 노히메이므로 자기도 스스로 무장을 하고, 설사 노부나가가 전사했다고 해도 조금도 물러나지 않고 싸울 것이 틀림없었다.

그러나……

오이치는 노히메와 전혀 다른 입장에서 안타깝게 마음을 태울 뿐이었다.

에치젠으로 공격해들어간 노부나가는 대관절 어떻게 되었을까?

아사쿠라 가문 편으로 돌아선 남편의 참뜻은 어디에 있는 걸까?

정세는 어떻게 진행되고, 오이치와 아이들은 과연 어떻게 될 것인가?

"마님, 지금은 홀몸이 아니십니다. 자, 차를 가져왔으니."

"마키, 나는 아이만 낳는 인형이었어."

"어찌 그런 말씀을 하십니까? 주군이 마님에게 아무 말씀도 하시지 않는 것은 깊은 사정이 있기 때문일 겁니다."

"오빠는 어떻게 하고 있을까, 혹시 소문을 듣지 못했어?"

"예, 그것이……"

마키는 약간 머뭇거리면서 대답했다.

"가네가사키에서 대패하고 퇴각했다는 소식밖에는 새로운 보고가 들어오지 않은 것 같습니다."

"그렇다면 혹시 어디서 전사라도?"

"마님, 이 자리에서 그런 말씀을 하시면 안 됩니다. 여자의 몸으로는 어떻게도 할 수 없는 일입니다."

"그것이 슬픈 거야. 한쪽은 남편, 또 한쪽은 혈육인 오빠, 그러나 나는 아무것도 알지 못하고…… 이봐, 마키."

"예…… 예."

"이번 싸움에서 남편이 이기건 오빠가 이기건 나는 무사할 수 없을 거야."

"그렇지만."

"나가마사의 아내이므로 남편을 따라야 한다는 말이겠지. 그러나 아무리 내가 그렇게 하려고 해도 아사쿠라 님과 가문에서 허락하지 않을 거야. 그래서 나는 여기 이렇게 서서 바라보고 있는 거야."

"무, 무엇을 보고 계십니까?"

"남편이나 시아버지가 출전하면 그때는 나도 스스로 목숨을 끊겠어. 아이는 그대에게 부탁하고."

"어머, 그런 생각을 하시다니……"

"오빠와 남편이 서로 죽이려 하니……"

여기까지 말하고 오이치는 쓴 웃음을 띠면서 마키를 돌아보고 가만히 그 자리에 앉았다.

임신을 한 탓인지, 얼굴에서 목덜미까지 가련해 보일 정도로 창백하고 숨을 쉴 때마다 어깨가 가냘프게 떨렸다.

"나는 세상을 잘못 타고난 것 같아. 노히메만큼 강해질 수가 없어. 그러므로 남편의 출진을 보고 난 후의 일은 그대에게 부탁하겠어."

마키는 그 순간 대답할 말을 찾지 못하고 옷소매로 가만히 눈물을 훔쳤다.

분명히 오이치의 기질로는 나가마사와 노부나가가 서로 싸우는 모습을 보지 못할 것이다. 그렇다면 나약한 여자가 택할 길은 '죽음' 뿐이다.

그렇다고 이 자리에서 그 처지를 동정한다면 상대는 한층 더 기가 죽는다.

"마님, 이쪽에서 기후의 주군에게 서약서를 반환한 날은 28일, 그로부터 이미 닷새가 지났습니다."

"그러기에 어떻게 되었을지 걱정되는 거야."

"이 마키의 생각으로는, 혹시 누가 중간에 개입하여 회의를 교섭하게 되지 않을까 합니다."

"누가 그런 말을……?"

"아니, 아무도 그런 말은 하지 않았으나 이처럼 군사를 출진시킨 채 주군도 시아버님도 성에서 나가지 않으셨습니다. 그렇다고 기후의 주군이 그리 쉽게 목숨을 잃으실 분 같지는 않고. 지금까지 아무 소식도 없는 것을 보면 낭보가 있을 징조가 아닌가 하고……"

마키는 스스로도 믿을 수 없는 말을 하고 상대의 표정이 밝아진다는 것을 깨닫자, 호호호, 하고 소리 내어 웃었다.

그런데 이때였다.

"말씀드리겠습니다. 지금 주군과 아버님이 이쪽으로 건너오실 테니 마님도 마키 님도 대기하고 계시라는 분부가 있었습니다."

나가마사의 측근인 후지카케 미카와노카미가 급히 달려와 이리가와入側°에 머리를 조아리고, 이어서 큰 소리로 무언가 이야기를 나누면서 들어오는 히사히데의 목소리가 들렸다.

슬픈 부부

"아니, 주군이 시아버님과?"

역시 오이치는 아직 달콤한 꿈을 꾸고 있다. 남편이 온다는 말을 듣자 얼굴을 붉히고 숨을 몰아쉬면서 옷매무새를 고치는 것이었다.

그러나 로조인 마키는 그 반대였다.

이리가와에 머리를 조아리고 있는 후지카케 미카와노카미의 표정이 심상치 않다.

'분명히 무슨 일이 있었구나.'

얼른 말석으로 물러나 머리를 숙이면서 방으로 들어오는 부자의 표정에 날카로운 시선을 던졌다.

히사히데가 앞서고 나가마사가 그 뒤를 따르고 있다. 두 사람 모두 요로이히타타레鎧直垂를 입었을 뿐인 반무장 차림이었는데, 이것이 오후의 햇빛을 받아 빛나고 있다.

뒤따라온 시동들이 두 사람의 방석을 깔 때까지, 마키는 그들이 큰 소리로 나눈 이야기가 결코 홀가분한 대화가 아니라 언쟁이었음을 깨달았다.

히사히데의 길고 허연 눈썹과 그 아래의 눈이 분노로 빛났다.

"오이치!"

앉기가 무섭게 히사히데가 말했다.

"나는 네가 오다 쪽 여자이기 때문에 헤어지라고는 하지 않겠다."

"예."

"비추가 일일이 너를 변호하기 때문이다."

"……?"

"그러나 가신들은 네가 매일같이 이 본성에서 아래쪽을 내려다보는 것을 수상하게 여기고 있어."

"예, 그것은 저어……"

"잠자코 있거라!"

"예."

"나는 여기까지 변명을 들으러 온 게 아니야. 그리고 너 때문에 노부나가를 치지 못했다고는 생각지 않는다."

"예? 그것은……"

"대답할 필요는 없어. 그러나 싸움에서는 사기가 첫째다. 우리 편에 거동이 수상한 자가 있다는 의심이 생기면 결속에 금이 가기 때문에 너에 대한 심문은 비추에게 맡기고 나는 로조인 마키를 데려다 물어보겠다."

마키는 깜짝 놀라 눈썹이 꿈틀했으나, 오이치는 아직 무슨 뜻인지 모르는 듯했다.

"이의는 없겠지, 오이치?"

"예…… 예."

"좋아. 그럼 후지카케, 마키를 데리고 오너라. 비추, 나는 먼저 나가겠다."

나가마사는 가볍게 고개를 숙였을 뿐 아무 말도 하지 않았지만 료죠인 마키는 그것만으로도 충분히 알 수 있었다. 아무래도 노부나가는 그들이 쳐놓은 그물에 뛰어들지 않은 모양이다. 그래서 마키와 오이치가 노부나가에게 미리 이쪽의 진로를 통보하지 않았나 하고 의심하는 것 같다.

'적의 여동생'이기에 따르는 비애가 마침내 오이치와 마키를 떼어놓는 결과를 가져왔다.

'이제 다시는 마님과 만나지 못할 것이다.'

그런 생각을 하자 마키는 가슴이 털썩 내려앉았으나 이 자리에서는 그런 기색마저 내비칠 수 없었다.

"그럼 마님, 잠시 곁을 떠나겠습니다."

이 말만을 남기고 히사히데와 후지카케 미카와노카미 사이에 끼여 밖으로 나갔다.

나가마사는 그 모습을 바라보면서 계속 탄식했다. 그리고 잠시 동안 오이치에게 말을 걸지 않았다.

한 칸 떨어져 있는 유모의 방에서 무언가 옹알거리는 자자히메茶茶姬의 목소리가 천진스럽게 들려온다.

"오이치…… 그대가 여기서 매일같이 밑의 가도를 내려다보았다는 것이 사실인가?"

"예."

"경치를 바라보았을 테지. 그대는 여기서 바라보는 경치가 훌륭하다고 늘 감탄했으니까."

"아닙니다."

오이치는 천진스럽게 고개를 가로저었다.

"전쟁터에서 오는 보고와 또 주군의 출진은 언제쯤일까 하는 것 등을……"

"그걸 알아서 뭐 하려고 했지?"

"주군이 출진하시면 배웅하고 나서 스스로 목숨을 끊을 생각이었어요."

"뭣이?"

나가마사는 깜짝 놀라 아내를 바라보다가 조용히 눈을 감았다. 아마도 나가마사는 이 한마디로 아내의 마음을 충분히 알았을 것이다.

"그랬었군."

나가마사는 다시 한 번 짧게 대답하고 가만히 한숨을 쉬었다.

"그대에게는 나와 처남의 싸움이 참을 수 없는 일이겠지."

"예."

"그러나 참을 수밖에 없게 되었어."

"……"

"다시는 여기 나오지 말도록 해. 아사쿠라 쪽의 시선이 예사롭지 않으니까."

"예."

"그리고……"

나가마사는 두 눈을 감은 채 잠시 말을 끊었다가 불쑥 말했다.

"노부나가 님은 무사히 교토로 돌아가셨어."

"아니, 오빠가 무사히……?"

"그것도 아사쿠라와 우리가 군사를 매복시킨 길을 피해, 그믐날 저녁에."

"어머!"

"이 때문에 그대들까지 무고한 의심을 받고 있는 거야. 알 수 있겠지?"

나가마사는 이제야 비로소 눈을 뜨고 기뻐해야 할지 어떨지 망설이고 있는 아내에게 미소를 보냈다.

"역시 노부나가 님은 범용한 장군이 아니야. 구쓰키 골짜기에서 하마터면 목숨을 잃을 뻔했으나 마쓰나가 단조 히사히데가 능란한 언변으로 구쓰키 시나노카미를 설득했을 뿐만 아니라 충성을 맹세하게 하고 크게 대접받은 뒤 무사히 통과했으니까."

"어머나!"

"놀랐을 테지, 그럴 거야. 따라서 지금쯤은 어떻게 하면 우리를 칠 수 있을지 교토에서 비책을 짜내고 있겠지."

나가마사가 조용히 미소를 띠며 이렇게 말하자 일단 누그러졌던 오이치의 표정이 다시 굳어졌다. '오빠가 살아 있다'는 기쁨은 비극적인 싸움이 이어진다는 뜻이기도 했던 것이다.

"하지만 오이치, 그대는 아사이 비추의 아내야."

"예."

"그러므로 마음을 한곳으로 모아야 해. 나는 아버지의 뜻에 따라 아사쿠라 가문에 대한 의리를 다하기로 결심했어."

"예."

"아사쿠라 가문에 대해서는 할아버지 대부터 은혜를 입어왔어. 여기에 보답하려는 아버지의 뜻을 어긴다면 불효한 일이야."

여기까지 말하고 나가마사는 문득 오이치를 빤히 바라보았다. 상대에게 자기 마음이 통했는지 아닌지가 걱정스러웠기 때문인지도 모른다.

"알겠나, 나는 그대의 남편이야."

"예."

"그대는 남편인 내 명을 들을 테지?"

"예. 어김없이 듣겠어요."

"그렇다면 안심이야. 나도 결코 그대의 남편으로서 부끄러운 일은 하지 않겠어. 저 사람은 오다 가문에서 온 오이치의 훌륭한 남편이라는 말을 듣도록 행동하겠어. 그대도 과연 아사이 비추의 아내라는 말을 듣도록 힘쓰기를 바래."

"물론입니다. 주군의 명이라면 언제라도 목숨을……"

오이치가 이렇게 말하자 나가마사는 당황하며 그 말을 가로막았다.

"지레짐작하면 안 돼, 오이치."

"예?"

"나는 그대에게 죽으라는 뜻이 아니야. 만일의 경우 나는 무장답게 의義를 위해 목숨을 바칠 테지만 그대는 살아남아 아이들을 잘 키우라고 부탁하는 거야."

"저어, 살아남아서?"

"그래. 부디 잊지 말도록. 아사쿠라 가문에 대한 의리는 나 혼자만으로도 충분해. 자식에게까지 떠넘길 필요는 없지. 지금부터 이 말을 마음에 깊이 새기고 살아가기를 부탁하겠어. 당신은 이 뜻을 잊을 아내가 아니야."

여기까지 말하고 나가마사는 다시 부드러운 표정을 지었다.

"하하하하. 마음을 결정하고 나니 홀가분해지는군. 나와 노부나가님과의 싸움은 남자들의 어쩔 수 없는 운명이라고 생각해, 알겠지?"

오이치는 대답 대신 남편의 무릎에 얼굴을 묻고 울었다.

'이제 남편과 오빠가 손잡는 날은 영원히 없을 것이다.'

그 사실을 안 이상 우는 것 외에는 도리가 없는 오이치였다.

참뜻의 참뜻

노부나가가 교토에 도착한 지 엿새째 되는 날, 이에야스도 또한 쿠라마 산을 넘어 교토에 들어왔다.

그리고 두 사람은 곧바로 쇼코쿠 사의 어느 방에서 서로 무사한 것을 축하하면서 선후책善後策을 강구했다.

"이번에는 정말 폐가 많았네."

"아니, 좋은 경험을 쌓았습니다."

"좋은 경험이란 이야기가 나왔으니 말인데, 내가 없는 동안 아내는 기후로 돌아와 아이들에게까지 무장을 시키고 농성을 준비했다고 하더군. 이것이야말로 좋은 경험이었어."

"그런데, 이제부터 어떻게 하시겠습니까? 곧 오다니 성을 공격하시렵니까?"

"이에야스 님, 그 일 말인데……"

노부나가는 웃으면서 아무렇게나 자란 턱수염을 쓰다듬었다.

"자네는 일단 하마마쓰로 돌아가 내가 연락할 때까지 기다릴 수 있겠나?"

"그렇다면 당장은 오다니를 공격하지 않으시겠다는 말씀입니까?"

"공격해도 좋겠지만…… 공격하지 않고 끝내는 편이 더 좋을 것 같아서."

"그러니까 아사이 나가마사에게 다시 한 번 마음을 바꿔 먹으라고 권유하실 생각이십니까?"

"글쎄, 그렇게까지는 하지 않겠지만 만약 공격을 시작하면 이번에는 손을 뗄 수 없어. 그 점을 미리 감안하지 않으면 안 된다고 생각하네."

이것은 지금까지의 노부나가답지 않은 말이었으나 이에야스는 이러한 변화가 매우 바람직하게 느껴졌다.

'노부나가도 변했다!'

과거의 그였다면 분노에 못 이겨 틀림없이 기후와 교토에서 일거에 오다니를 공격했을 것이다. 그러나 이것은 자칫 잘못하면 수습할 수 없는 혼란을 불러일으킬지도 모른다.

오다니 성 부근에 전군이 못 박혀 장기전의 양상을 띠게 된다면 어디서 어떤 적이 봉기할지 모르는 분위기다.

그런 만큼 이에야스는 노부가가가 곧 행동을 개시하겠다고 하면 말릴 생각이었다.

"이에야스 님, 지금은 우선 돌아갔다가 다음에 올 때는 가능한 한 정예부대를 모두 거느리고 왔으면 좋겠네."

"허어……"

이렇게 나올 줄 알았으면서도 이에야스는 자못 놀랐다는 듯이 눈을 크게 떴다.

"그러면 일거에 아사이, 아사쿠라와 결전을 벌이시렵니까?"

노부나가는 빙긋 웃고 이에야스에게 잔을 건네면서 대답했다.

"오다 · 도쿠가와의 연합군과 싸우면 얼마나 무서운지를 천하에 알리고 싶어서일세. 이것은 자네의 장래를 위해서도 도움이 되는 일이야."

"으음."

"동쪽에서 자네가 적을 만나면 즉시 내가 달려간다, 또 서쪽에서 내가 싸우면 즉시 자네가 자랑하는 미카와 무사가 달려온다는 사실이 천하에 알려지면 쌍방에 천 근의 무게를 더해 줄 것이 아닌가."

이에야스는 빙긋 웃고 고개를 끄덕였다. 그렇게 되기를 바랐기에 이번에도 멀리 에치젠까지 온 것이 아닌가. 이것으로 양자의 이익은 완전히 일치한다.

"알겠습니다. 그러나 참고하기 위해 한 가지 여쭐 말씀이 있습니다."

"부담 없이 말하게. 무슨 일인가?"

"이번 일의 배후에는 불안감을 느낀 쇼군의 획책이 작용했던 것으로 알고 있습니다마는 쇼군을 어떻게 하실 생각인지……"

"핫핫하, 그 점에 대해서는 당분간 개의치 않기로 했어."

"당분간이라고 하시면?"

"내버려두는 거야. 약간 귀찮은 첩자가 있다는 정도로 생각하고."

노부나가는 여기서 주위를 돌아보고 또 한 번 빙긋이 웃으며 목소리를 낮추었다.

"이에야스 님."

"예."

"나는 말일세, 처음부터 아시카가 바쿠후의 재건으로 난세가 다스려지고 일본이 구원받는다고는 생각지 않았어."

"그렇습니다. 그 말씀은 분명히……"

"그럴 걸세. 결국 지금까지의 난세는 아시카가 바쿠후에 확고한 이상도 뼈대도 없었기 때문에 비롯된 거야."

"으음."

"그러나 여기까지 생각하고 천하를 노릴 정도의 기량을 가진 자가 유감스럽게도 나 말고는 없어. 아니, 자네는 예외일세. 자네는……"

"분명히 옳으신 말씀입니다."

"그래서 쇼군을 옹립한 거야, 알겠나? 쇼군이 없으면 야심가들이 직접 조정에 접근하여 일을 꾸미거든. 이렇게 되면 난세는 더욱 기승을 부릴 뿐이지. 그러기에 쇼군을 옹립하여 우선 모든 음모가 백일하에 드러나도록 한 것일세. 다시 말하면 쇼군은 음모를 비추는 거울이라 생각하면 되겠지."

이 말을 듣고 있던 이에야스의 낯빛이 결론에 이르러 긴장으로 창백해졌다.

노부나가는 역시 평범한 무장이 아니다. 이에야스는 노부나가가 자신이 생각했던 것보다 훨씬 더 천재적인 정치가이고 전략가라는 사실에 숨이 막힐 정도로 놀랐다.

"알겠나, 이에야스 님. 이 노부나가가 낡아빠진 아시카가 바쿠후의 간판을 내건 이유를…… 물론 쇼군이 뛰어난 인물이었다면 나는 이 같은 속사정을 정직하게 밝히고 협조를 청할 생각이었어. 그러나 쇼군은 범용한 인물일세. 일부러 내가 부탁하지 않아도 스스로 슬금슬금 움직여주었어. 그리고 수상한 야심가들의 그림자를 그대로 비추어주었네. 참으로 얻기 어려운 거울이 아닌가? 그러므로 아직은 이대로 내버려두지 않으면 안 돼."

"알겠습니다."

마침내 이에야스의 얼굴에는 싱싱한 화색이 돌고 그 눈이 별처럼 빛났다.

"알겠거든 나도 안심하고 내일부터 다음 행동으로 옮기겠어. 자, 한 잔 더 들게."

겐키元龜° 원년(1570) 5월 6일.

그날 밤 이에야스와 노부나가는 비로소 진정으로 마음이 맺어졌다.

지구사 고개의 유탄流彈

이에야스에 이어 니와 나가히데와 아케치 미쓰히데가 와카사에서 돌아오고, 또한 가네가사키 성에서 후방을 지키던 히데요시 역시 아사쿠라 군의 추격을 교묘히 따돌리고 교토로 돌아왔다.

그때까지 교토에서는 상당히 좋지 않은 소문이 나돌았으나 아마 그 소문도 이제 사라지게 될 것이다.

노부나가가 이미 돌아와 있는 장수들을 모아 행동을 개시했기 때문이다.

노부나가는 이에야스와 회견한 지 사흘 뒤인 5월 9일 오미에 들어가 우선 야스野洲의 강변에서 롯카쿠 군을 몰아내고, 에치젠에서 돌아온 무장들을 즉시 부근의 여러 성에 들여놓았다.

모리 산자에몬을 우사야마 성宇佐山城에, 사쿠마 노부모리는 나가하라 성永原城에 그리고 시바타 가쓰이에를 조코지 성長光寺城에 들여놓았다.

기노시타 히데요시는 나가하마 성長浜城을, 나카가와 기요히데는 아즈치 성安土城을 지켰다.

이것은 물론 오다니 성의 아사이 나가마사 부자에 대비하기 위한 배치였으나 그 이상의 의미도 있었다.

노부나가는 가능하면 매제인 나가마사를 공격하고 싶지 않았다. 공격하지 않아도 정세를 파악하고 손을 내밀지도 모른다는 미련이 있었기 때문이다. 그래서 각 성의 수비를 강화시킨 뒤 교토에 돌아와 니조의 청사로 쇼군을 찾아가, 쇼군이 직접 아사이 부자에게 사자를 보내도록 했다.

"아사이 부자가 노부나가에게 대항한다면 쇼군 요시아키인 내가 군사를 이끌고 몸소 오다니 성을 공격하겠다."

이렇게 전하게 하고 교토의 수비를 아케치 미쓰히데와 니와 나가히데에게 맡긴 뒤 비로소 기후로 향했다.

쇼군은 배후에서는 어떤 책동을 하건, 아직 표면상으로 노부나가의 제의를 거절하지 못한다. 이 점을 간파하고 일부러 쇼군의 이름으로 사자를 보냈으므로 오랜만에 기후로 향하는 이번의 도정도 아사이 가문의 영지를 피해 지구사千種 고개를 넘는 샛길을 택했다.

그 길은 가모蒲生 씨의 히노 성日野城과 오토와普羽, 다즈田津, 하타케야마佃山를 거쳐 이세의 지구사로 나가는 고갯길이다.

노부나가의 기질로 보아 이것 역시 드물게 신중한 배려에서 나온 행동이었다. 만약 오다니 성과 가까운 곳으로 지나가다가 아사이 군사와 마주치기라도 하면 나중에 나가마사가 손을 내밀기 어려울 거라는 우려 때문이었는데, 아마 이 점을 깨닫고 있는 자는 측근 중에도 별로 없을 것이다.

나가마사는 아버지인 히사히데로부터 아사쿠라 가문에 대한 신의를 끝까지 지켜야 한다는 말을 듣고 난처한 입장에 처해 있다. 그 아사쿠라 가문은 쇼군과 연관이 있다고 떠들어대고 있으므로, 이 경우 요시아키 쇼군의 사자는 아사이 부자에 대해 마지막으로 화해의 기회를 주는 것이라고 해도 좋았다.

노부나가가 이처럼 상세한 배려를 하고 나서 교토를 떠나 깊은 골짜기와 울창한 숲으로 둘러싸인 샛길인 지구사 고개에 다다른 때는 5월 20일 낮이었다.

따르는 자는 노부나가의 사위가 될 가모 쓰루치요蒲生鶴千代를 비롯하여 가쓰타 간로쿠香津田勘六, 후세 도쿠로布施藤九郎 등 백오십 명 정도였다. 기후로 돌아가는 것은 조라쿠 사에서 씨름 대회를 개최한 지 3개월 만이었다.

"어떠냐 쓰루치요, 이처럼 인가가 없는 산길을 거니는 것도 좋지 않으냐?"

"예. 이것으로 주군은 두번째로 산을 넘게 되시는군요."

"이 녀석, 구쓰키 골짜기를 두고 하는 말이구나."

"예. 그때는 교토에 온갖 소문이 다 떠돌았습니다. 대장님 같은 분도 아사이 · 아사쿠라 군의 협공을 받아 황망히 구쓰키 산속으로 도주했다고."

"핫핫핫하,. 대관절 누가 그런 소문을 퍼뜨렸다고 생각하느냐?"

"물론 아사쿠라의 첩자이겠지요. 하지만 그 밖에 원인이 또 있었는지도 모릅니다."

"뭣이, 그 밖에도?"

"예. 대장님에게도 단 하나의 약점이 있다는 것입니다."

"물론 약점이 없는 것은 아니지만, 그 약점이 무어라더냐?"

"아사이 가문으로 출가하신 여동생…… 그 분이 사랑스러워 판단을 잘못 하셨다, 이것이 대장님의 유일한 약점이라고들 했습니다."

"쓰루치요!"

"예."

"그것은 네가 한 말이겠지?"

"아닙니다, 쇼군님의 말씀이었습니다."

"뭐, 쇼군께서 말씀하셨다고?"

"예. 대장님은 모르고 계셨습니까?"

"으음."

"쇼군님은 아사이 가문에 사자를 보내실 때, 표면상으로야 어쨌든 대장님에게는 그러한 약점이 있으므로 적당히 말하라고……"

"쓰루치요!"

"예. 말까지 깜짝 놀라는군요."

"지금 그 말이 사실이냐?"

"사실입니다. 따라서 그 사자는 별로 성과를 거두지 못하리라 생각합니다."

영리하기 짝이 없는 가모 쓰루치요는 아사이 부자에 대한 노부나가의 인내가 지나치다고 생각한 듯 넌지시 충고하는 것인지도 모른다.

"으음."

노부나가는 다시 한 번 신음했다.

'쇼군이 그런 말을 해서 보냈다면 분명히 사자는 역할을 다하지 못할 것이다. 그렇다면 나가마사에 대한 기대 역시 이쯤에서 포기해야 할지도 모른다'

바로 그때 '탕탕' 하고 두 발의 총성이 산과 골짜기에 울리고 공기를 찢으면서 날아온 총탄 하나가 말고삐를 쥔 노부나가의 왼쪽 옷소매를 뚫고 살을 스치듯 지나갔다.

"앗!"

사람들은 기성을 지르며 말을 세우고 노부나가에게 달려와 그 주위를 둘러쌌다.

"무사하십니까?"

"괴한이다. 괴한을 체포하라."

"저 부근이다. 저 큰 노송나무 그늘이다."

"쓰루치요!"

노부나가는 아무렇지도 않다는 듯이 똑같은 자세로 말고삐를 쥔 채 쓰루치요를 불렀다.

노부나가의 왼쪽 옷소매에서 화약 냄새가 풍겼고 깜짝 놀란 말이 귀를 곤추세웠으며 눈이 인광燐光을 띠고 번쩍번쩍 빛났다.

"예."

"어떻게 괴한이 우리가 이 길로 가는지 알았을 거라 생각하느냐?"

"모르겠습니다."

"알고 있을 텐데! 이 길로 간다는 것을 아는 사람은 우리를 제외하면 쇼군뿐이야."

"그렇다면 생각해볼 것까지도 없습니다. 쇼군이 아사이 가문에 보낸 사자에게 귀뜸해주어 그것이 아사이나 롯카쿠에게 알려진 겁니다."

"제법 영리한 소리를 하는구나."

노부나가는 소리 내어 웃었다.

"과연 생각해볼 것까지도 없겠다."

"그렇습니다."

"결심하라, 너마저도 나에게 이렇게 말하고 있구나."

"저만이 아닙니다. 교토 사람들도 모두 그렇게 말하고 있습니다."

"뭣이, 교토 사람들이?"

"예. 일본에서 제일가는 대장이 고작 아사이 한 사람에게 배신을 당해 구사일생으로 구쓰키 골짜기로 도주했다. 그 불신을 주벌하지 않으면 안 된다고."

"좋아, 결심했다!"

"그래야 한다고 생각해왔습니다."

"괴한은 나중에 붙잡아도 된다. 어서 기후로 가자."

노부나가는 태연한 표정으로 말을 몰아 푸른 숲 속으로 들어갔다.

이리하여 오다니를 공격하겠다는 노부나가의 결심이 굳어지고 아네가와姉川 전투에 돌입하게 된 것인데……

아네가와 출진

　　기후 성을 본거지로 삼아 교토로 진출하는 지금의 노부나가는 어떤 희생을 치르고라도 교토로의 통로를 반드시 확보해야 했다.
　　그러기에 노부나가는 몇 번이나 아사이 부자에게 손을 썼다. 아사이 부자가 아사쿠라 가문에 대한 옛 은혜를 내세워 의리에 집착하면 할수록 노부나가는 그들 부자가 여간 애처롭지 않았다.
　　'요즘 세상에서는 찾아보기 힘든 무장이다.'
　　그런 만큼 어떻게 해서라도 자기 편이 되게 하려고 갖은 수단을 모두 강구해보았으나 끝내 노부나가의 의지는 통하지 않았다. 아니, 나가마사에게만은 통한다는 사실을 알기 때문에 속이 타는 것을 참고 몇 번이나 반성할 기회를 주었으나 소용없었다.
　　5월 21일, 3개월 만에 기후로 돌아온 노부나가는 적자인 기묘마루와 노히메로부터 그동안의 보고를 들었다.
　　"오이치로부터의 소식은?"

노히메는 갑자기 낯빛을 흐리고 고개를 저었다.

"직접적으로는 아무 소식이 없었으나, 이쪽에서 딸려보냈던 마키는 처형되었다고 합니다."

"뭣이, 처형?"

"예. 성의 사정을 오다 쪽에 누설한 본보기라면서 성문 앞에서."

"으음, 여자를 죽일 정도로 나가마사 놈도 눈이 뒤집혔단 말인가."

"나가마사 님이 아닙니다. 첩자의 보고로는 히사히데 님의 지시였다고 합니다."

여기에도 이제는 싸울 수밖에 없다는 사실이 분명히 나타나 있다. 노부나가는 그 말을 듣고 이야기를 다른 데로 돌렸다.

그리고 이튿날부터 노부나가는 다시 전투 준비에 착수했다.

상대가 절대로 설득되지 않을 적임을 안 이상 결단코 그대로 둘 수 없다. 아마 적은 이 싸움이 노부나가의 상경을 차단하는 방법이 되므로 노부나가가 반대파의 전적인 호응을 얻어 최강의 군사를 동원할 수 있다고 계산했을 것이다.

5월 말이 되자 조코지 성을 지키고 있던 시바타 가쓰이에가 롯카쿠 쇼테이에게 포위되어 고전한다는 정보가 들어왔고, 또한 미요시의 3인방이 셋쓰 일각에 상륙하여 움직이기 시작했다는 소식도 들려왔다.

아사이 · 아사쿠라의 연합군이 노부나가의 상경로를 차단하고 있는 동안 교토를 탈환하려는 속셈인 모양이다. 더구나 여기에는 오사카의 혼간 사가 뒷받침해준다는 불길한 정보도 덧붙여졌다.

만약 혼간 사가 궐기하게 되면 이것은 결코 오사카만의 문제가 아니다. 실제로 오와리와 이세 사이에는 나가시마라는 활화산이 버티고 있다.

"여기서 약점을 보이면 안 됩니다. 다케다의 눈도 에이잔의 눈도…… 아니, 일본 전체의 눈이 지금 주군의 실력을 확인하려고 은밀히 빛나고 있습니다."

겨우 준비를 끝내고 군사 2만 3천 명을 집결시킨 노부나가에게 노히메는 전에 없이 굳어진 표정으로 말했다.

6월 19일 밤의 일이었다.

"흥, 여자가 쓸데없는 소리를 하는군!"

"그러나 이번 싸움은 덴가쿠 골짜기의 싸움과도 비견되지 않을까 생각합니다."

"말도 안 되는 소리! 그렇게 자주 덴가쿠 골짜기가 나타난다면 어떻게 하겠어."

"말씀은 그렇게 하시지만 주군의 눈에도 그 각오가 역력히 떠올라 있습니다. 적은 노부나가에게 두 번 다시 교토의 땅을 밟지 못하게 하겠다, 이렇게 호언장담하고 있어요."

"역시 대단한 정보통이로군. 대관절 어디서 그런 소리를 들었어?"

"제게는 저 나름의 귀가 있어요. 미요시의 잔당에 오사카와 나가시마의 혼간 사, 이렇게 되면 에이잔의 적을 자기 쪽으로 끌어들인 다케다 군도 교토를 노릴 거예요. 아니, 그보다도 마쓰나가와 쓰쓰이가 배신하지 않을까 우려하는 사람이 있을 정도이므로……"

"그래서 어떻게 하라는 말인가? 자꾸 말을 빙빙 돌리는군!"

"비록 아사이·아사쿠라 군을 끝까지 무찌르지 못한다 해도 이 달 안으로 꼭 한 번 교토로 올라가십시오, 이것이 상대의 호언장담을 잠재우고 민심의 동요를 막을 지름길이라고 생각합니다."

"흥."

노부나가는 코웃음을 쳤으나 그 말을 마음 깊이 새겨두지 않으면 안 되었다.

가네가사키의 퇴진은 노부나가가 상상했던 것보다 훨씬 더 큰 불안의 파문을 세상에 퍼뜨려놓았다. 아마 노히메도 이 사실을 알기에 노부나가에게 싸움이 장기화될 성싶으면 일단 군사를 이끌고 교토에 들어가라고 말하고 있는 것이다.

"내가 그대의 잔소리를 듣고 알아 모시겠다고 한다면 이 노부나가도 끝장이라는 것을 알아야 해."

"그 점은 잘 알고 있어요."

"알고는 있으나 마음에 걸린다는 말인가? 하하하! 나는 아사이·아사쿠라를 쳐부수고, 그들의 하찮은 힘으로는 노부나가의 상경을 막지 못한다는 사실을 일깨워주기 위해서 가는 거야. 어때 알았나, 이 마누라야."

노부나가는 호탕하게 웃어젖혔다.

이튿날 새벽, 노부나가가는 한 달 만에 다시 군사를 몰고 북부 오미로 쳐들어갔다.

오다니의 사상

노부나가 군이 북부 오미로 발진하자 뒤이어 도쿠가와 이에야스도 정예 부대를 이끌고 하마마쓰에서 떠났다는 보고가 오다니 성에 들어왔다.

"도대체 도쿠가와 군이 얼마나 온다는 말이냐? 그 규모에 따라 우리도 아사쿠라 쪽과 협의를 해야 하는데……"

6월 하순의 한여름. 매미 울음소리가 요란한 산노山王 성곽의 넓은 응접실에서 은퇴한 아사이 히사히데는 잔뜩 가슴을 펴고 죽 늘어앉은 장수들에게 말했다.

"약 오천 남짓이라고 들었습니다마는."

오노기 도사小野木土佐가 펼쳐놓은 지도에서 아네가와의 물줄기를 부채로 가리키면서 대답했다.

"이 더위에 도토미에서 달려오다니…… 하지만 노부나가는 그 격한 기질로 미루어 피로를 풀 겨를도 없이 곧 바로 총공격 명령을 내릴 겁니다."

"멀리서 오느라 피로한 상태이므로 두려울 게 없다는 말이냐?"

"그렇습니다!"

"그럼 우리는 노부나가가 조급히 싸움을 걸어도 처음에는 성에서 나가지 말아야겠군."

"그렇습니다."

미타무라 쇼에몬三田村庄右衛門이 대답했다.

"이곳은 견고하기 이를 데 없는 성곽이므로 노부나가는 반드시 인근 마을에 불을 지르고 우리를 유인하려고 할 것이 분명합니다. 그러나 이때 절대로 나가서는 안 됩니다."

"나도 그런 생각을 하기는 했으나……"

"기다리다 못해 초조해져 총공격을 가해오면 그때가 기회입니다. 배후를 아사쿠라 군에게 치도록 하고 적이 당황할 때 성에서 공격해 나갑니다. 그 일전이 이번 싸움의 분수령이 될 겁니다."

"옳은 말이오!"

주전파의 선봉인 엔도 기에몬이 부채로 다다미를 힘껏 두드렸다.

"분수령이 아니라 그 일전으로 승부는 결정되는 것이오. 물론 우리가 이겨야 하지만."

"으음……"

히사히데는 곁에 앉아 있는 나가마사를 돌아보았다.

"오다 군이 약 이만…… 여기에 도쿠가와 군이 오천이므로 합해서 2만 5천. 우리 군사는 칠천 정도이고, 아사쿠라 군이 팔천…… 병력에서는 열세이지만 승리할 수 있을지도 몰라, 비추."

나가마사는 대답 대신 고개를 크게 끄덕이며 말했다.

"아사쿠라 쪽에 제2진의 출동을 의뢰해놓았습니다."

"뭐, 2진의 출동을?"

"제1군만으로는 불안합니다. 제2진은 약 만 명 정도입니다. 시급히 출동하도록 의뢰했으므로 속속 도착할 겁니다."

"허어, 놀라운 일이야. 모두 들었겠지? 이것으로 우리는 이겼어. 같은 수라면 사기로 보아 지지 않는다. 이제 이겼어."

"아버님."

나가마사는 기뻐하는 아버지를 가볍게 제지했다.

"지는 경우에는 아사이도 아사쿠라도, 또한 롯카쿠도 흔적조차 없이 사라집니다. 여기서 반드시 노부나가의 상경로를 차단해야 합니다."

"바로 그 말이다. 지금이야말로 우리 의지를 보여줄 때야. 일거에 격멸시키지는 못한다 해도 노부나가를 미노로 쫓아보내면 그 다음은 우리의 승리니까."

히사히데는 흐르는 땀을 닦으려 하지도 않고 말을 이었다.

"어떤가, 모두들…… 이 점을 잘 명심하고 싸워야 한다. 교토에 계시는 쇼군은 우리 편. 우리가 오다 군을 격퇴하기만 하면 당장 셋쓰와 가와치는 물론 교토가 싸움터로 변한다. 미요시의 3인방을 비롯하여 혼간 사까지 움직인다. 그렇게 되면 오와리의 나가시마도 궐기할 것이고 가이의 다케다 가문도 쇼군의 밀령이 내려갈 것이다. 노부나가나 이에야스가 가진 천하의 꿈은 이미 깨진 거나 다름없어. 이제 꽁무니에 불이 붙어 자기 거성을 지키는 것이 고작이다. 이 점을 명심하도록. 잘 부탁한다."

히사히데는 말을 마치고 큰 소리로 웃었다.

나가마사 역시 저도 모르게 웃으려다 말고 입을 다물었다.

물론 그는 아버지처럼 단순히 낙관하고 있는 것은 아니었다. 그러나 잇따라 쇼군 요시아키가 보내오는 밀사를 만나는 동안 그의 마음도 차차 자신감이 생겼다.

요시아키는 아사이 · 아사쿠라 군이 노부나가의 상경을 저지해준다면 자기가 직접 혼간 사로 가서 겐뇨顯如 대사를 만나 궐기하도록 촉구하겠다고 전해왔다.

오사카의 혼간 사에는 시모쓰마 요리카도下間賴廉라는 걸출한 승려가 있다. 주지가 궐기하면 나가시마의 별사別寺에 있는 핫토리 우쿄노스케服部右京亮가 즉시 오와리를 공격할 터이고, 이렇게 되면 다케다 신겐도 서둘러 상경할 것이 분명하다.

그러므로 쇼군 요시아키 밑에서 다케다, 아사쿠라, 미요시, 아사이, 롯카쿠 외에 마쓰나가, 쓰쓰이 등을 포함한 합의제의 새로운 진용으로 일본을 충분히 평정할 수 있다는 생각이 들었다.

나가마사가 이런 생각을 한 것은 결코 무리가 아니다.

그는 아직 아시카가 요시아키의 인물됨을 노부나가만큼 알지 못했다.

아무튼 요시아키는 '쇼군'이다. 그 쇼군과 노부나가가 이처럼 사이가 나쁘다면 당분간 파란이 그치지 않을 것이다.

'빨리 평화를 이루기 위해⋯⋯'

이런 생각이 어느 틈에 나가마사를 주전론으로 이끌어들여 차차 자신감을 불어넣었다.

"보고합니다."

후지카케 미카와노카미가 옆방에서 들어오며 말했다.

"방금 히바리 산雲雀山에서 보고가 들어왔습니다."

"무슨 일이냐? 그대로 말하라."

"예. 적이 산자락의 마을에 침입하고 민가에 불을 질렀습니다."

150

나가마사는 홀끗 아버지와 시선을 마주쳤다.

"예상했던 일이다. 그런데 적장은?"

"모리 산자에몬과 사카이 우콘."

"알겠다. 도라고제 산虎御前山에는 아직 적이 접근하기 않았느냐?"

"예. 시바타, 사쿠마, 니와, 기노시타 등이 각각 움직였으나 아직 아네가와를 건너지는 않은 것 같습니다."

"알았다. 수고가 많았다! 들은 그대로다. 비록 적이 가까이 왔다고 해도 유인에 말려들어서는 안 된다. 그렇다, 조용히 기다리며 사기 진작을 위해 노력하라. 다시 한 번 군사들에게 주지하도록 하라. 그리고 오늘 저녁에는 술을 내리겠다."

"그것이 좋겠다. 이미 아사쿠라 가게아키라景鏡 님도 포진을 끝냈을 것이다. 전도를 축하하기 위한 술, 덫에 걸려오는 적을 우선 머리서부터 삼켜버리자. 미마사카, 속히 준비하라."

나가마사의 이야기에 이어 히사히데의 말에 일동은 지도를 말아놓고 어깨에 힘을 주면서 자리를 떴다.

노부나가의 전술

아사이 쪽의 작전은, 미노에서 침입한 노부나가가 도라고제 산으로 진지를 옮기고 즉시 도전할 거라는 예상에 의해 짜여졌다.

도라고제 산은 오다니 산 북쪽 2킬로쯤 되는 곳에 있어, 아사이의 거성과는 지척지간이었다. 노부나가는 여기서 성안의 군사들이 움직이는 모습을 지켜보다가 공격해나올 기색이 없는 것을 보고는 더 이상 참지 못하고 공격을 감행할 것이 분명하다. 그때 아사쿠라 시키부다유 가게아키라가 거느린 아사쿠라 군 팔천이 오다 군의 동쪽인 아사이의 외성 요코야마 성橫山城까지 남하하여 성안의 아사이 군과 호응하면서 퇴로를 차단하고 협공할 계획이었다.

노부나가의 성격으로 미루어 이 작전은 만에 하나라도 어긋날 리 없다는 것이 장수들의 한결같이 내놓은 의견의 결론이었다.

그리고 이 결론은 어김없이 적중했다.

모리 산자에몬과 사카이 우콘의 군사가 히바리 산 기슭의 민가를 불태우는 동안에 사쿠마, 니와, 기노시타 등의 군사는 오다니 성을 남쪽에서부터 에워싸기 시작했다. 또한 예상대로 노부나가는 도라고제 산정에 본진을 두고 야영을 했다.

아마도 성안의 장병은 손뼉을 치며 기뻐했을 것이다.

아직 도쿠가와 군은 싸움터에 도착하지 않아 이대로 있으면 그가 도착하기 전에 노부나가는 울화가 터져 총공격을 개시할지도 모른다.

"그것 봐, 생각대로 됐어."

"당황했을 거야. 이쪽에서는 한 사람도 공격하지 않으니까."

"이대로 내버려두고 우리는 힘을 비축하는 거야. 오다 군이 모두 이곳을 지나가고 나면 아사쿠라 군이 요코야마 성까지 나갈 테니까."

"그래. 그동안에 아사쿠라 군의 제2진도 도착할 테고, 그러면 이번에는 노부나가의 목도 완전히 떨어져나갈 테지."

여기저기서 민가가 불타고 있는 가운데 성병城兵들은 꼼짝도 않고 이야기만 주고받았다.

한편, 22일 날이 밝자 노부나가는 도라고제 산의 망루에서 오다니 성을 바라보면서 고쇼가 건넨 도시락을 맛있게 먹고 있었다.

"맛있군. 어떠냐, 나가요시. 이 맛을 알 수 있겠느냐?"

모리 산자에몬의 장남 나가요시는 의아한 표정을 지었다.

"예? 무슨…… 말씀인지요?"

"오늘 아침의 도시락은 특별히 맛이 있어. 그 이유를 아느냐 그 말이다."

"아니, 전혀……"

"하하하 보아라, 저쪽 성이 너무 조용하지 않으냐. 그것은 어째서라고 생각하느냐?"

"주군의 위광이 두려워 처음부터 농성할 각오가 아닌가 싶습니다."

"흐흐흐, 그 정도의 이유라면 이렇게 도시락이 맛있을 리 없지. 저것은 말이다, 싸움에 지려고 가만히 있는 거야."

"아니. 뭐라고 하셨습니까?"

"싸움에 지기 위해 머리를 썼다는 말이다. 식사가 끝나면 멀리까지 천천히 말을 달리겠다. 너도 따라오너라."

노부나가는 식사가 끝나자 야영을 위한 장막과 깃발을 그대로 두고 불과 열대여섯 명의 수행원만 데리고 산에서 내려갔다.

물론 아무도 노부나가의 참뜻을 알 리 없었고, 아마도 상대가 공격해 나오지 않을 것을 알고 대담하게 멀리까지 말을 달려보려는 줄로만 생각했다.

그런데 노부나가는 산에서 내려가자 서둘러 모토가와元川에서 미야베宮部로 나와 여기서 아네가와 남쪽으로 향했다.

'대관절 무슨 생각을 하시는 걸까?'

"주군, 어디로 가시렵니까?"

강 건너 구니토모國友에 이르렀을 때 기노시타 도키치로 히데요시가 뒤쫓아와 의아하다는 듯이 물었다.

"말 머리가 향한 쪽으로 가고 있다."

"말 머리…… 그럼 고쿠부덴國分田으로 가서 동쪽으로 향하시렵니까?"

"따라오너라, 너도."

히데요시도 그만 이때는 도무지 이해할 수 없다는 표정으로 고개를 갸웃거렸으나, 히가시카미자카東上坂를 왼쪽으로 보면서 다시 아네가와 기슭으로 나와 남쪽을 바라보며 말을 세웠을 때는 '아아, 이제야 알겠군' 하며 무릎을 치고 말고삐를 당겼다.

임기응변은 싸움터에 임하는 노부나가의 신조. 노부나가의 작전이 도중에 변경되었다는 사실을 깨달았다.

"저것은 요코야마 성이로군요, 주군!"

"알겠느냐, 너도?"

"알 것 같기도 합니다."

"알았으면 그것으로 됐어. 나는 저 요코야마 성이 있는 가류 산臥龍山 북쪽의 다쓰가하나龍ヶ鼻가 마음에 든다."

"과연 요코야마 성과 오다니 성의 연락을 끊기 위해서는 그 부근이 절호의 장소일 겁니다."

"도키치로."

"예."

"오다니 성과의 연락뿐이라면 도라고제 산만으로도 충분해."

"하기는 그렇습니다. 그러면 아사쿠라 군이 요코야마 성에 들어가지 못하도록 하기 위해?"

"그렇기도 하지만 또 한 가지 이유가 있어."

"또 한 가지…… 라면, 여기서 유유히 도쿠가와 님의 도착을 기다리시렵니까?"

"또 하나……"

"또 하나?"

"하하하, 너도 모르겠다면 이 노부나가가 이긴 것이나 다름없군. 끈기 겨루기, 지혜 겨루기를 하려는 거야."

"누구하고 말씀입니까?"

"뻔하지 않으냐. 바로 아사이 부자야."

"정말 놀랐습니다. 그러니까 아사이 부자가 성에서 나오지 않으리라는 것을 아셨군요."

노부나가는 웃으면서 고개를 끄덕였다.

"나오지 않겠다면 나오도록 만들 것이다. 너는 다쓰가하나로 진지를 옮기고 니와 고로자에몬과 함께 요코야마 성에 맹공을 가하라."

"으음! 그럼, 대장님은?"

"나는 깃발만을 도라고제 산에 남기고 그대들의 싸우는 모습을 바라보면서 다쓰가하나에서 느긋하게 이에야스의 도착을 기다리겠다."

히데요시는 비로소 노부나가의 참뜻을 알고 저도 모르게 탄성을 질렀다.

유혹의 유혹

그때부터 아사이의 외성인 요코야마 성에 대한 맹공이 시작되었다.

이것은 아사이 부자로서는 전혀 예기치 못한 일이다. 어느 한 장수를 보내 요코야마 성의 공격에 대비케 하려고도 했었지만, 목표는 어디까지나 오다니 성이므로 일거에 오다니를 공격할 것이라고 생각했던 예상이 완전히 빗나갔다.

주력부대가 오다니 성을 수비하고 있는 동안 팔천의 아사쿠라 가게아키라 군이 요코야마 성까지 진출하여 적의 배후로 돌아갈 예정이었는데 완전히 그 반대가 되고 말았다.

요코야마 성에서는 빈번히 원군을 청해 오는데, 오다니 성 북쪽에 있는 아사쿠라 군은 움직일 수가 없어 초조했다. 이대로는 노부나가의 총공격이 시작될 때까지 가만히 기다린다는 것은 불가능한 일이다.

더구나 여기에 도쿠가와 군의 도착이 알려지고, 이에야스와 노부나가가 다쓰가하나에서 대면한 뒤 도쿠가와 군이 곧바로 오다 군의 왼쪽에 포진했다는 보고가 6월 27일 이른 아침에 들어왔다.

"이에야스는 엄선한 미카와의 정병 육천 명을 거느리고 온 것 같습니다. 사기가 왕성하여, 멀리서 왔으므로 자기네가 선봉에 서겠다면서 한 걸음도 양보하지 않는다고 합니다."

후지카케 미카와노카미의 보고를 받고 아사이 비추노카미 나가마사는 아버지인 히사히데와 얼굴을 마주 보며 깊이 생각했다.

아직 아사쿠라의 제2진은 도착하지 않았다. 이대로 두면 협공할 예정이었던 아군이 각각 공격을 받아 서로 연락도 되지 않는 상황에 빠진다.

물론 노부나가는 오다니 공격을 이에야스에게 맡길 리 없다. 그러나 오천인 줄 알았던 도쿠가와 군이 육천으로 증가했을 뿐 아니라 그들이 노부나가와 호흡을 맞춰 아사쿠라 군을 공격한다면, 북국 가도에 포진해 있는 팔천의 아사쿠라 군은 그것만으로도 힘에 겨워 도저히 아사이 군을 돕지 못할 것이다.

"도쿠가와 군이 육천이란 것은 틀림없나?"

"예. 노련한 밀정이 농부들 속에 섞여 계산했기 때문에 확실합니다."

"그들을 거느리고 온 장수들은?"

"무사 대장은 사카이 다다쓰구酒井忠次와 이시카와 이에나리石川家成. 하타모토旗本의 부장部將은 그 유명한 혼다 헤이하치로 다다카쓰本多平八郎忠勝를 비롯하여 도리이 모토타다鳥居元忠, 사카키바라 고헤이타榊原小平太와 이이 만치요 나오마사井伊万千代直政 등 역전의 용사들입니다."

"아버님!"

나가마사는 결의를 굳힌 듯 말문을 열었다.

"이렇게 된 이상 성에서 나가 아사쿠라 군과 합세하여 요코야마 성이 함락되기 전에 일전을 벌여야 합니다."

"그래, 나도 그렇게 생각하고 있다."

작전에는 차질을 빚었으나 야전에 있어서 아사이 군은 무적이었다. 즉시 사자를 아사쿠라 시키부다유 가게아키라에게 보내었고, 그날 중으로 양군은 오다니 성 동남쪽에 있는 오요리 산 大依山에 진출하여 드디어 오다, 도쿠가와의 연합군과 정면으로 맞서게 되었다.

물론 이 전투의 가장 큰 목적은 요코야마 성의 후방을 공고히 하는 것이었다. 만약 요코야마 성이 함락되면 그 남쪽에 있는 여러 성들과의 연락이 끊겨 오다니 성이 고립된다.

그러나 일단 움직이기 시작하면 도저히 제어할 수 없는 묘한 힘에 지배당하는 것이 전투의 생리이다. 처음에는 오요리 산에 진출하기만 하고, 그 다음에는 아사쿠라 군의 본진이 도착할 때까지 기다릴 예정이었다. 여기까지 진출했다는 것만으로도 요코야마 성의 장병은 충분히 사기가 오를 것이라 생각했다.

그러나 막상 진출해놓고 보니, 오래 참아왔던 만큼 아사이 군도 아사쿠라 군도 가만히 있지 않고 기세를 올렸다.

"여기서 멈추면 안 된다."

"그렇다. 오늘 밤 안으로 아네가와 기슭까지 진출했다가 날이 밝는 동시에 노부나가의 본진을 공격해야 한다."

"찬성이다. 그들은 우리가 성에서 나왔다는 사실은 알아도 내일 새벽에 기습할 줄은 생각지도 못할 것이다. 그 방심한 틈을 찌르는 것이 상책이다."

지금까지 아사이 군이 공격해나오지 않았으므로 오다 군도 도쿠가와 군도 방심하리라고 생각했다. 이렇게 계산하면 28일 새벽이야말로 공격할 수 있는 절호의 기회라는 결론이 나온다.

이에 아사이 군과 아사쿠라 군은 오요리 산으로 나가 밤이 되기를 기다렸다가 달도 뜨지 않은 캄캄한 밤에 아네가와 북쪽 기슭까지 대번에 진출하고 말았다.

오른쪽 미타三田에는 아사쿠라 군이, 왼쪽 노무라野村에는 아사이 군이 진격해들어갔다.

따라서 강을 사이에 둔 노부나가의 본진과는 아사이 군이 가깝고, 도쿠가와 군과는 아사쿠라 군이 더 가까운 형세가 되어 숙연히 여름날의 새벽이 오기를 기다렸다.

그야말로 일촉즉발! 서서히 살기가 아네가와 강변에 감돌기 시작했다.

아침의 싸움터

아네가와는 가나구소다케金糞岳에서 시작되어 남쪽으로 흐르다가 히가시쿠사노 마을에서 이부키 산 서쪽 기슭으로 꺾여 유다 마을에 이르러, 역시 가나구소다케에서 시작된 구사노 강과 합류하여 다시 토라고젠 마을을 거쳐 비와 호로 흐르는 맑은 물줄기이다.

폭은 제법 넓었으나 여름이어서 물이 말라 있었다. 깊은 곳이라야 고작 두서너 자밖에 되지 않으므로 건너기에 별로 어려움은 없다.

그러므로 오다 · 도쿠가와 연합군이 아사이 · 아사쿠라 군의 생각대로 그들의 진출을 모르고 아침을 맞이했다면 순식간에 강을 건넌 적에게 기습을 당해 큰 혼란에 빠졌을 것이다.

그런데 28일 어렴풋이 주위가 밝아지기 직전, 지금이라면 오전 3시쯤 되었을 때 아사쿠라 군이 먼저 강을 건너기 시작하자 때를 놓치지 않고 건너편의 도쿠가와 군 쪽에서도 함성이 터져 나왔다.

당연한 일이었다. 이처럼 성 밖으로 유인해내는 것이 노부나가가 노리는 바였고, 이때를 기다려왔다.

"드디어 움직이기 시작했다. 조심하라."

아사이 · 아사쿠라 군이 어둠 속에서 조심스럽게 강변으로 나가고 있을 무렵, 노부나가의 본진에서도 역시 은밀히 진용을 정비하기 시작했던 것이다.

원래 제1진은 노부나가 휘하의 이나바 잇테쓰稻葉一鐵와 우지이에 보쿠젠氏家卜全 등 미노의 3인방이었으나 이에야스가 이를 좋아하지 않고 "부디 선봉은 우리에게" 하고 강력히 주장했기 때문에, 제1진은 도쿠가와 이에야스가 맡았다. 제2진은 시바타 가쓰이에와 아케치 미쓰히데가, 제3진은 이나바 잇테쓰와 우지이에 보쿠젠이 맡았다.

본진에는 사카이 우콘, 이케다 노부테루, 기노시타 히데요시와 이치하시 나가토시, 가와지리 히데타카 등이 배치되었다.

요코야마 성은 니와 나가히데 등이 노부나가의 본진에 이르기까지 12단계로 철벽과 같은 태세를 갖추고 기다렸다.

이리하여 날이 밝기 전, 안개 낀 강변에서 무섭게 몰려오는 팔천의 아사쿠라 군과 도쿠가와 군의 선봉 사카이 다다쓰구의 격돌로 싸움의 막이 올랐다.

사카이 사에몬노조左衛門尉 다다쓰구는 이에야스의 중신인 동시에 숙모의 남편이기도 하고, 미카와 전체에 그 용맹과 전투력으로 명성을 떨치고 있는 무사 대장이다. 이러한 그가 적군이 반쯤 강을 건넜을 때 창을 들어 겨누고 공격해 나갔다.

노호와 함성이 순식간에 강변을 뒤덮고, 밝아오기 시작하는 수면 위로 무섭게 날뛰는 사람의 모습이 비쳤다.

여기저기서 울려대는 소라고둥 소리에 이어 총성과 함성이 들렸다.

쌍방이 모두 만전을 기하며 날이 밝기를 기다렸던 만큼 싸움은 처음부터 형용할 수 없을 만큼 치열했다.

"오다 님은 어디에 숨었느냐?"

"도쿠가와 님, 내가 상대하겠소."

강변의 푸른 억새밭에 말을 세우고 전황을 살피고 있던 이에야스는 겨우 주위가 밝아졌을 때 아군의 선봉이 기성을 지르며 둘로 갈라지는 것을 목격했다.

아마도 사카이 다다쓰구 군이 무너지기 시작하는 모양이다.

"헤이하치로, 어떻게 된 일이냐? 다다카쓰의 군사가 무너지는 것 같구나."

"쳇!"

젊은 혼다 헤이하치로 다다쓰구는 사슴뿔 장식을 한 투구를 흔들면서 혀를 찼다.

"그러기에 제가 선봉에 설 것을 부탁드렸는데……"

"못난 것, 싸움은 지금부터야. 오다 군이 강을 건너거든 우리도 하타모토를 거느리고 진격한다. 그때까지 함부로 행동하면 용서치 않겠다."

엄한 말로 헤이하치로를 꾸짖었을 때 둘로 나누어진 사카이 군 사이를 뚫고 아수라처럼 날뛰면서 이쪽으로 달려오는 거구의 말 탄 사나이가 있었다.

"도쿠가와 님은 어디 있느냐?"

검은 끈으로 누빈 갑옷을 입은 그 사나이는 주위가 쩌렁쩌렁 울리는 큰 소리로 일갈했다.

"나는 에치젠의 유명한 마가라 주로자에몬 나오타카眞柄十郎左衛門直隆다. 애송이 무사는 상대하지 않겠다. 도쿠가와 님은 어디 있느냐?"

사나이는 접근하는 적을 후려치면서 말을 몰아 달려온다.

"뭣이, 저 자가 마가라란 말이냐?"

저도 모르게 말에서 벌떡 일어나는 이에야스에게, 헤이하치로가 명령을 촉구했다.

"주군!"

그러나 이에야스는 허락하지 않는다.

"주군! 일단 아군이 뒤로 돌아서면 싸움은 끝장입니다."

"안 돼! 오다 군과 보조를 맞춰야 한다."

그러나저러나 마가라가 휘두르는 칼의 예리함이란 그 얼마나 놀라운가. 아군은 순식간에 흐트러지고 그는 무인지경을 달리는 듯이 진격해 온다.

이에야스는 치미는 분노를 억제하며 저도 모르게 이를 부드득 갈았다.

귀신 같은 마가라

에치젠의 마가라 주로자에몬 나오타카는 그가 휘두르는 다섯 자 두 치의 장검과 함께 전국에 이름이 알려져 있다.

나이는 이미 쉰이 넘었을 테지만 잘 단련된 힘은 전혀 쇠약해지지 않았고, 평소 고쇼 네 명이 메고 다닌다는 그가 자랑하는 칼은 아침 햇빛을 반사하여 접근하는 자를 떨게 하기에 충분했다.

칼 이름은 '지요쓰루千代鶴의 다로太郎'라고 한다.

에치젠의 지요쓰루가 아리쿠니有國, 가네노리兼則 등의 장인에게 벼르게 해서 만든 천하제일의 명검이다. 더구나 이 '지요쓰루의 다로'에게는 석 자 네 치인 동생 '지요쓰루의 지로次郎'라는 명검도 있는데, 이 검은 주로자에몬의 아들 주로사부로十郎三郎가 가지고 있어 그 역시 어디에선가 도쿠가와 군을 괴롭히고 있을 것이다.

"도쿠가와 님은 어디 있느냐? 마가라 주로자에몬의 명검 다로가 무서워 숨어 있느냐? 여기 있다면 이름을 대고 떳떳이 나오너라. 내가 상대해줄 테다."

이에야스의 몸이 부들부들 떨렸다. 다로 검의 위력 앞에 길이 열린다면 아군은 결국 붕괴되고 말 것이다.

"주군!"

혼다 헤이하치로가 다시 말했다.

"좋아, 싸우거라."

"예, 알았습니다!"

이것은 거의 동시에 터져 나온 주종의 기합으로, 곧바로 말을 달려오는 마가라 앞에 혼다 헤이하치로의 말이 실에 끌리듯 접근했다.

"마가라 주로자에몬, 미카와의 사슴이 상대하겠다!"

"오오!"

마가라는 말을 멈추고 눈앞에 막아선 사슴뿔 장식을 한 투구를 잔뜩 노려보았다.

"미카와의 사슴이라면 혼다 헤이하치로가 아니냐. 물러가라! 이 마가라가 찾는 자는 너 따위 애송이가 아니다."

"그대야말로 물러가라."

헤이하치로도 소리쳤다.

"이름 난 명장인 미카와의 젊은 사슴이 진격하는 길에 방해가 된다. 어서 길을 트고 물러가라."

"뭣이, 그게 미카와의 애송이가 하는 인사냐!"

"말을 듣지 않으면 밀고 나가겠다, 이 늙은 놈아!"

헤이하치로는 창을 꽉 쥐고 그대로 상대의 오른쪽으로 돌기 시작했다.

주로자에몬은 전진을 멈췄다. 빙긋이 눈에 미소를 띄우고 칼을 머리 위로 높이 쳐든 채, 그 역시 헤이하치로의 창 끝이 돌아가는 쪽으

로 말의 방향을 돌려렸다.

"헤이하치로가 죽으면 안 된다. 모두 뒤를 따르거라."

헤이하치로가 이에야스의 목소리를 가까이에서 들었다고 느끼는 순간 젊은 하타모토들이 두 사람 주위에 몰려들었다.

사카키바라 고헤이타, 가토 요시스케加藤喜介와 아마노 사부로베에天野三郎兵衛 등과 그 부하들이었다. 그들은 헤이하치로를 구하기보다는 참다못해 앞으로 나가기 시작한 이에야스 앞에 사람의 울타리를 치기 위해서였다.

"한 걸음도 물러서지 마라! 후방을 맡은 오다 군의 웃음거리가 될 것이다."

이에야스의 고함 소리가 다시 헤이하치로의 고막을 때렸다.

도망치려던 사카이 다다쓰구의 1번대와 오가사와라 나가타다小笠原長忠의 2번대가 그 말에 고무되어 다시 진격의 자체를 취하고 물보라를 풍기며 앞으로 나가기 시작했다.

"나는 상관하지 마라. 모두 서둘러라. 그 따위 늙은이 하나를……"

그 순간 마가라의 칼이 윙 소리를 울리며 헤이하치로의 머리 위에서 옆으로 춤추었고, 동시에 헤이하치로는 누군가가 팔매질한 돌멩이처럼 뛰어들어 자신의 위기를 구했다는 것을 깨달았다.

그는 뛰어들자마자 긴 창을 휘둘러 마가라가 탄 말의 다리를 후려쳤던 모양이다. 말은 깜짝 놀라 벌떡 일어서고, 그 바람에 칼은 머리 위를 살짝 스치고 빗나갔다.

"혼다 님, 저 자를 우리에게 맡기십시오."

"누구냐?"

"사키사카向坂 형제! 혼다 님은 속히 주군을 뒤따르십시오. 주군이 적진에 뛰어드셨습니다."

"사키사카 형제! 좋아, 그대들에게 맡기겠다."

그러자 도망치려던 아군의 태세도 만회되었다.

혼다 헤이하치로는 뒷일을 사키사카 삼형제에게 맡기고 쏜살같이 이에야스를 뒤쫓았다.

"나는 사키사카 시키부式部! 그대와 상대하겠다."

"그 동생 고로지로五郎次郎."

"나는 막내 로쿠로지로六郎次郎다."

"건방진 놈들, 내 앞을 가로막을 생각이냐!"

마가라 주로자에몬은 앞뒤에서 사키사카 형제에게 포위되자, 버럭 화를 내며 말을 세우고 다시 칼을 머리 높이 쳐들었다.

마지막 전별

이미 날은 완전히 밝아 주위의 수면이 아침 해를 반사하여 반짝반짝 빛났다.

아직 승부는 결정나지 않았으나, 강변뿐 아니라 서로 건너편 언덕에 도달한 쌍방의 선봉끼리 마구 뒤섞여 하타사시모노를 보지 않으면 적인지 아군인지 분간을 못 할 혼전을 벌이고 있었다.

아니, 혼전은 여기만이 아니었다.

도쿠가와 군의 우익에서 공격해 나온 오다 군의 선봉인 사카이 우콘 마사나오政尚와 그 아들 히사쿠라久藏는 그 무렵에 이미 아사이 군의 1번대 이소노 가즈마사磯野員昌에 의해 전사했고, 승세를 탄 이소노 군은 이케다 노부테루의 제2진을 향해 파죽지세로 쇄도하고 있었다.

아마도 노부나가가 역시 틀림없이 본진에서 고래고래 소리를 지르고 있을 것이다. 도쿠가와 군을 공격한 아사쿠라 군도 용맹했으나, 오늘날까지 투지를 억눌러 온 아사이 군의 전의는 더더구나 말로 표현할 수 없을 정도로 사나웠다.

은퇴한 히사히데는 성에 남고 비추노카미 나가마사가 진두 지휘를 하였다. 그 밑에 반드시 노부나가의 목을 베지 않고는 돌아오지 않겠다고 장담하고 나간 엔도 기에몬을 비롯하여 미타무라 쇼에몬, 유게 로쿠로자에몬弓削六郎左衛門 등 일기당천의 용사들이 말 머리를 나란히 하고 이소노 군을 뒤따랐다.

따라서 사카이 부자를 잃은 오다 군이 현재로서는 고전을 면치 못하는 상태였다.

그런데 이러한 혼전이 벌어지는 동안 도쿠가와 휘하의 사키사카 형제에게 둘러싸인, 붉은 귀신이라 불리는 에치젠 최고의 명장 마가라 주로자에몬 나오타카는 형제의 집요한 공격에 화가 나서 맹수처럼 울부짖고 있었다.

"내가 상대할 사람은 도쿠가와 님이라는 말이 귀에 들리지 않느냐! 방해하면 너희 세 놈을 모조리 짓밟아버리겠다."

"오, 그거야말로 바라는 바다. 동생들아!"

형인 시키부가 창을 내밀자 바로 그 옆에서 고로지로가 방향을 돌리고 이번에는 막내인 로쿠로지로가 덤벼든다.

이들 형제만이 아니라 그들의 부하인 야마다 소로쿠山田宗六와 다가와 다이사쿠田川大作 등 일고여덟 명이 틈만 보이면 말을 찌르기 때문에 마가라도 그만 이 소용돌이에서 벗어나지 못했다.

물론 형제는 이 한 사람을 봉쇄함으로써 아군이 승리할 계기를 만들려고 필사적으로 달려들었기 때문에 물러설 리가 없다. 이런 점에서 미카와 군사는 강한 단결력이 있었다.

"어서, 고로지로!"

"알겠소, 형. 이봐, 로쿠로지로."

"좋아요, 내가 맡겠소."

"놓치면 안 된다. 놓치는 날에는 혼다 님에게 얼굴을 들지 못한
다."

"놓칠 리가 없죠. 상대는 혼자뿐이니까."

해가 차차 높이 떠오르기 시작했다. 드디어 이 부근에는 그들만 남
고 도쿠가와 군은 모두 강을 건넜다. 이렇게 되자 워낙 무거운 무기
였으므로 마가라 주로자에몬도 그만 피로한 기색을 보이기 시작했
다.

그것을 알아차리고 더욱더 집요하게 물고 늘어지는 사키사카 형
제…… 북쪽 기슭에서 들린 우렁찬 함성은 아군의 선봉이 아사쿠라
가게아키라의 본진에 돌입했기 때문일 것이다.

"이놈, 더 이상 용서할 수 없다. 눈에 거슬리게 빙빙 돌지 말고 형
부터 순서대로 덤벼라."

"좋다. 동생들은 잠깐 기다려라. 마가라, 내 창을 받거라."

사키사카 시키부가 동생들을 제지하고 무섭게 창을 내질렀다.

그리고 창 끝이 구사즈리° 사이로 마가라의 허벅지에 닿았다고 생
각한 순간 고로지로가 칼을 옆으로 휘둘렀다.

"앗!"

자기 몸을 일부러 내던지듯이 하며 일격한 시키부는 비명을 지르
며 말 위에서 비틀거리다가 그대로 땅에 떨어졌다.

투구의 후키카에시吹き返し°가 떨어져나가고 창은 두 동강이 난
채 공중으로 날아갔다.

"보았느냐, 애송이 놈아!"

"이놈!"

마가라는 훌쩍 말에서 뛰어내려 계속해서 칼을 휘둘렀다. 둘째인 고로지로가 형을 감싸며 두 사람 사이에서 재빨리 칼을 뽑았다.

물론 고로지로의 칼도 두 자 여섯 치의 명검이었으나, 검은 마가라의 칼을 막는 순간 칼자루에서부터 부러져 공중으로 날아갔다.

그러자 사이를 두지 않고 막내인 로쿠로지로가 창을 휘두르며 마가라 앞을 가로막았다.

마가라 주로자에몬은 이때 한 발 뒤로 물러나 저도 모르게 감탄했다.

"장하다, 사키사카 형제!"

결코 거짓말이 아니었다. 이처럼 단합된 형제애를 그는 아직 본 적이 없었다.

마가라도 이미 상처를 입었다. 하지만 형인 시키부도 그 동생인 고로지로도 모두 다쳤다. 그런데도 막내인 로쿠로지로는 조금도 주저하지 않고 죽을 각오로 덤벼든다.

그 용맹에 감동하여 한 발 물러선 인정은, 그러나 싸움터에서는 불필요한 감상에 지나지 않았던 모양이다.

로쿠로지로의 창이 마가라 주로자에몬의 오른쪽 어깨를 깊숙이 찔렀다.

순간 그가 자랑하는 검 '지요쓰루의 다로'가 마지막 기력을 다해 번쩍 섬광을 발했다.

핏발이 공중으로 솟구쳤다. 주로자에몬의 몸에서가 아니라, 깊이 상처를 입어 미처 몸을 피하지 못한 고로지로의 목이 떨어져나간 것이다.

"하하하……"

어깨를 찔렸으나 고로지로의 목을 공중으로 날려보낸 마가라의 입에서 웃음이 터져 나왔다.

"장하다, 사키사카 형제. 자, 내 목을 베어 공을 세우거라."

주로자에몬은 칼을 휙 내던지고 무너지듯 그 자리에 주저앉았다.

로쿠로지로의 두번째 창이 주로자에몬의 옆구리를 푹 찔렀다. 이윽고 승리를 외치는 우렁찬 목소리가 강변에 울려 퍼졌다.

"천하에 이름을 떨치던 에치젠의 용장 마가라 주로자에몬 나오타카의 목을 미카와의 사키사카 형제가 베었노라!"

악귀의 쇄도

노부나가는 쨍쨍 내리쬐는 뙤약볕 밑에서 의자에 걸터앉은 채 반은 웃고 반은 노한 표정으로 하늘 한 모서리를 잔뜩 노려보았다.

잇따라 들어오는 보고는 결코 그가 생각했던 것처럼 손쉬운 승전보가 아니었다. 본진의 선봉인 사카이 부자가 전사한 것이 차질을 빚은 첫번째 원인이었고, 제2진인 이케다 노부테루도 중앙을 돌파당했으며, 이어서 투입된 기노시타 군과 그 옆의 시바타 군도 적의 공격을 저지하지 못했다.

도쿠가와 군은 이미 강을 건너 아사쿠라의 본진을 공격하고 있다는데 이 얼마나 안타까운 일인가. 물론 아사이 군이 그 정도로 강하기 때문이라고 할 수도 있겠지만, 시각은 벌써 정오가 가까워오는데도 아직 열세를 만회하지 못하고 있다.

지금 하타모토 중에서 모리 산자에몬의 일대가 투입되어 필사적으로 적을 저지하려 애쓰고 있다. 만약 그마저 패한다면 결국 자신이 직접 적과 싸우지 않으면 안 될 형편에 놓이고 만다.

"주군! 왜 아직 말에 오르시지 않습니까?"

쌍방의 함성이 너무 가까이에서 들리기 때문에 가모 쓰루치요가 걱정했다.

"왜 가만히 계십니까? 필시 모리 산자에몬 님도 고전하고 계시는 듯합니다."

"쓰루치요!"

"예."

"너는 좀더 큰 담력을 가지고 태어난 줄 알았는데 뜻밖에도 그렇지 못하구나."

"그러면, 그러면 승산이 있다는 말씀입니까? 승산이 있다면 저도……"

"하하하, 승산은 없어."

"예? 그럼……"

"싸움이란 말이다, 이기지 않으면 지는 거야. 지지 않으면 이기는 거고. 다만 그것뿐이라고만 알고 있거라."

"……"

"그러나 아직 이기지도 지지도 않았어, 현재로서는."

"과연 그럴까요?"

"그래. 모리 산자에몬이 무너지면 적은 이리로 올 것이다."

"그러기에 말에 오르시라고 했습니다마는."

"그럼 적도 가장 멀리 전진한 형세가 된다."

"예, 분명히 그렇기는 합니다만."

"이때 옆에서 공격하면 적은 차단된다. 걱정하지 마라, 나는 그토록 싸움에 미숙하지는 않아."

이렇게 말했을 때 다시 가까이에서 '와아' 하고 함성이 일어났다.

쓰루치요는 모든 신경을 귀에 모았다.

'결국 모리 군은 무너진 것일까?'

그때 요란한 함성을 뚫고, 누군가 다급한 목소리로 말했다.

"대장님! 대장님은 어디 계십니까? 적장 미타무라 쇼에몬의 목을 잘라 가지고 왔습니다. 대장님께 안내해주십시오."

그 말에 노부나가보다 쓰루치요가 먼저 벌떡 일어났다.

"미타무라의 목을 바치겠다고 합니다. 여기 데려올까요?"

노부나가는 얼른 대답하지 않고 가만히 귀만 기울이고 있다.

바깥에서 나는 소리가 더욱 가까워졌다.

"대장님에게 안내해주시오. 적의 무사 대장 미타무라의……"

미타무라 쇼에몬은 엔도 기에몬과 함께 아사이 쪽의 가장 무서운 맹장이다. 그 목을 가지고 누가 이리로 오고 있다.

만약 노부나가가 의자에서 일어나 그의 얼굴을 본다면 도대체 무어라 할 것인가.

전신에 피를 뒤집어쓰고 산발이 된 채 다가오는 그 사나이의 손에는 분명히 미타무라 쇼에몬의 목이 들려 있다.

그런데 그 목을 들고 오는 사나이는 다름 아닌 엔도 기에몬이었다.

그는 오다와 아사이 양가가 사돈이 된 이래 크게 분노하여, 노부나가의 목을 베지 않고는 결코 성에 돌아오지 않겠다면서 출전했다. 이러한 기에몬이 노부나가의 본진에 접근하려고 부상당한 친구 미타무라 쇼에몬의 목을 잘라 손에 들고 온 것이다.

"대장님에게 안내하시오. 보다시피 미타무라의 목을 바치려 왔소."

"주군! 들어오게 할까요?"

쓰루치요가 말했다.

"미타무라의 목을 베었다면 아군의 사기는 백 배나 올라갈 겁니다."

"좋아, 들여보내라."

드디어 노부나가는 의자에서 일어나 직접 악귀惡鬼를 막사 안으로 맞아들이려 한다.

다시 가까이에서 '와아' 하는 함성이 들렸다.

아마도 본진에 접근한 이소노 가즈마사의 적군을 아군의 이나바 잇테쓰가 측면에서 공격한 모양이다.

이것이 노부나가의 마지막 작전이었다.

위기를 벗어나다

난전과 혼전의 와중이 아니라면 분명 노부나가도 가모 쓰루치요도 '수상하다'고 직감했을 것이다.

미타무라 쇼에몬이라면 아사이 가문에서는 다섯 손가락 안에 드는 맹장, 그 쇼에몬의 목을 잘라 노부나가에게 보여주겠다고 소리 지르는 자는 처음부터 자기 이름을 말하지 않았다.

노부나가가 미처 그것을 깨닫지 못했다기보다는, 본진에 접근한 이소노 군에 대해 아군의 이나바 잇테쓰가 작전대로 측면에서 공격했기 때문에 여기에 정신이 집중되어 있었다는 편이 옳을지도 모른다.

"좋아, 들여보내라."

노부나가는 의자에서 벌떡 일어나 성큼성큼 막사 밖으로 나갔다. 별다른 의미는 없었다. 적장의 목을 베어 가지고 온 부하를 직접 맞이하려는 무의식에 가까운 행동이었으나, 이 행동이 결과적으로 그의 생명을 구하게 되었으니 싸움터에서의 운명이란 그야말로 불가사의한 것이다.

만약 노부나가가 의자에 앉은 채 엔도 기에몬을 막사 안에 들어오게 했다면 아마도 노부나가는 목숨을 잃었을 것이 분명하다.

성큼성큼 밖으로 나간 노부나가는 눈이 휘둥그레졌다.

한 손에 목을 높이 쳐들고 피 묻은 칼을 든 채 다가오는 엔도 기에몬의 모습은, 전신에 피를 뒤집어쓰고 산발이 된 머리를 흔들어대는 그야말로 아수라! 칼을 맞은 왼쪽 뺨에서는 시뻘건 피가 아무렇게나 자란 턱수염을 따라 뚝뚝 떨어졌다.

'대관절 누구일까?'

갑옷과 투구가 훌륭한 것으로 보아 병졸이 아님은 알 수 있었으나 누구인지 당장은 분간하지 못했다.

"대장님을 만나야겠소! 노부나가 공을……"

순간 노부나가의 얼굴이 대번에 굳어졌다.

아군의 대장이라면 노부나가의 모습을 보는 즉시 얼른 알아볼 것이다. 그런데도 눈을 부라리고 무서운 살기를 띠며 다시 한 번 소리쳤던 것이다.

"어느 놈이냐!"

노부나가가 꾸짖었다. 그러면서 쓰루치요가 건네는 칼을 받아 빼는 순간, 이를 깨달은 기에몬이 야수처럼 덤벼들었다.

뜨겁게 내리쬐는 햇빛 아래서 시퍼런 칼날이 서로 부딪쳤고 노부나가의 몸이 비호처럼 오른쪽으로 날았다.

위기일발, 귀신의 혈투는 기량도 아니고 투지도 아니다. 역시 이 혈투는 운명의 심판인 것이다.

"이름을 말하라, 비겁한 놈!"

노부나가가 몸을 날린 순간 가모 쓰루치요도 "괴한이다!"라고 외치며 세워두었던 창을 집어들었으나 이보다 먼저, 마침 그 자리에 있던 다케나카 규사쿠竹中久作가 피로 얼룩진 기에몬의 코앞에 칼을 들이댔다.

다케나카 규사쿠는 히데요시의 유명한 군사軍師 다케나카 한베에 시게하루의 동생이다.

"으음."

엔도 기에몬은 부드득, 이를 갈았다.

"물러가라, 물러가지 않으면 한칼에 처치하겠다."

"그렇게는 못하겠다!"

규사쿠는 한발 앞으로 다가서다가 놀라 외쳤다.

"아, 너는 엔도 기에몬!"

이 말을 듣자 기에몬은 당황했다.

"간파했구나. 으음, 분하다…… 덤벼라, 맨손으로 상대하자."

그러면서 손에 들었던 미타무라의 목을 노부나가 앞에 내던지고, 날이 부러진 칼끝을 밑으로 내리며 발을 굴렀다.

"안 된다! 항복하라."

"항복? 왓핫핫하. 애송이 놈아, 이 아사이 가문의 엔도 기에몬 나오쓰네直經가 항복할 사나이로 보이느냐!"

"좋다, 상대하겠다."

다케나카 규사쿠도 풀 위에 칼을 던지고 두 팔을 벌렸다.

노부나가는 아연실색했다.

'정세를 전혀 판단하지 못하는 완고한 자.'

그러나 이 완고한 자에게는 나름대로 투철한 기개가 있다고 생각했을 때 두 사람은 이미 강가에서 기성을 지르며 맞붙어 있었다.

처음에는 기에몬이 위에 올라탔다. 그리고 깔고 앉은 규사쿠의 목에 단검을 찌르려는 순간 규사쿠가 벌떡 몸을 뒤집었다. 일단 뒤집히자 기에몬에게는 이미 상대를 뒤엎을 힘이 없었다. 여러 군데에 상처를 입었을 뿐 아니라 나이 탓도 있을 것이다. 이윽고 주위의 풀이 붉게 물들면서 기에몬의 목 오른쪽에서 피가 쏟아져나왔다.

"아사이의 무사 대장 엔도 기에몬 나오쓰네의 목, 미노의 다케나카 규사쿠 시게노리重矩가 베었노라!"

큰 소리로 외치자마자 바로 얼마 떨어지지 않은 푸른 억새 수풀 너머에서도 크게 외치는 소리가 푸른 하늘에 울려 퍼졌다.

"우리 본진에 잠입한 아사이의 대장 안요지 사부로자에몬安養寺三郎左衛門을 오다 가문의 나카가와 기스케中川喜介 등이 사로잡았노라!"

노부나가는 그 말을 듣고 빙긋이 웃으면서 막사로 향했다.

검은색 하오리에 은박으로 찍은 오동나무 문장을 빛내며 어깨를 흔들면서 막사로 돌아가는 노부나가의 웃음은 '이것으로 이겼다' 라고 중얼거리는 것 같기도 하고 싸움터의 가혹한 운명에 얼굴을 돌린 것처럼 보이기도 했다.

승리의 발자취

　엔도 기에몬이 죽고 안요지 사부로자에몬이 생포되었을 무렵부터 승리의 신은 순식간에 아사이·아사쿠라 연합군에게 등을 돌리기 시작했다.

　드디어 노부나가의 본진까지 돌진한 아사이 가문의 이소노 가즈마사 군의 우익이 이나바 잇테쓰의 공격을 받아 삽시간에 붕괴했기 때문이다.

　그 무렵에는 벌써 도쿠가와 군이 강을 건너가 보기 좋게 아사쿠라 군을 패주시켰고, 노부나가의 본진도 거침없이 전진하여 강을 건넜다.

　이리하여 동이 트기 전에 시작된 이 치열한 격전도 여덟 점(오후 2시)이 지나자 오다·도쿠가와 연합군의 대승으로 끝나고, 넓은 싸움터에서는 이미 적의 깃발이 자취를 감추고 말았다.

　여덟 점 반(오후 3시).

히데요시 등은 강 북쪽으로 옮긴 본진에서 이 길로 곧장 오다니 성을 공격하자며 강경하게 주장하였으나 노부나가는 이를 뿌리치고 포로로 잡은 안요지 사부로자에몬을 탁자 앞으로 불러 대면했다.

"그대가 안요지 사부로자에몬인가?"

"그렇소."

노부나가가 앞에 끌려와 밧줄에서 풀려난 안요지 사부로자에몬은 마흔에 가까운 나이에 걸맞은 표정으로 수치와 분노를 띤 채 대답했다.

"무운이 다하여 사로잡힌 몸이 되었소. 이렇게 된 이상 온정을 베풀어 어서 목을 치시오."

"안 돼!"

"안 된다고 하나 이 사부로자에몬은 결코 항복하지 않을 것이오. 더 이상 문답은 필요 없는 듯하오."

"사부로자에몬."

"예."

"나는 항복하라는 말은 하지 않았어. 이 노부나가가 항복하라고 해서 항복할 자인지 아닌지도 모를 사람으로 생각하는가?"

"그렇다면 어째서 포승을 푸는 것이오? 불필요한 온정 따위는 바라지 않소."

"흥, 지레짐작하지 마라. 우리가 미처 파악하지 못한 목의 진위를 그대에게 확인시키려는 것뿐이다."

노부나가는 천천히 부채질을 하면서 히데요시에게 명했다.

"오늘 벤 목을 이리 가져오너라."

히데요시는 고개를 갸웃하고 부하에게 그것을 가져오게 했다. 그는 노부나가가 왜 오다니 성을 치지 못하게 하는지 크게 불만을 품었다.

전투란 언제나 사기와 기세의 싸움. 지금이라면 승세를 몰아 성으로 도망친 아사이 군을 일거에 궤멸시킬 수 있다고 계속 주장했다.

'혹시 대장은 아직도 여동생의 일을 걱정하고 있는지 모른다……'

"명찰을 준비하라."

히데요시가 목을 가져오자 노부나가는 서기인 다케이 세키안에게 엄한 목소리로 명했다.

누구의 목인지 확인한 뒤 명찰을 달 모양이다.

"예. 이미 준비해놓았습니다."

"사부로자에몬, 우선 첫번째 목부터 보거라. 저것은 누구의 목이냐?"

근시가 가져온 첫번째 목을 보고 안요지 사부로자에몬은 고개를 돌렸다.

"내 아우인 히고하치로彦八郎의 목이오."

"으음. 그대의 동생이란 말이지. 정중히 다루거라. 그 다음은?"

사부로자에몬은 흘끗 바라보고 이번에는 입술을 깨물었다.

"그 역시 내 아우인 진파치로甚八郎요."

"허어, 두 사람 모두 그대의 동생이라니 놀라운 일이군. 그 다음은?"

사부로자에몬도 그만 세번째 목을 보았을 때는 한 줄기 눈물을 주르르 흘렸다.

목은 한결같이 아네가와의 물로 씻겨져 있고 머리도 깨끗이 손질되어 있다. 그런 만큼 눈을 실낱같이 뜨고 입을 꼭 다문 모두의 표정은 더더구나 애처로웠다.

"아, 그것은 아사쿠라의 가신 마가라 주로자에몬의 외아들 주로사부로의 목이오."

"허어, 그러면 마가라 부자가 모두 죽었다는 말이군."

"예, 그렇소. 아버지의 전사 소식을 듣고 뒤따라 전사한 그 죽음은 장한 것이오."

"다음은?"

"유게 로쿠로자에몬이오."

"틀림없겠지. 그 다음은?"

"엔도 기에몬의 부하인 도미타 사이하치富田才八인 것 같소."

"다음은?"

"나카노 마타주로."

"또 그 다음은?"

"나카바타케 야자에몬中畑彌左衛門의 아들 곤주로根十郎의 목이오."

이렇게 해서 약 서른에 가까운 목을 계속 보여주고 나서,

"다음은?"

노부나가의 질문에 사부로자에몬은 이미 눈물이 말라버려 빨갛게 핏발이 선 눈으로 흘끗 목을 바라보고 갑자기 노기를 띠었다.

"모르오!"

"뭣이, 이 목을 모른다고?"

"모르오."

"핫핫핫하…… 그대가 모른다면 틀림없군. 이것은 분명히 엔도 기에몬이야. 사부로자에몬, 그대는 어째서 내가 이처럼 일일이 명찰을 다는지 알겠느냐?"

사부로자에몬은 입술을 꼭 깨문 채 대답하지 않았다.

"그것은 말이다. 이대로 교토에 보내 쇼군에게 보여주기 위해서야."

여기까지 말하자 사부로자에몬은 깜짝 놀라 고개를 들었고, 곁에서 묵묵히 대령하고 있던 히데요시는 무릎을 탁 쳤다.

두 사람 모두 노부나가가 무슨 생각을 하는지 동시에 깨달은 모양이다.

"이 목을 쇼군에게 보여주지 않으면 언젠가는 히사히데와 나가마사의 목도 이렇게 될 것은 당연한 이치다. 쇼군에게 무의미한 발버둥이 얼마나 많은 희생을 초래하는지 깨닫게 하기 위해서야. 무책임한 선동의 결과는 이렇게 될 뿐이다…… 라는 점을 일깨워주면 무익한 싸움은 적어지겠지. 이 모두는 무의미한 희생을 피하기 위한 일, 이것을 그대는 모르겠다는 말이냐?"

안요지 사부로자에몬이 별안간 어깨를 늘어뜨리고 흐느꼈다.

"좋아, 이제 목은 그만 보여주겠네."

노부나가는 부드러운 목소리로 물었다.

"또 하나 그대와 상의할 것이 있어. 어때, 대답할 생각이 있나?"

"예, 예. 있…… 있…… 있습니다."

"그럼, 묻겠네. 나는 지금부터 곧바로 오다니 성을 공격하려 하는데 어떻게 생각하는가? 성으로 도주해 들어간 아사이 군은 피로에 지쳐 움직일 수 없다고 보는데 어떤가?"

사부로자에몬은 가만히 눈물을 닦고 대답했다.

"그렇습니다. 오늘 패한 군사는 역할을 하지 못하리라 생각합니다. 그러나……"

"그러나, 어떻다는 말인가?"

"패한 군사는 역할을 다하지 못할 것이지만, 오늘 싸움터에 나온 분은 비추노카미(나가마사) 님일 뿐 아버지인 시모쓰케노카미 님은 군사 천여 명을 거느리고 성을 지키고 계십니다. 그리고 이구치 에치젠井口越前이 약 육백, 센다 우누메千田采女가 오륙백 정도를 데리고 있으므로 농성하기에는 충분합니다. 그들이 싸우는 동안 오늘 패전한 군사들이 피로를 회복하고 대적할 것이기 때문에 그리 쉽게는 함락하지 못하리라 생각합니다."

이 말을 듣고 히데요시는 체면이 깎였다는 듯이 노부나가를 쳐다보고 싱긋 웃었다.

성에서 나와 싸웠기 때문에 승리하기는 했으나 농성을 한다면 난공불락의 성채이므로 당연히 힘들어질 것이다. 노부나가는 이 모두를 계산에 넣고 공격을 중지시킨 모양이다.

'그렇더라도 적장의 입을 통해 이것을 분명하게 확인하다니……'

히데요시가 속으로 혀를 내두르고 있을 때 사부로자에몬이 그 자리에 머리를 조아리고 말하기 시작했다.

"이제 질문하신 일에 대해서는 안 될 말까지 모두 했습니다. 그러므로 인정을 베풀어 이 목을 즉시 베어주십시오. 이렇게 부탁드립니다."

"사부로자에몬."

"예, 예. 인정을 베풀어주십시오."

"나는 그대처럼 무사의 인정이라는 것은 모른다."

"그렇다면 너무 잔인합니다."

"나는 그대의 의견을 받아들여 오다니 성의 공격은 일단 보류하겠어. 그러면 오다니는 지금 그대로 무사할 것이다. 그대는 지금부터 오다니에 다시 돌아가 비추 밑에서 공을 세워 뜻을 관철시키거라."

"저어…… 그렇다면?"

"그대를 죽일 칼은 가지고 있지 않아. 사부로자에몬, 두 동생의 영혼을 잘 달래주거라. 무기를 드는 버릇 때문에 불가피한 일이었으나

가엾기 짝이 없어."

"하지만 그것은……"

사부로자에몬이 당황하며 입을 열려고 하자 노부나가가 엄하게 제지했다.

"더 이상 아무 말도 하지 마라. 그대가 설득했기 때문에 노부나가가 군사를 거두고 상경했다고 비추에게 고하라. 비추는 그대에게 감사할 망정 문책하지는 않을 것이다. 이봐, 히코사부로! 안요지를 잘 위로하고 오다니로 돌려보내도록."

노부나가는 후와 가와치노카미를 턱으로 불렀다.

"예."

가와치노카미가 일어나 다가오자 안요지 사부로자에몬은 심하게 어깨를 떨면서 오열했다.

나흘 만의 귀성

싸움에는 이겼으나 오다니 성은 그대로 남았다.

더 이상 오다니 성에 미련을 오래 두고 있을 수 없는 것이 주위의 정세. 이 점은 노히메까지도 분명히 꿰뚫어보고 있어, 비록 아사이와 아사쿠라를 굴복시키지 못한다 해도 이 달 안에는 반드시 상경하라고 충고했을 정도였다.

"노부나가의 상경 길이 막혔다."

이런 소문이 난다면 그야말로 수도 일대의 동요는 헤아릴 수 없을 정도가 된다.

그러므로 지금은 우선 적장의 목을 선물로 가지고 상경하여, 아사이와 아사쿠라의 반란 따위는 문제도 안 된다며 자신의 실력을 쇼군 요시아키를 비롯하여 교토 일대의 민중들에게 보여주는 일이 선결문제였다.

안요지 사부로자에몬을 후와 가와치노카미에게 일러 오다니 성에 돌려보내고 나서 '쇼군에게 직접 보이기 위해서'라는 명목으로 우선 목을 교토에 보낸 뒤 노부나가는 곧 진지를 철수할 준비에 착수했다.

아사이·아사쿠라의 연합군이 패했다는 소식을 듣고 그 이튿날에 이르러 항복한 요코야마 성에는 기노시타 도키치로 히데요시를 들여 놓고, 남쪽의 사와야마 성 佐和山城으로 달아난 이소노 가즈마사에 대비하기 위해 성의 동쪽 도도 저택에 성채를 쌓고 니와 고로자에몬 나카히데에게 지키도록 했다.

물론 아사이 군이 대패했다고는 하나 아직 오다니 성에는 대부분의 군사가 그대로 남아 있기 때문에 방심할 수 없다. 따라서 북쪽 산에 이치하시 나가토시市橋長利, 남쪽 산에 미즈노 노부토모水野信元 그리고 서쪽 히코네 산에 가와지리 히데타카河尻秀隆를 보내 오다니를 포위하게 하여 각처로 이르는 통로를 굳게 차단하고 성 주위에는 울타리를 친 뒤 노부나가는 부하들을 이끌고 당당하게 상경했다.

때는 7월 4일.

그리고 당연히 쇼군 요시아키를 엄하게 힐문할 줄 알았으나 무슨 생각을 했는지 정중하게 쇼군에게 인사를 드리고 불과 사흘 만인 8일에 얼른 기후로 돌아오고 말았다.

도쿠가와 이에야스도 벌써 그 이전에 군사를 하마마쓰로 철수시킨 뒤였다. 이렇게 되자 아네가와의 일대 결전은 오다·도쿠가와 연합군의 위력을 천하에 과시했을 뿐 화근은 그대로 남아 언제 다시 불을 뿜을지 모르는 위험을 안고 있었다.

그러므로 가신들 중에는 노부나가의 처사가 너무 미온적이라며 고개를 갸웃거리는 자도 없지 않았다.

"이래서야 아네가와의 승리는 별로 의미가 없지 않은가."

"동감일세. 장본인이 교토의 쇼군인 줄 알고 있으면서 왜 그대로 돌아오셨을까? 대장님답지 않아."

"대장님도 이미 사십 고개를 바라보고 계셔. 다소 기력이 쇠하셨는지도 몰라."

"그런지도 몰라. 그렇게 대승했으면서도 오다니 성을 공격하지 않고 쇼군에게 고개를 숙이고 돌아오셨으니까."

노부나가는 이러한 불만의 소리를 들으면서 기후에 돌아오자 동행했던 아케치 미쓰히데를 내실로 부르고 노히메에게 술상을 준비하라고 명했다.

"대머리와 술을 마시면서 실없는 소리나 나누겠어. 그대 외에는 여자를 들이지 말도록."

"어머, 실없는 이야기를 나누는데 사람들을 물리치라는 말씀인가요?"

"그래. 천하제일인 그대의 남편이 실없는 소리를 하여 권위가 손상되면 안 되니까. 오늘은 실없는 소리나 하고 부담 없이 술을 마시면서 싸움터의 피로를 풀려고 해. 그게 좋겠지, 대머리?"

노부나가는 태평스럽게 말하고 자기가 먼저 상의를 벗어던지고 미쓰히데에게도 벗으라고 권했다.

물론 미쓰히데는 그런 예의 없는 행동을 할 만한 사나이가 아니다. 노부나가의 말대로 요즘에는 완전히 벗겨져 번들번들 빛나는 머리를 신경질적으로 쓰다듬다가 술상이 들어오자 차분하게 잔을 들었다.

"대머리, 어서 마시게."

"예. 고맙게 받겠습니다."

"오노, 계속 술을 따르도록. 오늘은 대머리의 지혜를 시험하려고 해."

"무슨 말씀을 하시는지 모르겠군요. 지혜라면 주군이 넘치도록 가지고 계신데……"

미쓰히데는 자세를 흐트러뜨리지 않고 공손히 머리를 숙인 채 겸손을 떨었다.

노히메는 생긋생긋 웃으면서 오늘은 애써 말수를 줄였다.

그녀는 지금 노부나가가 처한 곤경과 고민을 너무나 잘 알고 있었다.

"대머리, 자네는 이번에 승리한 아네가와 싸움의 의미를 알 수 있겠지?"

"물론입니다. 일단 막혔던 상경 길이 트였다는 것 이상의 전과를 노린다면 위험합니다."

"그 점을 알고 있다면 교토로 돌아가 궁전 조성을 서두르세."

"알겠습니다. 그런데 이 미쓰히데에게도 의견이 약간 있습니다마는."

"재미있군. 말해보게."

"주군은 이번에 쇼군을 아주 관대하게 대하셨습니다."

"그게 어쨌다는 말인가?"

"저의 짧은 소견으로는 일단 쇼군을 관대하게 대하고, 조정에서 노부나가와 사이좋게 지내라는 분부가 내리도록 하시려는 것 같습니다마는 이것은 별로 효과가 없지 않을까 싶습니다."

"미쓰히데!"

"예."

"자네는 쇼군을 선동하는 자가 따로 있다. 그러므로 쇼군은 조정에서 내린 명을 따르지 않을 거라는 말인가?"

"그렇습니다."

"핫핫하. 오노, 대머리도 그렇게까지 바보는 아니로군. 핫핫하. 그러나 나도 그 정도쯤은 알고 있어."

"허어, 그러시면……"

미쓰히데는 이렇게 말하면서 이마의 땀을 닦고 탐색하듯 노부나가를 바라보았다.

'과연 노부나가는 쇼군 요시아키를 부추기는 장본인을 알고 있을까?'

노부나가가 역시 미쓰히데의 눈을 똑바로 바라보면서 말했다.

"나는 상경했을 때 비로소 분명히 깨달았어. 문제의 인물은 아사쿠라만이 아니었어."

"옳은 말씀입니다."

"가이의 다케다 신겐도 있었어. 자네 의견도 나와 같은지 모르겠군."

미쓰히데는 깜짝 놀라 휘둥글게 눈을 뜨고 눈썹을 꿈틀거렸다.

"저도 바로 그 말씀을 드리려던 참이었습니다."

"핫핫하. 쇼군은 처음에 아사쿠라에게 의지하고 있었어. 그러나 그 세력을 확장하기 위해 은밀히 다케다 가문에 사자를 보내 탐색해 보았지. 그러자 다케다 신겐은 뜻밖에도 구미가 당겨 도리어 쇼군을 선동하게 됐어. 따라서 세상을 시끄럽게 만드는 장본인은 어느 틈에 쇼군도 아사쿠라 요시카케도 아닌 다케다 신겐으로 바뀌고 말았어."

"그렇습니다! 저도 주군께 그 말씀을 드리려고 했습니다."

노히메는 긴장한 채 두 사람의 잔에 술을 따랐다.

이것으로 남편이 어째서 그처럼 서둘러 교토에서 돌아왔는지 잘 알게 되었다.

드디어 일본 제일의 전략가라고 자타가 공인하는 다케다 신겐이 분명히 노부나가의 적이 되어버린 것이다.

그렇게 되지 않기 위해 노부나가는 이중 삼중으로 정략결혼을 꾀

하여 끊임없이 견제하고 비위도 맞추어왔으나 그 모든 것이 수포로 돌아갔다. 신겐의 마음속에는 노부나가를 이용하여 천하를 장악하려는 야심이 깊이 뿌리내리고 있었기 때문에 당연하다면 너무도 당연한 일이었다. 그렇더라도 하필이면 아사이와 아사쿠라에 쇼군 요시아키까지 가담한 반反 노부나가 파의 맹주로 떠오르다니……

"미쓰히데!"

"예."

"그렇게 굳어지지 말고 술을 마시면서 이야기하세. 적의 중심이 다케다 신겐이라는 자네 의견은 내 생각과 똑같아. 그렇다면 자네가 교토에서 신겐의 움직임에 대해 알아낸 정보가 있을 테지. 그것부터 슬슬 말해보게."

"알겠습니다."

미쓰히데는 다시 자세를 가다듬고 말을 이었다.

"신겐은 이미 쉰 살로 그가 상경을 서두르는 이유 가운데 하나는 나이가 많기 때문에……"

"그런 전제는 말할 필요도 없어. 직접 그가 어떻게 움직이고 있는지를 말하게."

"우선은 그의 대적인 에치고의 우에스기 겐신의 방해를 봉쇄하는 일인데, 그 준비는 거의 끝난 듯했습니다."

"으음, 끝냈다는 말이지."

"예. 아와安房의 사토미里見, 히타치常陸의 사타케佐竹, 엣추의 시이나椎名, 가가의 잇코一向 종 신도 등과 손을 잡았을 뿐 아니라 사가미相模의 호조, 나카센도中仙道의 기소와 함께 우에스기의 진로를 완전히 봉쇄했습니다. 이 작전이 다케다 전략의 첫 단계입니다."

"둘째 단계는?"

"물론 자기 편으로 삼은 호조 씨에 대한 대비입니다. 이것은 우에스기만 철저히 대비하면 그대로 호조에 대한 대비로 연결됩니다. 사토미나 사타케, 시이나는 모두 호조 씨에게는 방심할 수 없는 적이기 때문에……"

"그럼, 세번째 단계는 이 노부나가란 말인가?"

"그렇습니다."

미쓰히데는 점점 더 얼굴에 홍조를 띠면서 말했다.

"현재 여기에 전력을 기울이고 있습니다. 스루가를 점령하고 우선 해적들을 규합하여 수군水軍을 조직했습니다. 이것은 틀림없이 상경 작전 때 사카이에서 오사카로 가는 상륙부대를 수송하기 위함이 분명합니다. 그리고 아사이와 아사쿠라를 비롯하여 히에이잔, 온조 사園城寺, 이시야마 혼간 사는 물론 미요시의 잔당을 통해 멀리 주고쿠中國의 모리에게까지 밀사를 보내고 있습니다. 그들이 제휴하는 날에는 교토 일대에서도 여기에 호응하는 자들이 속속 나타나……"

여기까지 말하자 노부나가는 잔을 탁 내려놓고는 큰 소리로 말했다.

"그 경우의 대책은? 자네 말대로라면 나는 꼼짝도 못하게 되겠군. 멍청한 것, 핫핫하."

"그래서, 여기에 대한 대책은……"

미쓰히데는 땀을 닦고 말을 이었다.

"다케다의 그 포위의 고리를 어떻게 끊느냐 하는 것입니다."

"핫핫하. 그렇게 해서 이기면 된다는 말이로군."

"그렇습니다."

"참으로 세상에는 이상한 군사軍師가 다 있군. 여보게, 미쓰히데."

"예."

"자네 말을 들으면 이 노부나가에게는 우군이 한 사람도 없는 것 같지 않은가."

"그러기에 상대는 때가 왔다면서 일어난 겁니다."

"왓핫핫하. 들었겠지, 오노? 대머리는 적의 무서운 점만을 자세히 알고 아군의 강한 점은 모르고 있어. 그렇다면 대머리가 언제 배신할지 몰라. 왓핫핫하."

미쓰히데는 시무룩한 표정으로 입을 다물었다. 아마도 그는 분명 화가 났을 것이다. 아사이와 아사쿠라를 정면의 적으로 삼고 있는 동안 다케다 신겐이라는 비교도 안 될 거물 또한 적이 되고 말았다. 사실을 분명히 지적하기 위해 상대가 무서운 이유를 하나하나 열거했는데도 '그렇다면 언제 대머리가 배신할지 모른다'라니 너무나 심한 모욕이었다.

그러나 이런 일에 구애될 노부나가가 아니다. 그는 배를 움켜쥐고 실컷 웃고 나서 다시 조롱하듯 말했다.

"대머리! 나에게는 도쿠가와 이에야스라는 우군이 있어. 조정이라는 배후가 있고 쇼군 요시아키라는 포로가 있는가 하면 시대의 정세라는 아주 큰 우군도 있어. 잊지 마라, 대머리. 시대의 정세라는 이 우군 뒤에는 항상 민중과 신불이 함께한다. 좋아, 대책까지 자네에게 물은 건 내 실수였어. 자네에게 다케다를 무찌를 대책이 있었다면 내 손을 번거롭게 하지 않고도 자네가 직접 천하를 장악했을 테지. 핫핫하, 그러나 안심하게. 이 노부나가는 벌써 대책을 세워놓았으니까."

"예."

"그러나 단 한 사람, 교토에서 철저히 감시해야 할 자가 있어."

"단 한 사람……?"

"그래. 마쓰나가 히사히데라는 늙은 너구리일세."

"으음."

"그 자는 이용하기 편리한 거울이야. 놈에게는 인정도 없고 의리도 없네. 오노의 아버지 살무사와 마찬가지지. 비정하기 짝이 없는 계산기일세. 다케다가 상경 작전을 개시하기 전에 놈은 반드시 모반할 거야. 모반하지 말라고 경고해도 소용없는 일. 놈은 다케다의 움직임을 반사하는 소중한 거울일세. 어떤가, 인간에게는 각각 그 사람의 쓰임새가 있는 법일세."

노부나가는 이렇게 말하고 미쓰히데에게 잔을 건네면서 큰 소리로 웃었다.

궐기하는 가이의 호랑이

얼마 뒤 미쓰히데는 애써 분노를 참고 무거운 표정으로 물러나왔다.

이미 해가 기울어져 주위가 어두워지기 시작했으나, 노부나가는 촛불도 켜지 않은 채 반라의 몸으로 팔걸이에 기대어 계속 혼자 술을 마셨다. 그 표정은 미쓰히데가 있을 때와는 달리 고뇌에 차 보였다.

정원의 등롱燈籠과 건너편 여자들의 방에 켜놓은 불빛에 반사된 샘물을 노려보는 동안 점점 더 이마의 힘줄이 불거져나오는 듯했다.

"주군."

"……"

"그렇게 대하시다니 주베에 님이 너무 가엾지 않습니까?"

"……"

"주군이 일부러 부르시고는 배신할지도 모른다고 하다니……"

"시끄러워!"

노부나가는 심하게 입술을 일그러뜨리고 말했다.

"그 자도 뜬세상의 거울이야. 내가 죽을 때 같이 죽을 놈이 아니라고."

"호호호."

노히메는 밝게 웃었다.

"마치 주군의 최후가 오기라도 한 듯이 말씀하시는군요."

"뭐, 뭣이?"

"주군! 만약 주군에게 그런 날이 온다고 하면 저도 같이 죽지는 않겠어요."

노히메는 천연덕스럽게 말하고 남편에게 부채질을 했다.

"그 점에서 역시 살무사인 아버지는 철저했어요."

"……"

"어떤 경우에도 자기와 함께 죽을 사람은 원치 않고 살려서 이용하기에만 열중하여……"

노부나가는 혀를 차고 나직하게 신음했다.

'이 여자는 아직 신겐이 얼마나 무서운지를 모르고 있다.'

그러면서도 왠지 노히메의 말이 마음에 걸린다.

"오노."

"예."

"그대라면 어떻게 하겠나? 미쓰히데가 말했듯이 일본 전체가 이 노부나가의 적으로 돌아선다면 말이야…… 신겐은 능히 그런 일을 할 수 있는 사나이야."

"호호호."

"왜 웃어! 웃지 마라."

"하지만 도무지 주군답지 않은 말씀을 하시기에……"

"뭐, 뭣이!"

"그렇지 않습니까? 지금까지도 주군은 하루도 편할 날이 없었어요. 그런데도 목숨을 잃지 않고 잇따라 고난을 극복하고 오늘의 위업을 쌓으셨어요. 앞으로도 그 이상의 곤경이 없다고는 할 수 없을 거예요. 같은 날이 똑같이 계속되는 한……"

노히메는 노래하듯 말하면서 술병을 들고, 노부나가가 젊었을 때 즐겨 부른 노래의 한 구절을 읊으면서 잔에 술을 따랐다.

죽음은 누구에게나 오는 것
기억은 더듬어 무엇 하리
죽음을 이야기하며 지새는 밤의……

평소의 노부나가라면 이 정도에서 터질 듯이 웃어넘겼을 테지만 오늘 밤은 웃는 대신 심하게 혀를 차고 팔걸이 위로 몸을 내밀듯이 하고는 다시 바깥의 어둠을 노려본다. 이미 바깥도 집안도 완전히 어두워져 처마 끝에 매달린 등이 희미하게 두 사람의 얼굴을 비출 뿐이었다.

노부나가는 자기 자신이 답답해졌다.

다케다 신겐이 언젠가는 자신의 큰 적이 되어 앞을 가로막으리라는 것은 너무도 잘 알고 있지 않았던가. 그런데 어째서 이렇듯 마음에 걸린다는 말인가?

'역시 신겐이라는 큰 그릇에 압도당하고 있는지도 모른다……'

드디어 신겐이 궐기한다면 노부나가가 강구해야 할 대책은 정해진 것이나 다름없다. 아무리 다케다 쪽이 우에스기의 봉쇄를 완료했다고 해도 역시 우에스기 겐신과 연락하여 배후에서 신겐을 견제하도

록 하면서 그 정면에는 도쿠가와 이에야스를 내세워 상경을 차단시
켜야만 한다.

만약 아사이와 아사쿠라를 비롯하여 혼간 사, 에이잔과 미요시 잔
당의 준동이 없다면, 노부나가는 아네가와 때와 마찬가지로 주력을
이끌고 동쪽으로 가서 도쿠가와 군과 함께 신겐을 치기란 용이한 일
이다. 그러나 지금은 이것이 불가능한 상태에 처해 있다.

지금은 교토와의 통로를 확보하기 위해 기노시타 도키치로 히데요
시, 니와 고로자에몬과 미즈노 시모쓰케, 이치바시 나가토시, 가와지
리 요헤에 등의 용장을 비롯하여 교토와 가까운 사카모토 성에 있는
측근인 모리 산자에몬까지도 움직이지 못하고 못 박혀 있다.

이 밖에 나가시마의 혼간 사 분원分院에 대비하기 위해 다키가와
가즈마스는 북부 이세에서 움직일 수 없는 형편이고, 교토 주변에서
도 아케치 미쓰히데나 이케다 가쓰사부로를 움직이게 하면 이 역시
수습할 수 없는 사태가 벌어질 것이다.

그렇게 되면 다케다 신겐이 가이를 출발하여 시나노, 스루가, 도토
미와 미카와로 진출해도 이에야스에게 원병조차 보낼 수 없을 것 같
았다.

신겐은 분명 이것을 세밀하게 계산하고 일부러 수군을 조직하여
해상으로부터 셋쓰와 가와치를 위협하려고 계획하고 있다.

해상으로부터 오는 이 상륙부대와 미요시의 3인방이 손을 잡고 또
오사카의 이시야마 혼간 사가 가담한다면, 주고쿠의 모리가 자기 몫
을 노리고 움직이지 않는다고 어떻게 보증할 수 있겠는가……?

이렇게 되면 천성적으로 모반의 버릇을 지닌 마쓰나가 히사히데도
가만히 있을 리가 없고, 노부나가 자신은 교토 일대의 방어에 급급하
여 동쪽에서 침입해오는 신겐의 진격을 저지한다는 것은 생각할 수

도 없는 일이다.

'아사이, 아사쿠라뿐이었다면 지금까지 칠 기회가 얼마든지 있었는데……'

이런 생각을 하자 노부나가는 오장육부가 뒤집힐 것만 같았다.

'나가마사는 틀림없이 내 뜻을 알 녀석……'

그렇게 생각한 것은 역시 여동생인 오이치에 대한 사랑 때문이었고, 이 사랑과 연결된 낙관적인 관측 때문이었다. 그리고 이 사사로운 애정 때문에 기회를 잃은 노부나가는 현재 꼼짝도 할 수 없을 정도의 난관에 봉착했다.

아사이·아사쿠라와의 적대관계가 원인이 되어 다케다 신겐이라는 큰 강의 제방이 터져 전국이 홍수의 소용돌이에 휩쓸리게 되었다.

"오노, 등불을……"

노부나가가 이렇게 말한 때는 미쓰히데가 물러간 지 반각(1시간)가량 지나서였다.

"이제야 허락을 내리시는군요. 이왕이면 모기장도 가져오라고 할게요."

노히메는 손뼉을 쳐서 시녀를 불러 지시하고, 술병을 들어 잔에 따랐다.

"자, 한 잔'더…… 저것 보세요. 너무도 아름답게 은하가 흐르고 있어요."

"은하 따위는 아무래도 상관없어."

"아닙니다. 은하는 주군이 아직 오와리의 멍청이라 불리던 무렵부터 저토록 아름답게 하늘에 걸려 있었어요."

노부나가는 비로소 허허허, 웃었다.

"다시 한 번 오와리의 멍청이로 돌아가 새로 시작하라는 말인가,

오노?"

"예. 저 은하를 쳐다보신 뒤에 선교사인 페로가 선물한 큰 지구의 地球儀를 보십시오. 틀림없이 마음에 드실 겁니다."

"좋아, 세키안을 부르도록."

노부나가는 노히메로부터 시선을 돌린 채, 하늘을 향해 내뱉듯이 말했다.

"에치고와 하마마쓰에 서신을 쓰게 한 뒤 나는 곧 다시 출진하겠어."

니조 저택의 요운妖雲

교토에 머문 지 겨우 나흘 만에 곧바로 기후로 돌아간 노부나가가 즉시 군비를 강화하기 시작했다는 정보를 듣고 쇼군 요시아키는 당황했다.

그래서 당장 아케치 미쓰히데를 니조의 저택으로 불러들였다.

"오다 님이 다시 군사를 이끌고 상경한다는 소문이 있는데 사실인가?"

"예. 물론 사실일 겁니다."

"도대체 이번에는 누구를 공격하려는 게지?"

"심증이 가시지 않습니까, 쇼군께서는?"

"내게 심증이?"

"예."

미쓰히데는 무력을 갖지 못한 이 가련한 세이이다이쇼군을 싸늘하게 바라보면서 말했다.

"이 미쓰히데에게 출병하라는 독촉장이 따로 오지는 않았습니다마는 아마도 미요시 조이쓰三好長逸 등이 셋쓰로 진출하여 노다와 후쿠시마 등에 성채를 쌓고 아사이, 아사쿠라 등과 호응하여 교토를 공격하려 하므로…… 그들을 치기 위해서일 것 같습니다."

그 말을 듣고 요시아키는 길게 한숨을 쉬었다.

"그런가, 노다와 후쿠시마의 성채를 말이지?"

"미요시의 잔당은 쇼군님에게도 적이므로, 그 정벌이 끝나면 노부나가 공은 이곳으로 문안을 오실 겁니다."

아무렇지도 않게 말하고 빤히 쇼군의 안색을 살폈다.

미쓰히데로서는 조석으로 마음이 변하는 요시아키를 견제하는 한편 반성하게 하려는 의미로 한 말이었으나 쇼군에게는 도리어 야유로 들렸는지도 모른다.

"미쓰히데, 문안을 온다는 그 말에 무언가 각별한 의미가 있는 듯이 이야기하는군."

"아니, 별다른 의미가 있는 것은 아닙니다. 그러나 문안을 왔을 때 쇼군께서 말씀하시는 편이 어떨까 합니다."

"무슨 말을 하라는 겐가?"

"쇼군께서 다이묘들에게 내리시는 명령이나 서한에는 앞으로 반드시 노부나가 공의 부서副署를 첨부한다는 것입니다."

"뭐, 내 서신에 일일이 오다 님의 부서를…… 도대체 그것은 무엇 때문이란 말인가?"

"쇼군님, 지금 세상에는 묘한 소문이 나돌고 있습니다. 쇼군님과 노부나가 공 사이에 의견이 대립되고 있다, 그래서 쇼군님이 노부나가 공을 치라는 밀령을 사방에 내렸다…… 물론 이 일은 두 분의 사이를 갈라놓아 어부지리를 얻으려는 간사한 무리들의 소행이오니 여기에 말려들지 않기 위해서라도 반드시 부서가 필요하다고 쇼군께서 말씀하시는 편이 앞으로의 천하를 위해 바람직하다고 생각합니다마는."

이 말을 듣고 쇼군의 얼굴에서 금세 핏기가 가셨다.

미쓰히데는 일부러 시선을 돌렸다. 그는 여기서 노부나가를 위해서나 요시아키를 위해서도 한 가지 공을 세우고 싶었던 것이다.

쇼군이 내리는 모든 지령에 노부나가도 서명한다…… 이렇게 결정하면 쇼군은 자의적인 행동을 하지 못하게 된다. 멋대로 행동할 수 없기 때문에 자중을 하면 이것은 곧 요시아키를 위하는 일이 될 것이다.

깊이 생각해보면 이것은 역시 요시아키나 노부나가를 위한다기보다도 미쓰히데 자신의 보신保身이라는 대답도 나오지만 미쓰히데는 현재 거기까지는 생각지 않았다.

아무튼 이 시대에 무력을 전혀 갖지 못한 '세이이다이쇼군'이란 존재는 숙명적으로 야심가들의 노리개가 될 수밖에 없었다.

"으음, 그런 소문이 나돌고 있다는 말이군."

쇼군은 다시 한 번 떨리는 목소리로 중얼거렸다.

"그래, 어쨌거나 수고가 많았네. 잘 생각해보겠어."

이렇게 말하고 미쓰히데를 돌려보낸 뒤 이번에는 마쓰나가 히사히데를 부르러 보냈다.

어느 시대에나 희극의 주인공은 자기 자신이 처해 있는 묘한 위치나 환경은 깨닫지 못하기 마련인 모양이다.

요시아키는 전에 자기 형인 쇼군 요시테루를 모략하여 죽인 마쓰나가 히사히데가 오자 흥분한 어조로 미쓰히데가 한 말을 꺼냈다.

"나는 세이이다이쇼군이야! 이 다이쇼군을 미쓰히데 놈은 노부나가의 가신 정도로 생각하는 것 같아. 노부나가의 부서가 없는 한 나는 서신도 보내면 안 된다는 거야."

마쓰나가 히사히데는 예의 그 긴 눈썹 밑으로 히죽 웃고는 얼른 이를 억제했다.

"그렇다면 말도 안 되는 소리! 그래서 쇼군께서는 이것을 승낙하실 생각입니까?"

"바로 그 점일세. 그런 소문이 세상에 떠돈다고 하니 순순히 받아들이지 않으면 내 목숨이 위험하게 될지도 몰라."

"황송합니다마는 그 일에 대해서라면 대책이 있습니다."

"묘안이 있다는 말인가?"

"예. 아사이와 아사쿠라는 물론 가이의 다케다도 쇼군님의 명에 따라 상경하겠다는 뜻의 회답이 오지 않았습니까?"

"음, 그런 회답은 있었지."

"그렇다면 천하의 대세는 결정된 것이나 마찬가지입니다."

히사히데는 앞서 노부나가 앞에서 노부나가가 몰락하게 될 것을 알면 서슴없이 배신하겠다고 공언했을 정도의 천성적인 반역아다. 따라서 그는 다케다 신겐이 움직이기 시작했다는 것을 알고는 재빨리 생각을 바꾸었던 것이다.

물론 이 늙은 너구리가 요시아키의 인물 됨됨이를 별로 높이 평가하고 있는 것은 아니기 때문에 그는 자신의 이익을 위해 요시아키를 이용할 생각임이 틀림없었다.

"쇼군님, 노부나가의 이번 상경은 노다와 후쿠시마의 성채에 웅거한 미요시 조이쓰 등을 공격하려는 목적일 겁니다."

"그래, 미쓰히데도 그런 말을 하더군."

"호호호, 바로 그것입니다."

"그것이라니?"

"미요시의 잔당을 도우라고 쇼군께서 직접 오사카의 이시야마 혼간 사에 명을 내리십시오."

"뭣이, 내가 혼간 사에?"

"혼간 사를 얼마나 빨리 이 싸움에 끌어들이느냐의 여부에 따라 노부나가의 천하가 되느냐 쇼군님의 천하가 되느냐가 결정될 겁니다."

"으음."

"다케다 혼자만으로는 아직 노부나가에게 확실히 이길 수 있다고 할 수는 없습니다. 그러나 여기에 이시야마 혼간 사가 가담하면 승리는 의심할 바 없습니다. 따라서 쇼군께서 직접 오사카에 가셔서 주지를 설득하여 노다와 후쿠시마 두 성채의 아군으로 끌어들이시면 됩니다."

"그러나 무어라고 주지를 설득한다는 말인가?"

"제가 말씀드리지요."

그러면서 이 천성적인 반역아는 책략을 꾸미는 일이 즐겁다는 듯이 눈을 가늘게 떴다.

"이렇게 말씀하십시오. 노부나가는 기리시탄切支丹° 선교사들에게 매수되어 일본의 불교를 말살하기로 결정했다. 그러므로 나는 노부나가와 결별하지 않을 수 없게 되었다…… 고 서두를 꺼내십시오."

"히사히데, 그것이 사실인가?"

"호호호호, 반은 책략이고 반은 사실입니다. 노부나가가 기리시탄 신자가 되었다고 납득시키기 위한 증거에는 부족함이 없습니다. 난반 사南蠻寺에 에이로쿠 사永祿寺란 일본 연호를 써서 세우도록 한 것이 그 첫째…… 이것은 조정의 항의로 다시 난반 사로 바꾸었다는 것은 주지도 잘 알고 있습니다. 그러나 다음과 같은 일은 주지도 모를 겁니다. 즉 노부나가가 난반 사를 세우기 전에 페로와 오르간티노라는 두 선교사가 일부러 기후 성으로 노부나가를 찾아가 밀담을 나누었습니다."

"찾아갔다는 말을 듣기는 했으나……"

"그때 노부나가는 이들과 밀약을 맺었는데, 매수된 것은 그때의 일입니다. 그들은 노부나가에게 여덟 가지 보물을 바쳤지요. 이것은 사실입니다."

"허어, 여덟 가지 보물을?"

"첫째는 750리의 거리를 한눈에 내다볼 수 있는 원안경遠眼鏡(망원경)이고, 둘째는 겨자씨같이 작은 것도 계란만큼 크게 보이게 하는 근안경近眼鏡(확대경)입니다"

"허어."

"셋째는 노부나가가 쇼군님에게도 드린 것과 같은 호랑이 모피 50장과 길이가 15간間이나 되는 진홍색 모직물 융단."

"으음."

"넷째는 45장丈이나 되는 무어라 부르는지 알 수 없는 신식 철포鐵砲. 다섯째는 침향沈香 백 근, 여섯째는 다다미 여섯 장 정도나 되는 모기장. 이 모기장은 접었을 경우 한 치 여덟 푼의 작은 상자에도 담을 수 있는 기리시탄 선교사의 마법 모기장입니다."

"그것도 사실인가, 히사히데?"

"거짓말 같은 사실입니다. 그리고 일곱째는 42개의 금 구슬을 꿴 묵주默珠라는 물건입니다. 이것은 기리시탄을 신봉하는 세계 42개국을 상징하는 일종의 염주인데, 우리 나라도 그 안에 포함되어 있지요. 마지막으로 여덟째는 커다란 지구입니다."

히사히데는 스스로 도취되어 신들린 듯이 말을 계속했다.

"아시겠습니까, 쇼군님? 노부나가는 이 여덟 가지 보물과의 교환 조건으로 일본의 불교를 팔아먹은 겁니다. 기리시탄의 포교를 허락하고 머지않아 노부나가의 손으로 불교를 박멸하겠다고 약속했습니다. 그 자세한 내용이 판명되었기 때문에 저도 노부나가와 결별하기로 결심한 것이지요. 그러니 혼간 사도 반드시 궐기해야 한다고 말씀드리면 주지는 틀림없이 일어섭니다! 그렇지 않으면 도리 없이 멸망하게 될 테니까요."

고지식한 요시아키는 어느 틈에 무릎 위에 얹은 손을 와들와들 떨면서 어린아이처럼 고개를 끄덕였다.

이시야마 혼간 사의 봉기

이곳은 거대한 사원인 동시에 견고한 요새이기도 한 이시야마 혼간 사 깊숙한 곳에 자리잡은 방이다.

사방으로 끌어들인 요도 강의 물줄기와 어마어마한 성벽으로 둘러싸여 있는 이 난공불락의 사원은 어떠한 난세가 닥쳐도 신도의 목숨을 지키겠다는 염원으로 렌뇨 대사가 창건했다. 지금 이 사원에는 밤의 미풍이 서늘하게 불어온다.

촛불은 네 개. 사방의 처마 밑에 매달린 쇠로 만든 등롱의 불빛이 안뜰로 흘러나왔다. 방 안에서 마주 앉아 있는 사람은 세 사람이었으며, 시각은 이미 삼경이었다.

상당히 중요한 밀담을 나누는 모양인 듯, 그들의 말이 들리지 않는 위치에서 사병私兵들이 엄하게 경계를 펴고 있다.

정면에 앉아 있는 사람은 렌뇨 대사의 증손에 해당하는 이 사원의 주지인 혼간 사의 고사光佐(겐뇨 대사), 그 옆에는 승려라기보다도 이곳 무력의 총지휘관이라 할 수 있는 시모쓰마 요리카도下間賴廉, 그리고 또 한 사람은 밤중에 몰래 밀선을 타고 공경公卿이 출타하는 것처럼 가장하고 교토에서 내려온 아시카가 쇼군 요시아키였다.

"그러나 불법을 계승하시는 소중한 몸이시므로 자진해서 싸움에 나서실 수는 없습니다. 물론 노부나가 쪽에서 도발해 온다면 문제는 다릅니다마는……"

시모쓰마 요리카도는 조용히 부채질을 하면서 흘끗 주지를 바라보고는 은근히 요시아키의 발언을 도왔다.

"그 점은 잘 알고 있네!"

요시아키는 다그치듯 말했다.

"노부나가가 부처님의 적으로 판명되지 않았다면 나도 일부러 여기까지 찾아왔을 리가 없지."

"물론 그렇기는 합니다마는……"

"사찰이라고 해서 난세의 바람 밖에 서 있을 수는 없는 일. 그러기에 여기에 그대가 있고, 나가시마에도 핫토리 우쿄노스케가 지키고 있지 않은가. 그리고 주지님과는 동서 사이인 다케다 신겐도, 사위인 아사쿠라 요시카게도 내 명령을 받들어 군사를 일으키고 있어."

"다케다 님은 틀림없이 군사를 일으킬까요?"

"일으키는 것이 아니라 벌써 조슈上州, 시나노, 가이, 스루가와 도토미 등 각지에 동원령을 내렸어. 내가 분명히 확인하고 왔네."

"으음."

"동원령을 내리자 도쿠가와 이에야스는 부랴부랴 노부나가에게 원군을 청했어. 여기서 혼간 사가 나가시마와 호응하여 궐기한다면 노부나가는 문자 그대로 사면초가가 된다네. 아까도 말했듯이 때를 놓치면 기리시탄에게 나라가 팔리고 말 걸세."

혼간 사의 고사는 진작부터 지그시 눈을 감고 두 사람의 이야기를 듣고 있다.

"노부나가가 부처님의 적이 된다는 것은 이미 의심할 수 없는 사실이야. 나가시마의 분원이 지난날 어떤 취급을 받았는지만 보아도 충분히 납득이 갈 걸세. 이러한 난세에 사찰을 지킬 수 있는 힘은 역시 무력. 이것은 렌뇨 대사 때부터 내려오는 혼간 사의 판단이 아니었는가."

"분명히 그 말씀이 옳기는 합니다마는……"

"그렇다면 그대가 주지님에게 진언해야 하지 않겠는가. 아사이, 아사쿠라, 미요시, 마쓰나가, 롯카쿠 등의 세력 말고도 천하에 이름을 떨치고 있는 다케다의 거병擧兵…… 동쪽에서 다케다가 물밀듯이 진격할 때 여기서 나가시마와 같이 궐기하여 노부나가를 협공하면 완전히 쐐기를 박을 수 있을 걸세. 기회를 놓치면 모두 자멸한다는 것을 알아야 해."

"화기의 수는?"

요시아키가 기세등등하게 말하자, 비로소 고사가 부드러운 목소리로 요리카도에게 물었다.

"철포 약 3천 자루, 오즈쓰大筒(대포)가 8문 정도입니다."

"자네 의견은 어떤가. 이쪽에서 먼저 도발해서는 안 되지만, 후쿠시마와 노다의 두 성을 지원할 만한 인원은 되겠나?"

"예. 미요시의 무리 외에 네고로, 사이가雜賀, 유가와湯川와 오쿠키이奧紀伊의 세력을 합하면 약 2만 7,8천 명은 되지 않을까 합니다."

아마도 요리카도는 처음부터 요시아키의 권유에 응할 생각이었나 보다.

"허락만 내리신다면 상대는 부처님의 적이므로 나가시마의 핫토리 유쿄노스케와 호응하여 다케다 님이 상경하실 때까지 3년이건 5년이건 적을 저지할 자신이 있습니다."

주지의 고개가 희미하게 상하로 움직였다. 이것으로 일은 결정된 것이다.

역시 마쓰나가 히사히데의 지혜를 불어넣은 '부처님의 적'이라는 한마디와 '다케다 신겐의 상경'이 혼간 사를 움직이게 한 두 가지 큰 열쇠가 된 듯하다.

혼간 사의 고사 또한 신겐과 마찬가지로 산조三條 가문에서 아내를 맞아들였다. 두 사람은 동서 사이이고, 서로의 인물됨과 수완에 깊이 심취해 있었기 때문일 것이다.

"그러면, 다름 아닌 쇼군님의 간청이시므로 이 시모쓰마 요리카도는 노부나가가 출병했을 경우 노다, 후쿠시마 두 성의 후원을 틀림없이 책임지겠습니다."

요리카도가 미소를 띠며 이렇게 말하자 무력을 갖지 못한 무가武家의 기둥인 아시카가 요시아키는, 어린아이처럼 눈물을 글썽거리면서 말했다.

"정말 고맙네. 암, 그래야지! 그래야 하고말고!"

고사는 다시 눈을 감고 조용히 앉아 있었다.

9월 13일의 총소리

노부나가가 요시아키를 기후로 맞아들일 무렵에는 아무도 이것을 문제로 삼지 않았다. 그러니 일단 그가 상경에 성공하게 되자 주변 사람들이 급속히 적으로 돌아섰다.

저마다 '나야말로 천하를……' 하고 노렸기 때문에 그 야망이 꺾이지 않으려고 궐기했던 것이다.

노부나가가 믿을 만한 우군은 겨우 도쿠가와 이에야스 한 사람뿐이었다. 그렇다고 해서 노히메의 말처럼 이미 격류에 휘말린 배는 도중에 멈출 수 없다.

노부나가 역시 엄니를 드러내고 덤벼드는 적과 맞설 수밖에 없는 것이다.

"호호호. 살무사가 되십시오. 다시 한 번 오와리의 멍청이로 돌아가 사납게 질주하십시오."

억척스러운 노히메의 격려에 노부나가는 일갈했다.

"건방진 소리는 하지 마라. 나는 이미 살무사가 아니야. 수도를 제압한 맹호야."

노부나가는 이에야스로부터 다케다 신겐의 군사동원령이 그의 영내에 내려졌다는 통보를 받고, 뙤약볕 밑에서 그대로 셋쓰를 향해 출동했다.

"일단 유사시에는 언제든지 기후에서 원군을 보낼 테니 대비에 만전을 기하도록 하라."

생각해보면 이것이 노부나가의 세번째 위기였다. 그때부터 아즈치安土에 성을 쌓은 덴쇼 4년(1576) 봄까지 만 6년 동안에는 거의 갑옷을 벗을 틈도 없이 그야말로 아수라처럼 날뛰지 않을 수 없는 시기였다.

역사가 노부나가를 가리켜 잔인무도한 대장이라 평하고 수없이 많은 학살을 자행했다고 말하는 이유는 이 시기의 악귀와도 같은 행동 때문이다. 물론 그와 같은 큰 수술이 없이는 난세의 종식이 어려웠으리라는 점은 역사가들도 모두 인정하지만 문자 그대로 죽이지 않으면 자기가 죽는다는, 먹느냐 먹히느냐 하는 위기의 연속은 8월 초순의 셋쓰 출병으로 막이 올랐다.

노부나가는 아직 그때까지 혼간 사가 궐기할 줄은 예상하지 못했다. 언젠가는 움직이리라 생각했지만 그 전에 후쿠시마, 노다의 두 성에서 거병한 미요시 일파를 섬멸할 예정이었다.

노다와 후쿠시마의 두 성은 넓은 요다 강 하류에 있어 공략하기에 어려운 성이었으나 새로 편성한 총포부대로 공격하면 고작 보름 정도면 함락하리라고 믿었다.

그런데 막상 요도 강에 내려와 보니 그 인원은 상상 이상이어서, 작은 성에 미처 들어가지 못한 적군이 오리오노遠里小野에서 스미요시와 덴노 사 일대까지 넘쳐났다.

"결코 얕보면 안 되겠다, 노부모리."

그것도 저마다 철포를 갖고 있었다.

"이거, 이상하군. 어디에서 이런 무기를 손에 넣은 거지?"

인원도 많아봤자 오천이라고 생각했지만, 자세히 보니 다섯 배인 2만 5천은 되는 것 같았다.

노부나가는 우선 후쿠시마 성에 시험 삼아 총격을 가해보고, 상대가 응사하는 총소리에 귀를 기울이면서 사쿠마 노부모리에게 말했다.

"상대는 제법 훌륭한 화기를 갖고 있어. 나를 여기에 못 박아놓을 작정인지도 몰라."

"그러나 상대는 모두 오쿠키이의 오합지졸이므로, 별것 아닙니다. 무섭게 공격을 가하면 곧 손을 들 겁니다."

"으음. 나도 그러리라 생각했으나, 저 정도의 화기를 가졌다면 이쪽에서도 축대를 쌓고 공격하지 않으면 안 되겠어."

이리하여 노부나가는 본진을 덴노 사에 두고 차곡차곡 흙으로 부대를 쌓은 뒤 8월 20일에 공격을 개시했다.

그런데 성에서 나온 적은 도처에서 무찔렀으나 성안에서는 빈번히 뼈아픈 반격을 당해 포위전은 좀처럼 진척되지 않았다.

마침내 노부나가도 부아가 치밀었다.

대관절 탄약과 식량은 어디서 성안으로 운반했을까?

'혹시 혼간 사가?'

문득 그런 의심이 든 것은 9월도 열흘이나 지나서였다.

"아무래도 이상하다. 노부모리, 더 이상 지체할 수 없다. 수상한 냄새가 풍겨."

"무슨 냄새 말씀입니까?"

"혼간 사야."

"그럼, 혼간 사를 먼저 공격하시렵니까?"

"허튼소리 마라. 그럴 수만 있다면 걱정하지 않는다. 일부러 화약고에 불을 지르면 어떻게 되겠느냐…… 좋아! 일제히 성안으로 대포를 쏘아 태워버려라."

그리하여 13일 저녁부터 둑 밑에 숨겨두었던 오즈쓰를 계속 쏘아대는 동안 강물을 붉게 물들이며 해가 저물었다.

"어떠냐, 이것으로 적은 박살이 났을 거다."

얼마 후 달이 떠오르고 황혼과 강물이 포연으로 자욱해질 무렵 갑자기 오다 군의 배후에서 천지를 뒤흔드는 총성이 울렸다.

"앗, 혼간 사에서 발포했다."

그 소리에 노부나가는 깜짝 놀라 막사에서 뛰어나와 무섭게 밤하늘을 노려보며 신음했다.

'아뿔싸!'

혼간 사의 직속부대가 도전했다. 노부나가가 그들의 전략에 감쪽같이 말려든 꼴이 된다.

"노부모리! 철수해야겠다."

"어째서입니까, 무엄한 도전을 앞두고?"

"그물에 걸렸어! 거미줄에."

노부나가는 이렇게 말하고 별안간 칼을 뽑아 달빛에 비추었다.

"혼간 사 놈들, 어디 두고 봐라! 옛날 킷포시 시절로 돌아간 노부나가가 얼마나 무서운지 보여주겠다. 왓핫핫핫하."

나가시마의 봉화

노부나가의 불안은 적중했다.

혼간 사의 시모쓰마 요리카도는 위험에 빠진 후쿠시마와 노다의 두 성을 도우려고 발포한 것은 아니다.

그는 냉정하게 나가시마의 분원을 비롯하여 아사이, 아사쿠라 등과 연락을 취하면서 때가 무르익기를 은밀히 기다렸던 것이다.

따라서 오사카에서의 이 발포는 바로 이세의 나가시마에서 핫토리 우쿄노스케가 행동을 개시한다는 신호인 동시에, 아사이와 아사쿠라가 오미로 출병한다는 의미이기도 했다.

노부나가가 오사카에 머무르면 아사이와 아사쿠라 군은 서부 오미를 공격하여 노부나가의 퇴로를 차단하고 교토를 칠 테고, 핫토리 우쿄노스케는 오와리에 맹공을 퍼부어 다케다 군의 진출을 맞이할 생각일 것이다.

그렇게 되면 오다 군은 각지에서 차단되어 날개가 부러지고 사지가 끊어질 수밖에 없다.

이미 노부나가는 한눈을 팔고 있을 겨를이 없었다. 사쿠마 노부모리를 셋쓰에 남기고 말을 달려 교토로 돌아왔다.

"미쓰히데! 통보가 있었을 테지, 서부 오미에서?"

교토로 들어오자 맨 먼저 미쓰히데를 불러 질문했다.

"예, 있었습니다. 아사이 나가마사가 아사쿠라의 원군인 아사쿠라 가게타케景健의 군사와 함께 남하하여 우사야마 성宇佐山城을 공격하고 있습니다."

"북구 이세는? 나가시마는?"

"그런데……"

"그런데 어쨌다는 말이냐?"

"핫토리 우쿄노스케가 앞서 다키가와 가즈마스에게 속은 원한에 불타 별안간 기소 강을 건너와 오와리의 아마 군海部郡을 공격하고 있습니다."

"공격했다면 오키에 성小木江城이 포위되었느냐?"

"그런데……"

"그런데, 라는 소리는 듣기 싫다! 어서 말하라."

"예. 너무도 갑작스런 일이라 미처 기요스나 기후에 원병을 청할 겨를이 없어 성주인 노부토모 님은 성을 사수하다 전사하셨습니다."

"뭣이, 노부토모가?"

오키에 성의 성주 오다 히코시치로彦七郎 노부토모는 올해 서른세 살로 노부나가의 네번째 동생이다.

그런데 핫토리 우쿄노스케의 맹공으로 목숨을 잃고 성을 빼앗겼다고 한다.

생각했던 것보다 훨씬 더 사태가 심각하다는 사실을 깨닫고 노부나가는 잠시 입술을 깨문 채 숨죽이고 있었다.

"이 밖에도 오미의 혼간 사 신도들은 사찰의 집회가 있을 때마다 속속 봉기하는 조짐을 나타내므로 급히 서부 오미에 원병을 보내셔야 합니다. 부디 이 미쓰히데를 즉각 파견해주십시오."

"잠깐!"

"예."

"미쓰히데, 그 전에 먼저 손을 써야 할 일이 있어."

"손을 써야 할 일이라면?"

"이런 일만은 절대로 하지 않으려고 했으나 지금은 어쩔 수 없어."

"아니, 무슨 말씀인지요?"

"알겠나, 쇼군의 힘만으로는 부족해. 황송한 일이지만 주상의 명령을 청하는 거야."

"아……"

미쓰히데는 숨을 죽였다.

"그러면 칙명을 청하여 아사이, 아사쿠라와 강화하시려는 겁니까?"

"그래. 칙명이라면 그들도 군사를 돌리지 않을 수 없을 것이다. 나는 즉시 출진하여 서부 오미를 도울 테니 자네는 칙명을 청할 방법을 강구하게. 그렇지 않으면 천하는 엄청난 혼란에 빠지게 돼. 그들이 교토를 공격한다면 수도는 다시 잿더미가 되는 거야."

"말씀하신 대로 저는 당장 공경들과 연락을 취하겠습니다. 그런데 화의를 맺으신 뒤에는?"

"일단 기후를……"

"다음에는?"

"뻔하지 않으냐, 나가시마를 쳐야 할 것이다."

미쓰히데는 가만히 고개를 끄덕이고 자리를 떴다.

오와리를 공격하는 잇코 종 신도들의 반란은 말하자면 등에 짊어진 장작에 불이 붙은 것과도 같다. 우선 이 문제를 해결해야 한다. 하지만 그 다음에는 어떻게 될 것인가?

이미 인간으로서는 예측할 수 없다. 연달아 폭발하기 시작한 화약의 불을 어디서부터 꺼야 할지 알 수 없다.

나가시마를 공격하면 당연히 전국의 잇코 종 신도들이 분개하여 궐기할 테고, 이시야마의 시모쓰마 요리카도도 가만히 있지 않을 것이다.

그렇게 되면 일단 칙명에 따라 화의에 응했던 아사이와 아사쿠라는 어떻게 나올까?

하지만 지금은 거기까지 생각할 여유가 없을 만큼 사태가 악화되어 있다. 아무튼 칙명을 청하여 적의 군사를 물리치지 않고는 노부나가 자신도 기후로 돌아갈 수 없다.

노부나가는 교토의 일을 미쓰히데에게 맡기고 곧바로 서부 오미로 출진했다. 지금으로서는 상대의 진격을 저지하는 일이 가장 시급했기 때문이다.

사카모토 성 함락

말 그대로 조금도 한 자리에 머무를 틈이 없는 동분서주였다.

겐키 원년(1570) 12월 13일, 노부나가는 다시 교토가 잿더미로 화할 것이라는 말에 깜짝 놀라 내려진 칙명으로 겨우 아사이, 아사쿠라와 화의를 맺고 기후로 바삐 돌아왔다.

물론 이것은 진정한 화의가 아니다. 일단 주상의 면목을 세워주어야 한다는 의미도 있었으나, 정작 에치젠 군이 두려워한 것은 겨울의 눈이었다. 눈이 내리면 그들은 자기 영지와의 연락이 끊어진다. 그때를 기다렸다가 오다 군이 총공세를 펼 것이 두려웠기 때문이다.

노부나가도 이 점을 잘 알고 있다. 그러나 지금으로서는 결전을 벌일 형편이 아니기 때문에 그 역시 칙명을 받든다는 형식을 취하고 기후로 돌아왔던 것이다.

기후로 돌아오긴 했으나 신년이나 축하하고 있을 처지가 못 되었다.

그는 여기서 각지에서 들어온 정보를 비교 검토하여 겐키 2년(1571) 이른 봄에 나가시마를 향해 군사를 동원했다.

동생 히코시치로 노부토모의 복수전이라는 것은 구실에 불과했고 실은 가장 가까운 곳의 불부터 끄지 않으면 안 되는 다급한 상황 때문이었다.

더구나 그 불을 끄는 동안에도 다시 빈번히 흉보가 들어왔다.

다케다 신겐이 드디어 미카와에 침공하여 이에야스와 요시다 성에서 전투를 벌이고, 뒤이어 노부나가가 위기에 처했다는 것을 간파한 마쓰나가 히사히데가 반역했다는 보고가 들어왔다.

"드디어 그 너구리가 나의 패배를 점친 모양이군."

노부나가는 큰 소리로 웃었으나 그 눈에는 핏발이 서고 말 머리는 곧바로 교토로 향해 있었다.

마쓰나가 히사히데가 시기 산信貴山에서 반기를 들었으니 나가시마에는 힘을 쏟고 있을 틈이 없다.

"다케다를 부탁한다. 조금만 더 버티면 된다!"

이에야스에게 격려하는 말을 전하고 다시 교토 지역으로 돌아왔다.

나가시마도 함락하지 못했고 미요시 군은 여전히 남아 있으며, 혼간 사는 더욱더 완강하게 저항한다. 그러기에 다케다 군이 움직이기 시작하고 마쓰나가 히사히데가 태연히 반기를 든 것이었다. 노부나가가 서쪽으로 가자 곧바로 아사이·아사쿠라 연합군이 칙명을 파기하고 퇴로를 차단하기 위해 서부 오미로 진출했다.

결국 사태는 더욱 악화되었다. 새로 마쓰나가 군이 적으로 돌아서고, 작년까지만 해도 이렇다 할 움직임을 보이지 않았던 잇코 종 신도들이 노부나가가 나가시마를 공격했다고 해서 일제히 봉기하여 아사이 · 아사쿠라 군에 가담했다.

그리고 이시야마 혼간 사와 대치하고 있는 사쿠마 노부모리를 격려하러 갔던 노부나가에게 전해진 흉보는 지난해보다 몇 배나 더 사태를 절박하게 만들어놓았다.

그 하나는 아사이 · 아사쿠라 군의 재촉으로 에이잔叡山의 승려 삼천 명이 드디어 적으로 돌아서서 봉기했다. 또 하나는 교토와 기후와의 통로를 지키기 위해 가장 중요한 역할을 하던 사카모토 성이 함락되어, 히라테 마사히데가 죽은 뒤 측근으로서 계속 노부나가를 도와온 모리 산자에몬이 성과 더불어 운명을 같이하여 전사한 일이었다.

이렇게 되면 이미 전략이나 협상이 아니라 좋건 싫건 노부나가는 아사이 · 아사쿠라 연합군과 결전을 벌이지 않을 수 없다.

이쪽에서 공격하지 않으면 상대는 승리한 여세를 몰아 대번에 교토로 진출할 것이다.

노부나가는 말 머리를 돌려 교토에 도착하자마자 이렇게 말했다.

"미쓰히데! 그대도 나를 따르라."

11년 전 덴가쿠 골짜기 싸움 때의 일을 가슴에 그리며 질풍처럼 오사카 산逢坂山을 넘었다. 어떤 수단을 강구하더라도 아사이, 아사쿠라만은 쳐야 한다.

8월 20일, 달이 늦게 뜨는 것을 이용하여 서부 오미로 들어가 날이 밝기 전부터 교토를 목표로 하는 적의 선봉에게 공격을 가했다.

노부나가가 올 줄은 아직 예상하지 못했던 적이 순식간에 물러나기 시작했다.

"지금이다! 적은 호수 서쪽으로 돌아갔다. 추격하라! 추격하여 일거에 사카모토 성을 탈환하라!"

그러나 노부나가가 무참하게 불태워진 사카모토 성 아래 도착했을 때 적은 이미 왼쪽 길을 돌아 순식간에 에이잔으로 도주하여 결전을 피해버렸다.

아마도 다케다 신겐이나 이시야마, 나가시마의 니시西 혼간 사와 미리 상의한 작전이었을 것이다.

전광석화 같은 노부나가의 예봉을 피해 그들을 꼼짝 못하게 못 박아놓는다. 그러면 다케타 군이 유유히 그 거대한 전투대형을 정비하고 상경할 수 있도록 말이다.

'으음, 에이잔마저 적이었다는 말인가.'

노부나가는 이를 갈면서 다음 작전을 생각하지 않으면 안 되었다.

에이잔 전략

사카모토는 성도 거리도 상상 이상으로 고전한 흔적을, 초가을 하늘 아래 여실히 드러내었다.

여기서 전사한 사람은 모리 산자에몬만이 아니라 도케 세이주로, 스케주로助十郎 형제를 비롯한 군사 육백 명으로 거의 전멸했다.

아마 산자에몬을 따르던 주민 중에서도 수많은 희생자가 나왔을 것이다.

"나가요시, 아버지의 최후에 대해 알아보거라."

노부나가는 아네가와의 첫 출전 이후 자기 곁을 떠나지 않았던 산자에몬의 장남 가쓰조 나가요시勝藏長可에게 명했다.

얼마 후 나가요시는 살아남았던 마구간의 하인을 찾아내어 핏발이 선 눈으로 노부나가 앞에 데려왔다.

"어때, 알아냈느냐?"

"예. 무려 이만에 가까운 대군에게 포위되었으므로 처음부터 전멸을 각오했던 것 같습니다."

"그럴 것이다, 그의 기질로 보아."

"나는 주군의 측근이고, 차남인 란마루를 비롯하여 리키마루, 보마루, 센치요 등은 모두 어머니와 함께 기후 성에 있다. 그러므로 추호의 미련도 없다. 지금이야말로 히라테 마사히데 님의 뒤를 따라 일본 제일의 영주英主를 위해 죽을 때라고 하셨습니다."

"뭣이, 일본 제일의 영주?"

"예. 그런 뒤 이별주를 마시고 직접 골짜기에 나가 끝까지 철포를 발사하며 분전하셨다고 합니다."

"으음, 내가 일본 제일의 영주라는 말이지……"

노부나가는 한참 동안 적이 도주한 에이잔을 노려보며 꼼짝도 않고 있었다.

에이잔이 적으로 돌아서서 아사이·아사쿠라 군에게 도움을 주었다는 사실은 기후에 본거지를 둔 노부나가에게는 가슴에 비수를 들이댄 것과도 같았다.

에이잔은 유서로 보나 역사로 보나 혼간 사와는 비교도 되지 않는다. 왕궁을 진호鎭護하는 산으로 교토 동북쪽에 우뚝 솟아 있는 이곳은 교학敎學 양면의 성지聖地로 일컬어지고, 더구나 그 승병僧兵의 난폭함은 고시라카와後白河 천황으로 하여금 주사위와 가모 강鴨河과 함께 조정에서도 마음대로 할 수 없는 쌍벽이라고 탄식케 했을 정도였다.

"그래, 일본 제일의 영주라고 했단 말이지. 좋아, 미쓰히데를 불러 오너라."

"예."

'그리고 복수전은……'

노부나가는 털썩 의자에 앉아 다시 한 번 이를 갈았다.

잠시 후 미쓰히데가 오자 큰 소리로 말했다.

"산자에몬은 나를 일본 제일의 영주라고 했다는군. 일본 제일의 영주가 일본에서 제일이라는 에이잔에 사자를 보내겠어."

"알겠습니다. 말씀으로 전하시겠습니까, 아니면 서면으로 하시겠습니까?"

"그것은 자네가 알아서 하게. 알겠나, 이렇게 전하게. 사찰 측은 이 음모에서 당장 손을 뗄 것. 손을 떼고 적을 보호하지 않겠다면 오다의 영지 안에 있는 사찰 영지를 모두 되돌려주겠다고 하게."

"만약 승복하지 않을 때는?"

"그때는 산을 포위하고 군량 공세를 취하겠어. 아사이·아사쿠라의 군사와 함께 농성한다면 중들은 오래지 않아 굶어 죽게 될 거야."

"예. 알겠습니다."

미쓰히데가 고개를 끄덕이고 일어나자, 노부나가는 다시 한 번 큰 소리로 말했다.

"미쓰히데!"

"예."

"자네는 그것만으로 충분하다고 생각하나?"

"무슨 말씀인지요?"

"지금까지 한 말은 표면적인 것. 그 넓은 호수로부터 교토에 걸친 에이잔을 고스란히 포위하기란 어렵다, 따라서 이것은 불가능한 일이다…… 라고 자네 의견을 덧붙이게. 우리 대장도 곧 그 점을 깨닫게 될 것이다, 깨닫게 되면 분노가 치밀어 중앙의 법당을 비롯하여 스물한 개 사찰을 모두 불사를 거라고 말하게."

"아니, 그 사찰을 모두?"

"그래. 에이잔에 있는 사찰이란 사찰은 깡그리 불태울 거야."

미쓰히데는 깜짝 놀라 잠시 동안 망연히 노부나가를 쳐다보았다.

'설마 진심으로 한 말은 아니겠지.'

그의 시선에는 동시에 정말 그렇게 할지도 모른다는 불안감이 어려 있었다.

"왓핫핫하. 무언가 할 말이 있나보군, 미쓰히데."

"예. 물론 이것은 담판을 위한 흥정이라 생각합니다마는 아시다시피 에이잔은 왕궁을 진호하는 성역으로서 현종顯宗과 밀종密宗 양종의 큰 도량이므로……"

"알고 있어. 그리고 조정과 바쿠후가 기원하는 곳이라는 말을 하려고 했을 테지."

"그렇습니다. 아직 그 누구도 범한 적이 없는 근엄한 성역입니다."

"그래, 자네 말이 옳아. 종교가 무엇인지 망각하고 군사를 양성하고 고기를 먹는가 하면 술독에 빠지고 여자들까지 끌어들인 산적 소굴이지만, 겉으로는 그런 척하지 않고 있어. 잘 알고 있으니 내가 말한 그대로 전하게."

"알겠습니다."

노부나가는 이렇게 명하고 미쓰히데를 내보낸 뒤 요코야마 성에서 달려온 히데요시를 불렀다.

"도키치로, 너도 에이잔에 사자를 보내도록 하라."

"예? 에이잔에 이 히데요시가?"

"왜 딴전을 부리느냐, 알고 있을 텐데."

"그러니까 중립을 지키라고 전하라는 말씀이군요. 불자佛子라면 불자답게 무력 싸움에는 개입하지 말라고."

"그래. 너하고는 말이 통하는구나. 그러나 이렇게 말해도 듣지 않을 경우에는 어떻게 하겠느냐?"

"그, 그때는 불태우겠다고 위협을 해야겠지요."

"도키치로!"

"예."

"이왕 위협하려거든 좀더 무섭게 해야 하는 거야."

"예, 과연 그렇습니다."

"감탄할 것 없어. 에이잔은 무력의 개입을 허용치 않는 성지라고 한다."

"그렇습니다."

"그런 성지가 있기 때문에 거기 들어가려고 애쓰는 비겁자도 나타 났어. 이런 어처구니없는 일이 또 어디 있겠나. 난세를 종식시키고 평화를 이룩하려는 데에 방해가 되는 곳이 성지라니…… 이것은 이 치에 맞지 않아."

"물론 그렇습니다."

"그러므로 이렇게 전하라. 우리 대장의 제의를 받아들여 중립을 지키지 못하겠다면 중요한 경문, 사찰의 보물이나 서류 등은 속히 감 추도록 하라, 우리 대장의 기질로 보아 중립을 지키지 않으면 반드시 사찰을 불사르려고 할 텐데, 신앙심이 깊은 내가 은밀히 알려주는 거 라고."

"으음!"

히데요시는 무릎을 치고 말을 이었다.

"그러면 이 히데요시가 개인적으로 에이잔에 밀사를 보내는 형식 이 되겠군요?"

"그래. 그렇게 하면 상대는 성지니 불멸이니 하는 망상에서 깨어 나 정신을 차리게 되겠지. 에이잔이 도대체 무어란 말이냐, 단순한

흙무더기이고 재목에 지나지 않아. 불을 지르면 금방 불타버릴 것이다."

"알겠습니다. 과연 그렇게 하면 정신을 바짝 차릴 겁니다."

이리하여 전후 두 차례에 걸쳐 엔랴쿠 사에 밀사가 달려갔다. 미쓰히데로부터는 표면적, 히데요시로부터는 은밀한 정보 제공이라는 형식으로.

그러나 에이잔으로부터는 아무런 회답도 오지 않았다. 아마도 그들은 이 사자들의 말을 냉정히 분석할 수 없을 정도로 아사이 · 아사쿠라와 똑같은 감정의 소용돌이에 휘말려 있음이 분명하다.

"흥, 에이잔을 불사른다고? 어디 그렇게 해보라지. 그러면 노부나가는 전국의 불교 신자들로부터 반감을 사서 자멸하는 것이 고작일 텐데, 그런 어리석은 짓을 할 리 없어."

그들은 코웃음을 쳤다. 개중에는 진지하게 우려하는 자도 없지 않았으나 대부분은 코웃음을 쳤다.

마지막 단안

삼중 사중으로 적을 만난 가운데 때는 시시각각 흘러갔다.

이에야스는 계속 원병을 청해왔다.

우에스기 겐신이 눈에 갇힌 이 겨울이야말로 다케다 군이 미카와에 침입할 절호의 기회가 될 거라고 내다보았기 때문이다.

"남자들은 한 걸음도 물러서지 마라. 여자들은 한마디도 후회의 말을 하지 마라."

나가시마에서는 반란이 더욱 확대되어 저마다 이런 말을 주문처럼 외우며 저항했다.

이시야마 혼간 사도 미요시 일당도 완강히 항전을 계속하고 주고쿠에 근거한 모리 일족의 움직임도 경계를 요했다.

그러한 사정이었던 만큼 에이잔에서는 더더구나 노부나가의 약점을 꿰뚫어보는 형편이 되었다.

"언제까지나 여기서 버티고 있을 수는 없다. 식량은 북부 오미에서 호수를 건너 히라比良 산기슭을 통해 얼마든지 운반해 오면 되고, 조금만 더 견디면 노부나가 놈은 꽁무니에 불이 붙어 달아날 것이다. 그때 산에서 내려와 일거에 교토를 점령하면 된다."

불리해지면 불가침의 성지로 피하고 유리해지면 뛰어나오겠다는 것이므로 대처하기가 여간 어렵지 않다.

이윽고 9월 상순이 지나고 호수를 건너오는 비바람도 가을빛이 완연했다. 머지않아 산의 나무들도 단풍이 들 것이다.

12일 아침이었다.

"미쓰히데를 불러오너라."

노부나가가 모리 나가요시에게 명했다. 미쓰히데가 들어왔을 때 노부나가는 계속 모닥불에 장작을 던져 넣고 있었다.

"부르셨습니까?"

"그래. 결단을 내렸어, 미쓰히데."

"결단이라고 하시면?"

"특단의 조치야. 그럴 시기가 됐어."

"주군!"

노부나가와 맞선 미쓰히데의 전신에 소름이 돋았다.

"저는 지금까지 한 번도 주군의 말을 거역한 일이 없습니다. 그러나 에이잔을 불사르는 일에 대해서만은 간언을 드리겠습니다."

"안 돼."

"예?"

"간언은 듣지 않겠어. 놈들 중에 그대와 같은 생각을 가진 자가 있기 때문에 그 산을 이용하는 거야."

"그러나 이용하는 자를 증오하여 우리 나라 교학의 발상지인 성역을 범하신다면 후대에까지 악평을 받으실 겁니다. 이 악평은 다른 것과는 달리 백성을 다스릴 수 없는 무도한 자라는 최고의 매도가 될 것입니다."

"대머리! 그 의견은 듣지 않겠다. 그곳은 이미 성역이 아니야. 중원을 평정하려는 노부나가의 뜻을 방해하는 악의 산채일 뿐이다. 사찰은 그들에게 점령당한 소굴이며, 그 안에 숨은 것은 자만에 빠져 자기 운명도 계산하지 못하는 평화의 적! 알겠나, 사찰뿐이 아니다. 새로운 세상을 만들기 위해서이므로 중놈들도 모조리 태워 죽여라."

"주군!"

"못하겠다는 말이냐, 그대는?"

"다시 한 번 탄원합니다! 에이잔은 우리 나라 불교의 고향입니다. 그런 곳을 불사른다면 일본의 덕의德義와 도의가 불분명해지고 주군에게는 극악무도하다는 낙인이 찍힙니다. 주군, 눈에 보이는 적이라면 이 미쓰히데는 결코 두려워하지 않습니다. 그러나 눈에 보이지 않는 문명을 적으로 삼으시겠다니 납득이 되지 않습니다. 부디 그 일만은……"

미쓰히데가 여기까지 말하자 노부나가는 손에 들었던 타다 남은 장작을 미쓰히데의 눈앞에 들이댔다.

"앗!"

"못하겠다는 말이냐, 미쓰히데?"

"부탁입니다, 주군!"

"겁쟁이 같은 놈."

"겁이 나서가 아닙니다. 인간이 세상을 사는 데 있어 가장 중요한 것은 학문입니다."

"닥쳐! 입을 다물지 않으면 네 목부터 베어버리겠다."

"어찌 그런 난폭한 말씀을……"

"핫핫하, 그대는 또 어째서 학문이라는 이름을 두려워한다는 말이냐. 아무리 훌륭한 학문이라도 그것을 계승하는 주체는 인간이야. 인간이 썩었기 때문에 학문을 살리지 못하고 도리어 새로운 시대의 새벽을 방해하고 있는 거야. 완고하기 짝이 없고 난행과 불법을 저지르며 수도에 태만하여 결국 오늘날과 같은 난세를 초래한 거라고!……더구나 평화가 오기를 기원하기는커녕 스스로 중립을 짓밟고 무력을 이용하고 있어. 그러므로 썩은 것일수록 잘 탄다는 병법의 이치에 따라 대답해주라는 말이다. 나도 그대와 똑같은 생각을 몇 번이나 거듭 심사숙고한 끝에 단안을 내린 거야. 7백 년 동안이나 쌓인 에이잔의 악덕을 다스린다! 다스리는 자가 무법자인지 다스림을 받는 자가 무법자인지는 심판에 맡기겠다. 그 결과 악명을 받는다면 이 노부나가는 기꺼이 받아들이겠어. 알겠나, 에이잔을 멸망시키는 것은 바로 에이잔 자신이야! 오늘 저녁부터 즉시 행동을 개시하여 산을 모조리 불사르거라!"

미쓰히데는 고개를 떨군 채 잠시 얼굴을 들지 못했다.

그가 가장 두려워했던 일이 현실로 나타났던 것이다. 그리고 이것은 노부나가와 미쓰히데의 근본적인 차이이기도 했다. 그에게는 노부나가의 파괴가 한계를 넘어선 폭거暴擧로 보였고, 노부나가에게는 미쓰히데가 우유부단한 보수주의자로 보였던 것이다.

"알겠나, 미쓰히데. 학문의 전당을 불사른다고 생각해서는 안 돼. 아사이·아사쿠라의 군사가 숨어 있는 성채를 불사르는 거야. 불사르지 않는다면 이 노부나가가 오늘날까지 한 일이 수포로 돌아간다. 상대는 이것을 알고 감히 우리를 건드릴 수 있겠느냐고 코를 벌름거리고 있지 않으냐."

이렇게 말하고 노부나가는 다시 한 번 큰 소리로 웃었다.

사실 불사르기로 마음먹은 뒤부터 노부나가는 비로소 체증이 내려
간 듯이 속이 후련해졌다.

불타는 성역

드디어 단안이 내려졌다.

오다의 대군은 달빛을 받아가며 사방에서 산을 포위하고 정상을 향해 공격해 들어가기 시작했다.

여기저기 총성이 울렸다. 그 대부분은 오다 군이 쏘는 것이어서, 설마 사찰까지는 군사가 침입하지 못할 거라고 방심하던 승병과 아사이·아사쿠라 군의 수비는 삽시간에 골짜기와 산봉우리에서 무너지기 시작했다.

곳곳에서 불길이 치솟았다.

엔랴쿠 사의 중앙 법당이 불을 뿜기 시작해, 그 무렵 산 전체는 시커먼 연기와 불길의 소용돌이로 변해 날이 밝았을 때는 수백에 달하는 사찰의 건물이 모두 불바다가 되었다.

아마도 호수 건너편에서 바라본다면 참담한 불빛을 반사하여 호수 전체가 불타오르는 듯이 느껴졌을 것이다.

"이거 큰일났구나."

"부처님이 벌을 내리실 거야."

"아니, 부처님의 벌 정도로는 끝날 리가 없어."

상인도 어부도 농부도, 교토 사람들과 오미 사람들도 모두 한결같이 떨었다.

날이 밝자 노부나가는 히가시사카모토의 큰 도리이鳥居 앞에 말을 타고 나가 엄명을 내렸다.

"에이잔을 잿더미로 만든 자는 에이잔 자신이다! 승려이건 속인이건 구별할 필요 없다. 남녀노소도 가릴 것 없다. 살아 있는 자는 모두 죽여 이 세상에 썩은 성지 따위는 있을 수 없다는 점을 분명히 일깨워주거라. 그래야만 새로운 태양이 떠오른다."

그것은 이미 인간의 목소리가 아니었다. 혁명의 찰나가 생명을 잃은 '전통'에 던지는 무시무시한 일갈이었다.

바로 그때 이 악귀가 가는 길에 홀연히 모습을 나타낸 자가 있었다. 사찰에서 제일가는 난폭자로 자타가 공인하는 여섯 자 네 치의 거한 곤고보 사가미金剛坊相模였다.

사가미는 들고 있던 큰 활을 노부나가에게 겨냥하고 큰 소리로 말했다.

"부처님의 벌이다! 내 화살을 받아라, 노부나가."

"아니! 저 활은……"

노부나가의 주위가 술렁거리기 시작했다.

화승총으로는 도저히 쓰러뜨릴 수 없고, 그렇다고 돌격해 들어간다 해도 그 전에 이미 한 자 두 치의 초대형 화살은 윙윙거리며 시위를 떠날 것이다.

두 사람 사이는 24,5간間! 노부나가는 말을 탄 채 가슴을 떡 펴고

사가미를 잔뜩 노려보았다.

활시위가 팽팽하게 당겨졌다.

이미 아무도 이 자리의 승부를 예측할 수 없다.

부처의 벌을 외치는 곤고보 사가미가 이길 것인가, 아니면 희대의 혁명아인 맹장 노부나가의 운명이 이길 것인가?

윙 소리를 내고 화살이 시위를 떠났다. 동시에 크게 울부짖으며 벌떡 일어선 것은 화살에 배가 관통된 노부나가의 애마였다.

'푸석' 하고 구사즈리에서 소리가 남과 동시에 노부나가는 쓰러지는 말에서 지상으로 뛰어내렸다.

"으음, 빗나갔구나."

두번째 화살이 발사되었다.

그러자 이번에는 말에서 뛰어내려 도리이 옆의 돌 위에 선 노부나가의 발 밑에서 퍽 소리를 내며 땅에 떨어졌다.

"말을 바꿔라!"

노부나가가 외치는 동시에 주위에 있던 병사가 곤고보 사가미에게 덤벼들어 세번째 화살은 날아오지 않았다.

노부나가는 모리 나가요시의 손에서 말고삐를 받아들고 훌쩍 올라타고는 또 한 번 큰 소리로 외쳤다.

"에이잔을 잿더미로 만드는 자는 에이잔 자신이다! 깡그리 없애버려라!"

아수라의 검

　7백 년 동안이나 치외법권의 꿈을 누린 성지는 마침내 지옥으로 변했다.

　이 골짜기 저 골짜기에서 쫓기는 적병, 연기를 뒤집어쓰고 쓰러지는 승려, 살려달라고 비명을 지르며 도망가는 아이들.

　이들 위를 미친 듯이 날뛰는 불길과 오다 군이 거대한 야수인 양 짓밟고 지나가는 것이다.

　도리가 40간이나 되는 중앙의 본당이 불타 무너질 무렵에는 스물한 군데에 달하는 사찰 건물은 물론 영신靈神, 영사靈祠, 승방과 탑보塔寶를 비롯하여 불상 및 경전에 이르기까지 모두 연기로 사라졌다.

　더구나 하치오지 산으로 도주한 남녀노소가 우왕좌왕하는 모습은 비참하기 짝이 없었다. 노부가나의 엄명이 시행되어 승려와 속인, 아이와 어른, 상하의 구분 없이 목이 잘린 수천의 시체는 피의 폭포가 되어 잿더미 속으로 빨려들어갔다.

도대체 이것을 무어라 평가해야 할 것인가?

혁명이란 과연 이렇게까지 많은 피를 흘려야만 하는가?

옥석을 가리지 않고 불태우는 노부나가의 증오도 극단적이었지만, 노부나가가 여기까지는 공격하지 않을 줄 계산했던 적군의 좁은 소견은 우리에게 무엇을 말해주는 것일까?

이 폭거의 원인을 제공한 아사이 · 아사쿠라 연합군은 산에서 북쪽으로 도주했고 산 전체는 흡사 승려들의 도살장으로 변해버렸다.

그러나 아마도 살해된 사람들 대부분은 분명 이 비극의 원인과는 무관했을 테고, 아사이와 아사쿠라를 도와 이 산에 들어와 숨도록 한 자는 극히 일부분에 지나지 않았을 것이다. 그러한 일부 사람들의 경거망동으로 인해 산 전체가 불타고 또한 많은 무고한 사람들이 살해되어야만 했던 것이다.

불법이 짓밟혔다, 에이잔의 대사원
창공으로 타오르는 불길도 탄식하고
햇빛으로 뜨거워진 24개 군郡의 호수
싸늘한 재로 화했노라, 2천의 사찰과 도량
천자의 소원은 해와 달에 걸려 있고
산노곤겐山王權現(신사에서 모시는 신) 세월이 흐르는데
예로부터 백발의 신이 있어
일곱 번 돌아보노라, 상전벽해桑田碧海를

덴류 사의 가겐果彦 대사는 이렇게 읊었고, 또 교토에 있던 기독교 선교사들도 한마디 했다.

"노부나가의 명령은 면밀하기 짝이 없어 맹수가 먹이를 찾아다니

듯이 병사들을 동굴에 집어넣어 도주하는 자를 찾아 모두 살해했다. 이 대적(불교도)에 벌을 가한 날은 1571년 세인트 미셸의 축제일이었다.”

『일본서교사日本西教史』에 이렇게 기록했을 정도이므로 기뻐한 사람은 오직 그들뿐이고, 전통을 신봉하는 모든 일본인들은 분명 간담이 서늘해졌을 것이다.

노부나가는 하치오지 산에서 목을 벤 자들의 수를 확인하고 나서 암담한 표정으로 그 자리에 대령한 미쓰히데에게 말했다.

“어떤가, 부처의 벌이 있었느냐, 미쓰히데?”

“대장님의 위광에는 당하지 못하는 것 같습니다.”

미쓰히데는 더욱 표정이 창백해졌다. 대답은 이렇게 했으나 마음은 편치 못했던 것이다.

“흥, 아직도 동요하고 있군. 그대 얼굴에 씌어 있어.”

“예. 어쩌면 무서운 꿈을 꾸고 있는지도 모릅니다.”

“핫핫하, 지금도 그대는 모르고 있어. 에이잔을 불태운 것은 이 노부나가가 아니야.”

“그러면, 귀신이 한 일일까요?”

“오만불손한 에이잔 자신이야. 에이잔에 맞설 자는 없다고 맹신한 벌이야.”

노부나가는 이렇게 말하고 어조를 바꾸어서 다시 말을 이었다.

“아무튼 그대는 훌륭하게 일을 해냈어. 그 상으로 곧 산자에몬 대신 사카모토 성을 맡기겠다.”

“예, 감사합니다.”

“그러나 이 일은 단지 아사이와 아사쿠라를 약간 놀라게 만든 것뿐이야. 싸움은 이제부터일세.”

"그렇습니다."

"이제부터 곧 오다니 공격을 위한 계획을 세워야 해. 그러나 이에 앞서 그대는 일단 교토로 돌아가 강력하게 쇼군을 꾸짖게."

"알겠습니다."

"표면적으로는 어디까지나 간언이지만 거리낄 것 없어. 노부나가는 에이잔마저도 용서치 않은 사나이라고 말하게."

"잘 알겠습니다."

"그런데도 또 망동을 한다면."

여기까지 말하고 노부나가는 문득 입을 다물었다.

미쓰히데는 지금도 계속 동요하고 있다.

'의외로 소심한 녀석.'

아직 쇼군에 대한 처분까지는 말하지 않는 편이 좋겠다고 생각했다.

"좋아, 산에서 내려가 교토로 가세."

"예."

"머지않아 궁성도 완공되겠지. 성대하게 축하하고 나서 돌아오는 길에 오다니 성을 공격하는 거야."

아직도 사방에서 연기가 피어오르는 산봉우리에 올라 골짜기를 내려다보며 노부나가는 혀를 쯧쯧 차고 의자에서 일어났다.

당분간은 아수라와 같은 마음을 버려도 좋을 상황이 아니었다. 에이잔이 불탔다는 사실을 알고 노도와 같이 분노했을 신겐의 얼굴이 선명하게 뇌리에 떠올랐기 때문이다.

궁성의 완공

노부나가가 1년 10개월에 걸쳐 조성한 궁성이 완공된 때는 겐키 2년(1571) 10월 11일이었다.

착공했을 때는 공사 기간 동안 이토록 큰 변화가 생길 줄은 상상도 하지 못했다.

지난해 2월 2일에 착공하고 나서 이에야스를 교토로 불러 아사쿠라 공격을 위해 함께 에치젠으로 떠날 때는 이미 천하가 평정되었다고 생각했던 것이다.

그러나 아사이 나가마사의 반란으로 사정이 돌변하여 그때부터 피비린내 나는 싸움이 계속되었다.

에치젠에서 구사일생으로 돌아오자 5월에는 롯카쿠 쇼테이가 조코 사에서 난을 일으켰다.

6월에는 아네가와에서 일대 결전을 벌였고 7월에는 노다와 후쿠시마에서 궐기하였다.

그리고 여기에 혼간 사가 가담했으므로 문자 그대로 불붙은 화약이었다.

아사이, 아사쿠라와는 다섯 번이나 화의와 싸움을 반복했고, 나가시마에 달려가는가 하면 에이잔을 공격했으며, 신기 산을 봉쇄하고 셋쓰로 달려갔다가 교토에 들어와 숙원이던 궁성이 조성되었는데도 느긋하게 입궐할 틈도 없이 분주했다.

이렇게 되면 노부나가가 아니라도 악귀의 면모를 드러낼 수밖에 없다. 아니, 노부나가이기에 이 사면초가 속에서도 전혀 걸음을 늦추지 않고 큰소리칠 수 있었다고 해도 좋다.

아무튼 궁성이 완성되었을 때 교토 사람들의 표정은 복잡했다.

왕성을 진호하는 성지인 에이잔을 일거에 불사른, 아무도 할 수 없는 폭거를 해낸 노부나가가 한편으로는 고금에 유례없는 근왕파勤王派였으므로 어느 것이 본심이고, 무엇이 노부나가의 진짜 정체인지 의아하게 생각하는 것도 무리가 아니었다.

노부나가는 궁성이 낙성될 때 입회하기 위해 즉시 기후로 돌아가 정월을 맞이했다.

휴식을 위한 정월이 아니다. 이곳에서 다시 겐키 3년(1572)을 싸움으로 지새기 위한 불퇴전의 출발 준비를 하기 위해서라는 것은 말할 나위도 없다.

그러므로 교토에서 기후로 돌아가는 노부나가의 행렬 또한 교토 사람들을 침묵시키기에 충분했다. 그는 수많은 기마무사騎馬武士 대신 엄중하게 장비를 갖춘 철포부대를 거느리고 있었다.

모두 전처럼 무거운 갑옷은 입지 않고 겨우 남만철南蠻鐵°로 만든 투구만을 쓴 가벼운 차림이어서, 작년 봄 에치젠을 공격할 때의 그 화려하기 짝이 없던 무장에 비하면 그야말로 지옥에서 온 '죽음의 사자' 와도 같이 숙연하면서도 으스스 소름이 끼치는 모습이었다.

군복도 모두 감청색이나 검정 등 어두운 색깔이어서 이들이 밤을 이용하여 산야에 포진하면 어디서 총탄이 날아올지 몰라 소름이 끼칠 것 같은 느낌이 들었다.

다만 이 전열 가운데서 노부나가만이 타오르는 불길처럼 두드러져 보였다.

머리에는 차양이 넓은 남만식 모자를 쓰고, 여기에 빨갛게 물들인 가죽 진바오리에 노랑과 검정 얼룩무늬 호랑이 모피로 된 정강이 가리개를 착용하고 눈을 빛내면서 갈색 말에 올라 행진하는 모습은 그야말로 사납기 짝이 없는 정체불명의 맹수처럼 보였다.

도대체 무엇을 생각하고 무슨 일을 하려는 걸까?

그 속셈을 알 수 없기에 교토 사람들도 지금은 함부로 환호성을 지르지 못하는 게 솔직한 심정일 것이다.

이렇게 해서 일단 기후로 돌아가자 노부나가는 즉시 사방으로 내보냈던 첩자들의 보고를 듣고 나서 자기 방으로 노히메를 불렀다.

정월 초사흘의 오후였다.

"오노, 정월은 무척 바빠지겠어."

"그러시겠지요."

"알고 있다면 어서 첩년들과 새끼 셋을 불러와."

"어머, 왜 그런 상스러운 말을 하십니까? 소실들도 모두 오다 가문의 후손을 낳은 생모입니다. 삼가도록 하세요."

"듣기 싫어. 지금은 점잖은 말이나 내뱉고 있을 때가 아니야. 첩년은 어디까지나 첩년이야. 어서 불러."

노히메는 피식 웃고 더 이상 말씨에 대해서는 따지지 않았다.

"그럼, 세 아이와 생모를 모두 이 자리에 부르겠어요."

"단지 불러오기만 해서는 안 돼."

"그야 물론, 주군의 성격으로 미루어 대강은 짐작하고 있어요."

"뭐, 벌써 알고 있다는 말인가?"

"예. 예전에 소실 사냥이라 하시면서 세 사람을 한꺼번에 소실로 들여놓은 주군이므로……"

"뭣이! 알겠거든 말해봐."

"이번에는 한꺼번에 세 아이에게 관례冠禮를 올리실 생각이겠지요?"

"으음, 알고 있었군."

"그리고 각각 생모를 딸려 임무를 맡기시려는 것이 아닌가요? 이번에 돌아오시면 아마도 그렇게 될 거라 여겨 세 아이 모두에게 준비를 시켜놓았어요."

노히메는 이렇게 말하고 조용히 일어나 거실을 나갔다.

세 아들의 관례

잠시 후 장남인 기묘마루를 필두로 자센마루와 산시치마루가 순서대로 거실에 들어왔다.

기묘마루의 생모는 이코마의 오루이, 자센마루는 요시다의 나나, 산시치마루는 노히메의 시녀였던 미유키가 낳은 아이로 차남과 삼남은 동갑이다.

돌이켜보면 노부나가의 자식들처럼 아버지에게 무시당하고 아버지의 실리만을 위해 자라온 아이들도 드물 것이다.

원래 노부나가는 여자를 밝히는 사람도 아니고 여자의 애정에 빠져드는 사나이도 아니었다.

그래서 처음부터 그 점을 분명히 밝혔다.

"내 자식을 낳아야 한다. 어때, 싫으냐?"

각자에게 이렇게 다짐을 받으면서 한꺼번에 맞아들인 소실이므로 아이들이 알게 되면 분개할 일이었다.

더구나 그 이름을 지을 때에도 인권을 무시하였다. 태어난 아기의 얼굴이 기묘하게 생겼다고 해서 기묘마루, 머리에 자센茶筅°과 같은 배냇머리가 자라고 있다고 하여 자센마루 그리고 또 한 아이는 3월 7일에 태어났다고 하여 산시치마루三七丸라고 했으므로 너무 무성의하게 지은 이름이라고 할 수밖에 없다.

아마도 아버지가 불타는 의지로 뛰어다니지 않았다면 진작부터 아이들의 반항이 시작되었을 것이다.

"듣거라, 오늘을 기하여 모두 관례를 올리기로 한다. 때가 때인 만큼 예식은 다른 사람의 힘을 빌리지 않고 이 아비가 직접 행하겠다."

"예."

대답은 했으나 세 사람 모두 서로 얼굴을 마주 보며 납득이 가지 않는다는 표정을 지었다.

당연한 일이다.

당시 무인의 관례는 오늘날의 성인식과 같아서, 이제부터 어엿한 한 사람의 무장이 된다는 사실을 세상에 알리고 세상에서도 또한 그렇게 인정하는 엄숙한 의식인 것이다.

물론 관례를 올려주는 사람은 그 생애를 축하하기 위해 아버지와 친분이 있는 가장 높은 신분의 인물이 담당하는 것이 상식이다.

"준비한 것을 이리 가져와."

노부나가가 말하자 노히메의 지시에 따라 이발 도구와 에보시, 술잔, 옷상자, 경대 등을 시녀들이 차례로 가져왔다.

그때가 되어 비로소 아이들은 아버지가 한 말의 의미를 깨달았다.

여느 때라면 신분이 상당히 높은 사람에게 부탁하여 관례를 올리게 했을 테지만 때가 때인 만큼 아버지가 한다고 하는 것은 세 사람 모두 어엿한 어른으로 싸워야 한다는 뜻이고, 또 싸움터에 내보내겠다는 선언임이 틀림없었다.

이때 장남인 기묘마루는 열여섯 살로, 오늘날의 나이로는 만 열네 살이고 두 동생은 열세 살이다.

식의 순서는 우선 이발인데, 머리카락을 셋으로 갈라 모토유이元結°로 감아 어른의 머리 모양으로 바꾸고 이어서 관례를 올려 주는 사람이 에보시를 씌운다.

그러면 거울을 가진 사람이 그 앞에 경대를 내밀어 어른이 된 모습을 보여주고 이번에는 옆방으로 건너가 준비한 옷상자를 열어 새로 만든 고소데로 갈아입고는 다시 원래의 방으로 돌아와 술잔을 올리는 의식을 행하게 된다.

술잔은 관습에 따라 세 번, 이것도 역시 따로 담당하는 사람이 있어 술을 따른다. 그러고 나서 아명을 버리고 어른으로서의 이름을 받게 된다.

그러나 노부나가는 모든 것이 파격적이었다.

"좋아. 준비가 됐거든 이발은 오루이가 하도록. 건배는 오노, 거울과 옷상자는 미유키가 맡도록 하라. 우선 기묘마루부터 시작하라."

"예."

기묘마루는 자세를 바로 하고 생모 앞에 앉았다.

생모인 오루이는 상기된 얼굴로 떨리는 손으로 머리를 묶어준다. 그녀들도 모두 현재의 노부나가가 어떤 위기에 처했는지 잘 알고 있기 때문이다.

모토유이가 끝나자 노부나가는 기묘마루의 머리에 아무렇게나 에보시를 씌워주었다.

"어떠냐, 기분이?"

"제법 무사가 된 듯한 기분입니다."

"그래, 노부나가의 후계자가 될 것 같다는 말이지."

기묘마루는 싱긋 웃었다.

"좋아, 별로 겁나지 않는 모양이군. 옷을 갈아입고 세 번 헌배獻杯를 올려라."

"예."

기묘마루가 미유키를 따라 고소데로 갈아입으러 옆방으로 사라지자 "다음!" 하고 노부나가는 턱으로 지시했다.

이 의식만은 한 사람씩 엄숙하게 치르는 줄 알았는데 역시 한꺼번에 행하려는 모양이다.

"어떠냐, 기분은?"

"멍합니다."

자센마루가 대답했다.

"너는 어떠냐?"

"무사가 된 기분입니다."

"형의 흉내를 내는군. 좋아, 옷을 갈아입고 오너라."

이리하여 세 사람 모두 에보시를 쓰고 눈부신 모습으로 나란히 서자 비로소 노부나가의 표정이 엄숙해졌다.

노히메는 세 아들들에게 각각 잔을 들게 하고 술을 따랐다.

"모두 무운武運이 따르기를……"

이렇게 말하다 말고 얼른 웃으면서 고쳐 말했다.

"참, 이제부터는 어린아이가 아니구나."

"기묘마루!"

노부나가가 불렀다

"예."

"어른으로서의 이름을 주겠다. 현재 우리 나라에는 이름을 빌려올 정도로 뛰어난 대장은 없어. 그러므로 각자에게 이 아비의 노부信라는 글자 하나씩을 주겠다."

"예."

"일본에서 제일가는 이름이므로 이를 욕되게 하면 용서치 않겠다."

"예."

"기묘마루는 오늘부터 오다 간쿠로 노부타다織田勘九郎信忠……타다忠가 무슨 의미인지는 알 것이다. 궁성을 지은 이 아비의 마음이야."

"간쿠로 노부타다! 깊이 명심하겠습니다."

"좋아. 오노, 이름을 적은 종이와 칼을 줘."

"예."

이렇게 이름을 적은 종이와 크고 작은 칼 한 쌍을 줌으로써 첫째 아들의 관례가 끝났다.

"자센마루!"

"예."

"너는 기타바타케 가문의 양자야. 오늘부터 기타바타케 사부로 노부오三郎信雄다. 알겠느냐?"

"마음에…… 마음에 새기겠습니다."

"좋아, 이름을 적은 종이와 칼 한 쌍을 주겠다."

"예."

"다음은 산시치마루!"

"예."

"너는 간베神戶 가문의 양자다. 오늘부터 간베 산시치로 노부타카三七郎信孝다. 형인 노부오와 함께 만약의 경우에는 북부 이세의 귀신이 되어야 한다."

"결코 형들에게 뒤지지 않습니다."

"멍청한 놈. 뒤지지 않는 것이 아니라 뒤지지 않도록 하겠다고 해야 한다. 져서는 안 된다."

"예, 지지 않겠습니다."

"좋아, 이름을 적은 종이와 칼 한 쌍을 받아라."

이렇게 하여 세 아들 모두 각자 칼 한 쌍과 이름이 적힌 종이가 실린 산보三方° 앞에서 자세를 바로 하자 노부나가는 그 모습을 바라보며 천천히 말했다.

"노부타다, 노부오, 노부타카."

"예."

"세 사람에게 분명히 말하겠다. 겐키 3년(1572)은 이 아비의 생사가 달린 해가 될 것이다."

"예."

"내년 정월에 다시 아비와 대면하겠다는 생각은 하지 마라."

세 사람은 그만 깜짝 놀라 어깨를 떨며 어머니를 돌아보았다.

오루이도 미유키도 깊이 고개를 숙인 채 노부나가나 자기 자식의 얼굴을 똑바로 바라보지 못했다.

오직 정실인 노히메만이 남편과 아들들을 번갈아 바라보고 있다.

"노부타다, 아비가 왜 이런 말을 하는지 알겠느냐?"

"알고 있습니다."

"허어, 그럼 말해보거라."

"어머님께 들어 알고 있습니다."

"뭐, 오노에게 들었다는 말이냐?"

"예. 드디어 금년에는 가이의 다케다 군이 출동합니다. 그런데 아버님은 아사이, 아사쿠라, 마쓰나가, 미요시, 혼간 사 등 서쪽에 많은 적이 대기하고 있으므로 그들과 결전을 벌이시지 않으면 안 됩니다.”

“으음, 오노가 그런 이야기까지 했다는 말이군.”

“그렇다면 다케다 군과 맞서야 하는 쪽은 도쿠가와 군. 그 도쿠가와 군에게 원군을 얼마나 보낼 수 있느냐가 승패의 기로가 될 것이라고……”

여기까지 말하자 노부나가가 파안대소했다.

“하하하. 거기까지 알고 있다면 더 이상 말할 필요가 없겠군. 알겠느냐, 너희들은 이미 어린아이가 아니다. 이 아비는 서쪽으로 가고 동쪽에는 원군을 보낼 것이다. 그렇게 되면 미노를 비롯하여 오와리, 이세를 지키기가 쉽지 않을 거야.”

“예.”

“그러므로 모두 마음을 단단히 먹고 어른이 되어야 한다. 좋아, 오늘은 이만 하고 다같이 축하의 상을 받도록 하라. 오노, 이것도 준비됐나?”

“물론입니다. 자, 오늘은 가족이 조촐하게 봄을 축하하기로 하자.”

노히메는 오루이와 나나, 미유키를 재촉하여 얼른 밥상을 가져오게 했다.

신겐의 상경

노부나가 자신도 다사다난했으나, 올해야말로 반드시 상경 작전에 성공하겠다며 염원하고 계획해온 고슈의 다케다 신겐도 또한 여간 바쁘지 않았다.

노부나가는 아직 서른아홉인데 비해 신겐은 벌써 쉰두 살이었다.

인생은 오십 년이라고 불리던 당시의 쉰두 살이란 나이는 결코 느긋하게 장래를 기약할 수 있는 때가 아니었다.

그리고 재작년에는 주고쿠에서 패권을 잡았던 모리 모토나리毛利元就가 죽고, 작년 10월에도 경쟁자였던 호조 우지야스北條氏康가 쉰여섯 살에 죽었다.

여기서 머뭇거리다가 시기를 놓치면 신겐 일대의 큰 꿈은 몽상인 채로 끝날지도 모른다.

그런 초조감을 마음속에 간직하고 지금이야말로 상경 작전을 수행할 절호의 기회라 여기던 터이므로 막상 출발하려고 하자 우에스기 겐신의 존재가 아무래도 마음에 걸렸다.

물론 겐신도 이 사실을 알고 전쟁을 도발한 것인데, 겨울이 되면 물러갔다가 눈이 녹으면 공격하는 일을 연중행사처럼 반복하고 있었다.

겐신은 올해 마흔세 살로 야전에 능한 점에서나 스스로 자랑하듯 신출귀몰하는 용맹에 있어서도 신겐을 제외한다면 일본에서 제일이라고 할 수 있었다.

그러한 겐신이 올해는 뜻밖에도 정월부터 도네 강利根川 부근까지 나와 신겐의 조슈 서쪽 지방을 넘보기 시작했다.

사실 겐신만 없었다면 신겐은 지난해 4월, 동부 미카와의 요시다 성에 왔을 때 일거에 도쿠가와 군을 무찌를 수 있었다고 생각한다.

따라서 신겐이 올해에 펼 작전은 어떻게 하면 빨리 우에스기 군을 자기 영지로 쫓아보내고 주력을 서쪽으로 돌릴 수 있느냐 하는 데에 초점을 맞췄다.

그리고 혼간 사에서는 물론 아사이와 아사쿠라, 쇼군 요시아키로부터도 계속 원병 독촉이 있었지만 당장은 군사를 서쪽으로 돌릴 수 없었다.

그런데 가을에 이르러 가가의 엣추 혼간 사의 신도가 궐기하여 우에스기 군의 침입을 막아주었다.

'좋아, 이것으로 북부에서나 조슈와 신슈信州에서도 우에스기의 진출은 저지할 수 있게 되었다.'

이렇게 판단한 때는 9월 하순, 이미 고슈의 산하는 단풍 위로 스치는 가을바람이 서리의 향기를 머금기 시작할 무렵이었다.

"지체할 수 없다. 때를 놓치면 혼간 사는 몰라도 아사이 군은 무너질 위험성이 높다."

9월 28일 오후 신겐은 널리 이름을 떨친 중신들을 고후甲府의 쓰쓰지가사키つつじヶ崎에 위치한 성곽으로 불렀다. 그러고는 넓은 방에 소집된 중신들에게 이렇게 명했다.

"출발은 10월 3일, 각자 그렇게 알고 준비하라."

그날 신겐은 전에 없이 기분이 좋았다. 평소에는 중후하다기보다도 동석한 자들을 위압하다시피 하였으나 오늘은 7인의 가게무샤影武者°를 곁에 두고 싱글벙글 웃고 있었다.

역시 숙원이던 상경 작전을 감행하게 되었기 때문에 그 기쁨을 감출 수 없었던 모양이다.

야마가타 마사카게山縣昌景와 오야마다 노부시게小山田信茂, 바바 노부후사馬場信房와 오바타 노부사다小幡信貞 등 네 장수가 나란히 방에 들어가자 똑같은 진바오리를 입고 머리를 빡빡 깎은 일곱 명의 신겐이 웃으면서 말했다.

"어떤가, 누가 나인지 알아보겠나?"

말을 건 사람은 신겐 자신이 아니라 동생인 쇼요켄逍遙軒임을 알게 될 때까지 야마가타 마사카게가 고개를 갸웃거릴 정도로 젊은 가게무샤였다.

"정말 놀랐습니다. 일곱 분이 출진하십니까?"

"하하하, 도쿠가와의 영내는 문제가 안 되지만 노부나가는 방심할 수 없는 자이기에……"

중앙에 있는 진짜 신겐이 배를 흔들면서 웃었다.

"오와리에서 미노로 나가 그때부터 일곱 명이 각각 신겐이 되어 별도로 움직이면 노부나가도 그만 눈이 어지러워지겠지?"

그러자 오야마다 노부시게가 황송하다는 듯이 물었다.

"10월 3일에 출발한 주력부대는 어디로 향하게 되는지요?"

"참, 그 말을 해야겠군. 쇼요켄, 진지의 배치도와 진로를 그린 도면을 모두에게 보여주도록."

그러자 혈육 중에서도 가장 신겐을 많이 닮은 쇼요켄이 도면을 여럿 앞에 펼쳤다.

한 장에는 신겐이 자랑하는 어린진魚鱗陣의 배치와 인원이 자세히 기록되어 있다.

상경할 병력의 총수는 2만 7천 명. 여기에 약 삼천의 수송대가 그 뒤를 따르고 본대에는 의사를 비롯하여 오토기슈御伽衆°까지 딸려 있고 진로는 셋으로 나뉘어 있었다.

첫째는 신슈 카미이나타가토上伊那高遠를 거쳐 시나노와 도토미의 접경인 아오쿠즈레靑崩 고개를 넘어 아키바秋葉 가도로 나가는 주력부대의 진로였다.

둘째는 야마가타 마사카게의 지휘를 필두로 약 오천 명의 군사가 고후에서 시모이나下伊那를 거쳐 미카와 동부로 들어가 도토미에서 주력부대와 합류하도록 되어 있다.

셋째는 별동대의 진로로 오미와 에치젠에 있는 아사이, 아사쿠라군과 합세하여 노부나가가 동부에서 작전을 펼 수 없도록 견제하도록 했다.

물론 신겐 자신은 유유히 첫번째 진로를 따라 도토미를 유린하고 미카와, 오와리, 미노로 향한다는 계획이다.

오야마다 노부시게가 고개를 갸웃거렸다.

"납득이 되지 않나, 노부시게?"

"예. 주군이 이쪽으로 진출하셨다가 이에야스와의 전투가 지연될까봐 우려됩니다."

"뭣이, 이에야스와의 전투가 길어질 거라는 말인가?"

"예. 도쿠가와 군은 젊은 영주인 이에야스 밑에서 굳게 단결되어 있기 때문에……"

"걱정할 것 없어."

신겐은 웃었다.

"이에야스의 속셈은 잘 알고 있네."

"무슨 말씀이신지요?"

"도쿠가와 군 따위는 상대하지 않고 그대로 지나가면 돼. 이에야스가 아무리 원군을 청한다 해도 노부나가에게는 지금 그럴 여유가 없어. 따라서 이에야스도 무익한 의리를 내세우거나 항전하는 대신 모른 척하고 우리를 통과시킬 거야."

"그런 뒤에 배후를 찌른다면 그야말로……"

"호호호……"

신겐은 우습다는 듯이 또 웃었다.

"노부나가의 편을 드는 것이 득이 되겠나, 신겐의 편을 드는 것이 득이 되겠나? 이에야스가 노부나가의 편이 되면 이 신겐이 쫓아낼 텐데, 그러면 도토미도 미카와도 끝이야. 그런 멍청한 짓을 할 리가 없어. 그것보다도 못 본 척하고 우리를 통과시키면 영지를 지킬 수 있어 이득이지. 이에야스는 우리 앞을 가로 막을 정도로 멍청하지 않아. 그러니 걱정하지 마라. 그러나…… 설사 막는다고 해도 격파해서 통과하면 돼. 지금 이 신겐의 영지는 고슈, 신슈, 스루가 외에 도토미의 서쪽과 미카와의 남쪽, 우에노, 히다 등을 합하면 이에야스의 영지보다 세 배는 더 많아. 고작 오륙십만 석에 불과한 이에야스가 그 계산을 못할 리 없어. 그보다는 오와리에서 미노로 나가느냐, 북부 이세에서 남부 오미로 나가느냐 하는 것이 훨씬 더 문제인 게야."

신겐은 처음부터 이에야스 따위는 전혀 문제시하지 않는 듯했다.

이렇게까지 나오자 노부시게로서도 더는 할 말이 없었다.

신겐의 말처럼 현재 이에야스의 영지는 겨우 오륙십만 석에 불과해, 이백오십 명씩 군사를 징집한다 해도 만 삼천 명이 고작이다. 더구나 그 병력을 모두 전면에 내세울 수는 없으므로 6할을 동원한다고 치면 7천 8백 명쯤 되리라. 그런데도 일부러 노부나가에 대한 의리 때문에 정예임을 자랑하는 삼만 명의 다케다 군을 적으로 돌릴 리가 없다는 계산이 나온다.

'역시 주군은 철저히 계산하신다.'

세상 사람들에게 싸움의 귀신이라 불리는 신겐이 자신감을 가지고 하는 말이었으므로 장수들은 입을 다물 수밖에 없었다.

"좋아, 그러면 이제부터 출진을 축하하는 잔을 나누고 내일 29일에는 야마가타의 별동대부터 출발하도록 하라!"

신겐은 미소를 띤 채 좌중을 둘러보았다.

"깊이 명심하라. 이번에야말로 반드시 노부나가를 무찌르고 뜻을 중앙에 펴지 않으면 안 된다. 모두 대세를 그르치지 않도록 하라. 우리가 수도로 들어가면 그것으로 싸움은 끝날 것이다. 물론 노부나가는 살려둘 수 없으나 이에야스 등 몇몇은 살아 있어도 개의치 말도록 이르고 도중에 병사들을 다치지 않게 하라. 나중에 충분히 보상하겠다며 사기를 높여주는 일이 가장 중요하다."

그리고 나서 시동들이 가져온 가치구리勝栗°와 다시마가 놓인 술상에서 유유히 잔을 집어들었다.

신겐의 이런 모습은 다른 가게무샤들과는 달리 기품이 있어 과연 믿음직스러운 거물로 보이게 했다.

다다카쓰의 기습

노부나가가 그토록 경계하던 신겐의 상경군이 드디어 고후를 출발했다.

그리고 위풍당당하게 다카토에서 아오쿠즈레 고개를 넘어 10월 10일에는 도토미에 들어가고, 이어서 이누이 성주 아마노 가게쓰라를 선봉으로 삼아 13일에는 이와다 군磐田郡의 다다키 성只來城과 슈치 군周智郡의 이다 성飯田城을 하락시킨 뒤 다시 구노우 성久能城을 향해 진격했다.

거대한 군단이 지축을 울리며 도쿠가와의 영지를 범하기 시작했던 것이다.

과연 이에야스는 신겐이 계산했던 것처럼 무모한 싸움을 피하여 다케다 군의 통과를 그대로 허용했을까?

물론 가신들 중에서도 승산이 없는 모험은 피해야 한다는 의견이 없지 않았다. 항전하는 체하면서 군사가 다치지 않고 물러났다가 일단 다케다 군이 통과한 다음에 천하의 정세를 살피자고 했다.

노부나가가 이길 것인가, 아니면 신겐이 이길 것인가?

노부나가의 승리가 확실해졌을 때 비로소 일단 통과시킨 다케다 군을 배후에서 공격해도 늦지 않다. 아무튼 지금은 되도록 결전을 피하여 군사의 손실을 막는 일이 첫째라는 생각은, 보수파로서는 당연히 주장할 수 있는 신중한 기회주의적 의견이었다.

그러나 젊은 이에야스는 이 주장을 일축하고 전혀 귀를 기울이려 하지 않았다.

성공한 뒤에는 인내와 신중의 화신이라 일컬어진 이에야스도 이무렵에는 아직 패기만만한 진보주의자인 동시에 맹장이었다.

최초의 군사 회의가 하마마쓰 성의 넓은 방에서 열린 때는 10월 12일, 다케다 군이 구노우 성을 포위하고 성주인 구노우 무네요시久能宗能에게 계속 항복을 요구하고 있을 때였다.

"안 돼!"

이에야스가 말했다.

"우리가 오다 님과 동맹한 목적은 사사로운 이익에 눈이 멀었기 때문이 아니다. 오다 님이야말로 현재 일본에서 유일하게 훌륭한 이상을 가진 무장이시다. 따라서 그분이 아니라면 구국救國의 비원이 달성되지 않는다고 보았기 때문이야."

"그러시면, 병력의 손실은 감안하지 않고 전력을 기울여 다케다 군의 진출을 저지하겠다는 말씀입니까?"

"물론이다. 상대가 뜻한 대로 작전을 펴도록 내버려 둘 수는 없어. 지금 당장 여기서 동원할 수 있는 병력은 삼천이다. 오쿠보 다다요大久保忠世!"

"예."

"혼다 헤이하치로 다다카쓰本多平八郎忠勝!"

"예."

"나이토 노부나리內藤信成!"

"예."

"그대들 세 사람은 즉시 도카이도 동쪽으로 가서 미쓰케見付 동북쪽 고지의 적을 공격하라. 적은 신겐의 본대, 상대하기에 부족함이 없는 적수가 될 것이다. 첫 싸움에 신겐의 간담을 서늘하게 만들라. 그동안 우리는 오다 님에게 원군을 청하겠다. 결전은 원군이 도착한 뒤에 감행하겠지만, 싸움은 처음이 중요하다. 미카와 무사의 의기意氣를 발휘하라!"

대장이 이렇게 나왔으므로 소수인 보수파도 어쩔 수 없었다.

이튿날인 13일에 도쿠가와 군은 오쿠보 다다요, 혼다 다다카쓰, 나이토 노부나리 세 장수가 나가 우선 다케다 군을 막아섰다.

삼천이 삼만과 싸운다면 도저히 승산이 있을 리 없다. 이에야스도 역시 이기리라고는 생각지 않고 다만 간담을 서늘하게 만들라고만 했다.

이에 스물다섯 살인 혼다 헤이하치로 다다카쓰는 검은 실로 미늘을 누빈 갑옷에 사슴의 뿔 장식이 있는 투구를 쓰고 잠자리도 찌를 수 있다는 창을 꽉 쥐고는 혼자 말을 달려 적진으로 향했다.

아마도 이것이 이에야스의 의중을 가장 잘 간파한, 계산을 초월한 맹렬한 행동이었을 것이다. 그는 홀로 아수라처럼 적진에 뛰어들어 적을 혼란에 빠뜨리고 돌아와, 미쓰케 일대의 적의 진로인 히토구치一口 언덕에 문짝과 멍석, 장작 등을 있는 대로 모아다가 불을 지르게 했다.

"도대체 무엇을 불태우는 걸까?"

"민가뿐이라면 저토록 무섭게 불타지는 않을 텐데."

"미카와 녀석들은 무슨 생각을 하고 있을까?"

"정말 엉뚱한 짓을 하는군."

"어쨌건 저런 소수의 병력으로 무슨 일을 할 수 있겠나. 그대로 밀고 나가면 돼."

다케다 군은 이런 곳에서 지체하면 그 다음 전략에 큰 영향을 미치기 때문에 잠시도 멈추지 않고 재빨리 추격했다.

그러자 정체를 알 수 없는 불길 속에서 별안간 천지를 한꺼번에 진동시키는 큰 소리와 함께 불꽃이 치솟았다.

"앗!"

다케다 군은 저녁 하늘에 펼쳐지는 뜻하지 않은 장대한 불꽃에 놀라 멈칫했다.

화승총밖에 모르던 그들이 별안간 치솟은 엄청난 불꽃에 놀라는 것도 무리가 아니었는데, 이때의 놀람은 두고두고 다케다 군의 이야깃거리가 되었다.

결전은 오다의 원군이 도착한 뒤에 벌어진다고 알고 있었기 때문에, 도쿠가와의 세 장수는 혼다 헤이하치로 다다카쓰에게 후미를 맡기로 하고 재빨리 철수했다.

"이에야스에게 과분한 것이 두 가지가 있는데, 가라노카시라唐의 頭와 혼다 헤이하치로가 그것이다."

가라노카시라란 사카이에서 새로 구입한 수입산 신무기, 즉 단포 短砲 일곱 자루를 말하는데 그것이 이때 천지를 진동시킨 큰 소리와 불꽃의 정체였다.

물론 빈정대는 듯한 이 이야기 가운데는 단포와 혼다 다다카쓰를 칭송하는 의미만이 아니라, "이에야스에게 과분한 것……"이란 첫마디 속에 도쿠가와 군 따위는 문제시하지 않는 다케다 쪽의 당당한 자신감과 투지가 담겨 있다.

그런 의미에서 이 최초의 대결은 양쪽 모두 성공을 거두었다고 할 수 있다.

이에야스는 적의 간담을 서늘하게 만들고, 신겐은 그런 정도로는 별로 방해를 받지 않고 더욱 전진을 계속했으니까……

인간 지옥

아마도 신겐은 그때까지도 젊은 이에야스가 진심으로 저항한다고는 생각지 않았을 것이다.

되도록 가볍게 다루어 상황을 깨닫게 하고 그냥 지나갈 생각이었음이 분명하다.

그는 대하가 흐르는 듯한 기세로 덴류 강을 건너자 바바 노부하루에게 호조 씨의 군사를 딸려 약 사천 명으로 하마마쓰 방면을 경계하도록 하고, 본대는 진로를 상류로 돌려 이와다 군의 논베野邊, 고다이지마合代島 부근에서 후타마타 성二俣城을 공격하기 시작했다.

다케다 군의 대장은 신겐의 장남인 시로 가쓰요리로, 그 밑에 쇼요켄 노부카도와 일족인 아나야마 바이세쓰 뉴도 노부키미穴山梅雪入道信君가 딸려 있었다.

후타마타 성을 지키는 도쿠가와 쪽은 성장 나카네 마사테루中根正照와 새로 배치된 아오키 히로쓰구青木廣次, 마쓰다이라 야스야스松

平康安가 출진했다.

이 후타마타 성의 공격에는 가능하면 하마마쓰 성을 피해 지나가려는 신겐의 의도가 충분히 담겨 있다.

물론 하마마쓰 성을 공격하는 동안 노부나가의 원군이 도착할지도 모른다는 우려를 한 것도 사실이나, 신겐 쪽에서 급소를 피해 지나갈 기색을 보이면 당연히 이에야스도 신겐의 의도를 깨닫고 진심으로 저항하지 않을 것이라고 예측했음이 분명하다.

그러나 이에야스는 아직 신겐만큼 원숙한 나이에 도달하지는 못했다. 이상을 위해서는 군사의 손실을 마다하지 않는 젊음과 무모하리만큼 방어전에 열중하였기 때문에 양자의 생각은 결코 합쳐질 수 없는 평행선을 그리고 있었다.

이에야스는 10월 27일, 마쓰다이라 기요요시松平清善에게 하마나 호浜名湖 서쪽 오치하大知波에 있는 우즈야마 성宇津山城의 수비를 명하여 서쪽에서 올 오다 원군과의 통로를 확보케 했다. 한편 마쓰다이라 다다마사松平忠正와 시다라 사다미치設樂貞通를 야나 군八名郡의 노다 성에, 아오키 가즈시게青木一重와 혼다 도시히사本多利久를 오가사와라 군의 다카텐진 성高天神城에 배치하여 다케다 군을 여기서 한 걸음도 전진시키지 않도록 농락하려는 대담무쌍한 방어망을 쳤던 것이다.

이렇게 되자 다케다 신겐으로서도 힘으로 밀어붙일 수밖에 없었다.

다케다 군의 후타마타 성 공격은 맹렬하기 짝이 없었다. 그러나 성은 천험의 요새이고 군사는 이에야스의 사기를 반영하고 있어 언제 함락할지 예측을 불허했다.

이렇게 되자 신겐은 초조해지기 시작했다.

11월은 결국 공방전으로 저물고 12월도 보름이나 지나갔다.

이대로 정월을 맞이한다면 신겐은 그 실력을 의심받게 된다. 아니, 그보다도 이에야스가 이렇게까지 버티고 있다면 노부나가는 아무리 서쪽이 허술하다 해도 원군을 보내지 않을 수 없을 것이다.

그 무렵이 되어서야 후타마타 성을 공격하고 있던 다케다 군은 비로소 성안의 음료수가 덴류 강에 높이 쌓아올린 망루에서 두레박으로 길어 올린 물로 충당된다는 사실을 깨달았다.

"그렇다, 음료수가 떨어지면 항복할 것이다."

이에 노부카도와 아나야마 노부키미는 굵은 나무로 뗏목을 만들어 덴류 강 상류에서 일제히 떠내려보내 음료수를 공급하던 망루를 대번에 파괴하고 말았다.

그러자 성장城將인 나카네 마사테루는 할 수 없이 성을 버리고 하마마쓰로 퇴각했다.

때는 12월 19일.

10월 13일에 시작된 싸움은 드디어 66일 만에 일단락되었다.

그러나 이때 도쿠가와 군이 고대하고 고대하던 노부나가로부터의 첫 원군이 약 삼천 명 정도 도착했기 때문에 이미 싸움의 확전擴戰은 불가피해졌다.

노부나가가 보낸 원군의 제1대는 장수 사쿠마 노부모리와 히라테 히로히데平手汎秀, 다키가와 가즈마스가 거느리고 왔다.

제2대는 하야시 미치카쓰, 미즈노 노부토모 등의 부대로서 혼사카 가도를 따라 하마마쓰로 향하고 있다는 정보였다.

이 정보는 다케다 군에게도 큰 영향을 미치지 않을 수 없었다.

제1대의 삼천 명뿐이라면 또 모르지만 제2대, 제3대가 잇따라 원군으로 온다면 다케다 군의 진격은 늦어질 수밖에 없다.

그래서 신겐은 21일에 이르러 후타마타에서 남하하여 오사카 고개 刑部와 나카가와中川 부근에서부터 이이노井伊 골짜기를 거쳐 혼사카 가도를 지나 동부 미카와로 진출하기로 결정하고, 22일 새벽부터 행동을 개시한다는 출동 명령을 내렸다.

이 명령은 이에야스가 내보냈던 척후병에 의해 21일 저녁 안으로 하마마쓰 성에 보고되어 드디어 성안에서도 이에야스의 운명을 결정할 작전 회의를 열지 않을 수 없게 만들었다.

시각은 이미 다섯 점 반(오후 9시).

오늘만은 환히 불을 밝힌 하마마쓰의 넓은 방으로 사카이 다다쓰구, 이시카와 가즈마사와 오쿠보 다다요, 오쿠보 다카치카忠隣, 오가사와라 나가타다, 마쓰다이라 이에타다와 혼다 다다카쓰, 도리이 모토타다 등의 맹장이 눈에 핏발을 세우고 속속 모여들었다.

일단 오다 가문에서 파견된 장수 사쿠마, 히라테, 다키가와는 참가시키지 않고 근본적인 방침을 결정한 뒤 작전 회의를 열기로 했다.

"다케다의 의도는 잘 검토했을 것이오. 어쨌거나 우리 가문의 흥망이 달린 일. 기탄없는 의견을 개진하기 바라오."

이렇게 말한 사람은 일족인 마쓰다이라 이에타다였다.

"신겐의 의도는 분명합니다. 주력을 미카타가하라三方ヶ原의 대지까지 진출시키고 거기서 혼사카 고개를 넘어 오사카 고개로 나올 겁니다."

사카이 다다쓰구가 대답할 때 정면에 앉은 이에야스는 눈을 감듯이 하고 침묵을 지키고 있었다.

"그러면, 동부 미카와로 나가려는 것이 진정한 목적이고 이 하마마쓰 성의 공격은 첫번째 목표가 아니란 말이오?"

"그 점이 미묘합니다. 칠 수 있다면 치고 싶은 곳이겠지요. 그리고 서쪽으로 혼사카 가도에 나와 오다 원군의 하마마쓰 접근을 철저히 봉쇄하자는 생각일 테죠. 쌍방을 모두 격멸할 수 있으면 좋을 테니까."

"농담을 하고 있을 때가 아니오."

혼다 다다카쓰가 혀를 차며 가로막았다.

"미카타가하라까지 나온 다음에야 겨우 신겐의 목적은 성을 공격하기 위해서였구나, 하며 당황한다면 이미 때는 늦소."

"누가 팔짱을 끼고 성에서 기다리자고 했습니까? 그들로서는 이 성이나 지금 오고 있는 오다의 원군도 모두 치고 싶을 거라는 뜻에서 한 말이오."

"우선 진정하시오."

이시카와 가즈마사가 두 사람을 제지하고 말을 이었다.

"문제는 두 가지인 듯하오. 이 경우 적의 의도를 문제삼을 것이 아니라, 어떻게 하면 우리가 유감없이 힘을 발휘하여 도쿠가와 가문을 구할 수 있는가를 생각해야 하오."

"도쿠가와 가문을 구할 수 있는가를……"

"그렇소. 힘을 발휘하지 못하면 구할 수 없는 것은 당연한 일이오."

가즈마사는 부드럽게 다다쓰구를 제지했다.

"적이 어디를 노리건, 성에서 농성하면서 만전을 기할 것인가 아니면 적이 미카타가하라에서 혼사카 가도로 나왔을 때 공격할 것인가 결정해야 하오."

"으음, 그래서 두 가지라고 했군요."

"나가서 공격하면 싸움은 예측할 수 없는 일, 대승할지도 모르고 대패로 끝날지도 모르오."

"그렇다면 성에서 농성하며 만전을 기하면……"

마쓰다이라 이에타다는 그쪽이 상책이라 믿는 듯 말했다.

"혹시 상대가 서둘러 갈 길을 재촉할 경우에는 싸우지 않고 그냥 지나갈 수도 있다는 대답이 나오겠군."

"그렇소. 만약 농성을 하게 되면 20일이나 한 달로는 함락할 수 없을 거요. 그렇다면 싸움에 능한 신겐은 후타마타에서 애를 먹었으므로 포위 작전을 펴지는 않겠죠."

"그렇기도 하군요."

"화가 치미는 일이기는 하나 그쪽이 좋을지도 모르겠군……"

이렇게 해서 일동은 농성을 하면서 상대가 어떻게 나오는지 지켜보자는 쪽으로 의견이 기울어져 갔다.

그러자 이때 비로소 이에야스가 핏발이 선 눈을 크게 떴다.

"내 생각은 그대들과는 좀 달라. 참, 오다의 세 장수도 동석시키도록. 그리고 고헤이타, 서기를 불러라. 지금부터 내리는 지시를 정확히 받아쓰도록 해야 할 거야."

"예."

이에야스가 엄한 목소리로 말하자 나이 어린 사카키바라 야스마사는 오다의 세 장수와 서기를 부르러 갔다.

사람들은 서로 얼굴을 마주보았다.

'도대체 이에야스는 무슨 말을 하려는 것일까?'

어린진魚鱗陣과 학익진鶴翼陣

이튿날인 22일은 구름이 낮게 깔리고 뼛속까지 얼어붙을 듯한 추운 날씨였다.

때때로 생각난 듯 희끗희끗 눈발이 날리는 가운데 하늘을 찢어놓을 듯한 하마마쓰 성의 아침 북소리에 이어 출진을 알리는 소라고둥이 성안에 가득 울려 퍼졌다.

이렇게 표현하면 이에야스가 어젯밤의 회의에서 무슨 말을 했는지 굳이 설명할 필요도 없을 것이다.

어젯밤의 이에야스는 그야말로 귀신에 홀린 듯이 흥분해 있었다.

평소 같으면 조리 있게 설명도 하고 가신들의 말에 귀를 기울이기도 했을 이에야스가 느닷없이 오다의 세 장수와 서기를 불러 오늘의 작전과 군사의 배치를 한꺼번에 발표했던 것이다.

미카타가하라에 나가 다케다 신겐과 자웅을 결하겠다고 하는 것이 아닌가!

"이 경우 병력의 많고 적음은 문제가 안 된다. 이 이에야스가 자기 성 옆으로 지나가는 적을 가만히 팔짱을 끼고 앉아 그대로 바라볼 사나이인가 하는 것이 문제다. 그런 사나이라면 천하의 무용지물······ 웃음거리로 살아가는 것보다는 차라리 깨끗이 사라지는 편이 낫다. 살아 있는 한 저 사람이야말로 소신을 관철시키는 무장이다! 저 사람이야말로 사나이 중의 사나이야! 라는 말을 듣지 못한다면 어찌 큰일을 이룩할 수 있겠는가. 오다의 장수들, 그렇지 않은가······?"

평소와는 너무도 다른 결연한 태도에 중신들은 물론 오다의 세 장수도 모두 할 말을 잊었다.

그러나 만약 이 자리에 노히메가 있었다면 아마도 흐느껴 울면서 감탄했을 것이 분명하다. "주군이 덴가쿠 골짜기의 싸움에 임했을 때의 모습 그대로야······"라고 말하면서.

사나이의 생애에는 반드시 이처럼 피가 용솟음치는 때가 반드시 한 번쯤은 있기 마련이다. 만약 이때 이에야스가 무언가에 홀렸다면 그것은 귀신도 아니고 마성魔性도 아닌 바로 '노부나가'일 것이다.

아니, 유사시에는 그렇게 될 사나이라는 점을 꿰뚫어보았기 때문에 노부나가도 또한 틀림없이 사면초가의 곤경 속에서도 이에야스만은 조금도 의심하지 않았을 것이다.

이에야스의 진영은 횡렬로 포진하는 학익진鶴翼陣.

가장 우익은 사카이 다다쓰구, 다음이 다키가와 가즈마스, 히라테 히로히데, 사쿠마 노부모리의 순이었으며, 중앙은 이에야스의 본진이 자리할 것이다.

바로 그 좌익은 오가사와라 나가타다와 마쓰다이라 이에타다, 혼다 다다카쓰. 가장 좌익은 이시카와 가즈마사가 맡기로 했다.

이들이 찬바람을 뚫고 하마마쓰 성에서 나서는 모습은 용맹스럽다는 말로 표현하기에 모자랐다.

거의 모든 장수가 투구끈을 질끈 졸라매고 향을 피워 처절한 기운을 몸에 배게 하고서 출전하는 것이다.

"두 번 다시 이 성을 보겠다는 생각은 갖지 마라!"

"적은 고작 삼만이다. 한 사람이 세 사람 반씩만 맡으면 일은 끝난다."

"예사 싸움이 아니다. 죽어서 돌아오느냐 일본 제일의 용맹을 떨치느냐의 싸움이다."

"적으로서는 부족함이 없다. 강하기로는 일본에서 당할 자가 없다는 고슈의 군사이니까."

성 밖의 백성들은 대문을 굳게 닫은 채 이 전열을 은밀히 전송하고 있었다.

중신들마저도 처음에는 무익한 저항이라고 생각했던 싸움이므로 백성들이 놀란 것도 무리가 아니다.

"어쩌자고 이런 싸움을 하려는 걸까?"

"항복하면 무사할 수 있을 텐데……"

"역시 대장이 젊기 때문이야."

"그래. 젊음이란 무서워. 인내가 부족하거든."

우익을 선두로 하여 하마마쓰 성의 남쪽 시오마치鹽町 문과 서쪽 야마테山手 문을 나선 군사들은, 일부러 적을 찾아 이 부근에서는 가장 험준한 사이가가케犀ヶ崖 골짜기 서쪽으로 우회하여 두 방향에서 미카타가하라를 향해 전진했다.

하늘은 더욱 낮게 깔려 어두워지고 북풍이 불어와 투구에 꽂은 장식물을 윙윙 울린다.

오늘의 싸움은 얼마나 거칠 것인가.

양쪽 성문을 나섰을 때 척후로 전전에 나갔던 와타나베 한조渡邊
半藏로부터 첫번째 보고가 들어왔다.

그의 보고로는 다케다 신겐이 여전히 어린진魚鱗陣의 대형으로 유
유히 전진해온다고 한다. 제1진은 오야마다 노부시게, 야마가타 마
사카게 외에 야마가 산보山家三方의 무리. 바로 그 왼쪽에는 나이토
마사토요內藤昌豊와 고바타 노부사다가 있고, 제2진에는 바바 노부
후사와 다케다 가쓰요리가 있다고 한다. 이것만으로도 도쿠가와 군
보다 훨씬 더 많고 그 뒤에는 또 얼마나 많은 병력이 있는지 모른다는
보고였다.

도쿠가와 군은 그 무렵부터 예정했던 대로 학익진으로 전개했다.

적의 어린진과는 달리 어느 한 군데가 무너지면 그 뒤를 받쳐 줄 군
사가 없고, 퇴각하면 사이가가케의 깊은 골짜기가 기다리고 있다.

배수의 진과도 같은 포진이고, 더구나 도쿠가와 군은 삼만이나 되
는 다케다 군을 끌어들여 싸우겠다는 것이므로 처절할 수밖에 없다.

바람에 섞인 눈송이가 점점 더 기승을 부렸다. 이대로 가면 날이
저물 무렵쯤 미카타가하라는 완전히 흰 눈으로 뒤덮이게 될지도 모
른다.

오와리의 의협심

싸움의 기운은 점점 더 무르익어간다.

아니, 그보다도 도쿠가와 군이 저돌적으로 다케다 군에게 부딪쳐 들어갈 때가 가까워졌다.

미카타가하라는 남북이 30리, 동서가 20리나 되는 광막한 고원이고 지형은 하마마쓰 쪽이 낮은 데 비해 북쪽으로 갈수록 차차 높아진다.

그 높은 북쪽에서 남하하는 다케다 군은 어느 한 군데가 무너지면 즉시 병력이 보충되는 어린진인데, 저지에서 고지를 향해 북상하는 도쿠가와 군은 횡렬인 학익진이므로 모든 것이 상식과는 정반대였다.

아마 다케다 신겐으로서도 이처럼 불손한 상대를 만난 적은 처음일 것이다. 유일하게 신겐을 두려워하지 않았던 호적수인 우에스기 겐신도 이처럼 대담한 도전은 하지 않았다.

그런 만큼 원군으로 온 오다의 세 장수도 여간 놀라지 않았다.

"놀라운 일이다. 정말 싸우려는 모양이다."

양군의 충돌은 여덟 점(오후 2시) 무렵이 될 거라 예상하고 있었으므로 아홉 점(정오)이 지나자 다키가와 가즈마스가 히라테 히로히데 옆으로 말을 몰고 와서 어이없다는 듯이 중얼거렸다.

"마치 이것은 우리 대장의 수법과 같군요."

"그렇소. 도쿠가와 님은 무서운 용사요!"

히로히데는 침통한 표정으로 말을 이었다.

"이렇게 되면 우리도 죽을 수밖에 없군요, 다키가와 님."

다키가와 가즈마스는 그 말에는 대답을 않고 계속 이야기했다.

"일부러 여기까지 나오지 않았다면 적은 이와이다祝田에서 오사카 고개로 빠졌을 텐데 자진하여 사지死地에 들어온 셈이 되어버렸소."

"다키가와 님."

"왜 그러시오, 히라테 님?"

"부탁이 있소. 여기서 의리를 위해, 도쿠가와 군을 위해 목숨을 버려주지 않겠소?"

"죽는 것은 어렵지 않으나, 나는 알 수가 없군요. 이에야스 님의 생각을 말이오."

다키가와 가즈마스는 노부나가 휘하에서 히데요시와 지략을 다툴 정도의 모장謀將이다. 북부 이세에서는 혼간 사의 핫토리 우쿄노스케를 따돌리고 순식간에 구와나 성을 손에 넣어 노부나가를 깜짝 놀라게 만들었다.

따라서 노부나가가 다키가와에게 원군의 일부를 맡긴 것은 이에야스의 상의에 충분히 응할 수 있는 사나이라고 내다보았기 때문이다.

그런데 이에야스는 전혀 그들과 상의하지 않고 독자적으로 미카타가하라로의 출동을 결정하고 말았다.

이렇게 되자 다키가와는 모장인 만큼 다른 생각을 하게 된다.

'출동하는 것은 아군의 사기를 높이기 위한 구실일 뿐, 싸움터에 나가면 충돌을 피해 얼른 적과 스쳐 지나갈 생각임에 틀림없다……'

그러면 신겐도 추격해 오지 않을 것이므로 이것은 말하자면 거창한 소풍으로 끝나는 셈이다.

하지만 그 예상은 완전히 빗나갔다. 이에야스가 진정으로 신겐에게 도전하려 한다는 사실을 알고 내심으로는 여간 불만이 치솟는게 아니었다.

따라서 히라테 히로히데가 그럴 생각만 있다면 오다 군만이라도 적을 만나지 않게 우익으로 돌아가 피하도록 할까 하고 탐색해보았던 것이다.

결코 후퇴하거나 도주하는 것은 아니다. 단지 크게 함성을 지르고 오른쪽 끝 적이 없는 방향으로 나가면 된다.

그런데 히로히데는 자신의 생각을 알아차리고 도리어 같이 죽자고 한다.

히로히데는 평생을 의리 하나만으로 살아온 노부나가의 사부 히라테 마사히데의 아들인 만큼 여기서 오다 군이 의리를 저버리고 살기만을 꾀한다면 그야말로 후대에까지 오다의 수치로 남을 거라 믿고 있다.

다시 말하면 노부나가의 큰 신념이 이에야스에게 전해지고, 이에야스의 고지식함이 히로히데에게 전해진 것이다.

다키가와 가즈마스는 이것을 꿰뚫어보고는 얼른 말 머리를 돌려 멀어져갔다.

"모르겠소. 모르기는 하지만 이것 역시 무장의 의리와 의리, 그럼. 이것이 이승에서의 마지막일지도 모르오. 잘 가시오."

히로히데는 가볍게 손을 흔들어 다키가와의 말에 응하고는 몰아치는 폭풍을 향해 말을 몰았다.

물밀듯이 달려나가는 도쿠가와 군의 무서운 기백이 이미 그에게 승패를 초월하게 만들었다. 물론 승산이 없다는 것은 알고 있었으나 주위는 살기로 가득 차 있었다.

'죽을 것이다! 나만이라도 주군 노부나가의 명예를 위해!'

노부나가는 사방에 적을 만났기 때문이 자신이 이리 달려오지 못하는 것에 통탄하고 있다. 앞서 호쿠리쿠의 싸움 때도 아네가와의 싸움 때도 이에야스는 직접 진두에 서서 후원하러 왔었는데……

'만약 이에야스가 책략만을 앞세우는 모장이었다면 어찌 이런 곳에서 싸우고 있을 텐가.'

'내가 두 번이나 의리를 다했는데도 노부나가는 한 번도 오지 않는다!'

이렇게 여겨 도리어 신겐 쪽으로 돌아설지도 모르는데, 티끌만큼도 의심을 품지 않고 노부나가의 곤경을 가로막고 서서 생사를 걸고 적의 진격을 저지시키려 하고 있지 않은가.

'그렇다. 이 결심은 아군보다도 도쿠가와 님에게 고해야 한다.'

히로히데는 서둘러 말을 달리며 불렀다.

"여봐라!"

"예."

"오, 나카노 고로타中野五郎太로구나. 즉시 도쿠가와 님에게 달려가, 적과 조우하면 내가 제일 먼저 포문을 열겠다고 전하라."

"예."

"잠깐! 이것은 내 생각이 아니다. 주군인 노부나가의 명령이라고 덧붙이거라."

"알겠습니다."

"주군은 자신이 때맞춰 도착하지 못하면 그대가 나를 대신하여 도쿠가와 님의 말 앞에서 죽으라고 말씀하셨다. 그러므로 도쿠가와 님은 이 히로히데의 시체를 밟고 전진하시도록 해야 한다. 결코 이 히로히데보다 앞서 나가시면 안 된다고 전하거라."

"예."

"좋아, 가거라!"

히로히데는 등에 작은 깃발을 꽂은 전령이 낮게 깔린 겨울 하늘 왼쪽으로 사라지자, 늠름한 목소리로 명했다.

"철포대, 앞으로!"

히라테의 전사

탕탕탕, 하고 히라테 군과 이시카와 군 쌍방에서 최초의 총성이 미카타가하라에 울려 퍼진 때는 여덟 점(2시)쯤이었다.

이와 동시에 다케다 군 쪽에서도 함성이 일어났다.

그들 역시 야전野戰이 불가피하다는 사실을 깨닫고 처음부터 도쿠가와 군을 목표로 공격해나왔다.

이미 그때 이에야스의 포진은 완전히 적에게 노출되어 있었다. 5분의 1도 안 되는 병력이면서도 횡렬로 진형을 이루고 있으므로 보고를 받은 신겐도 분명 어이가 없었을 것이다.

"이에야스 녀석, 드디어 정신이 나간 모양이군."

그러고 보면 이에야스는 맨 앞에 서서 목숨을 걸고 말을 달리고 있는데도 신겐은 유유히 가마를 타고 후방에서 나오고 있다. 대장끼리의 위험성을 비교한다 해도 이미 하늘과 땅 차이였다.

신겐은 선봉이 약간 다친다 해도 아무렇지도 않았으나 이에야스

쪽은 어느 방향이 무너진다 해도 뒤를 받쳐줄 병력이 없다.

도쿠가와 군의 총격에 맞서 함성을 지르며 달려나온 것은 고슈 군의 선봉 오야마다 노부시게의 부대에 배속된 신겐이 자랑하는 '미나마타모노水股者'였다.

이것은 오늘날의 명투수라고나 할 만한 백발백중의 돌팔매 특기를 지닌 돌격대다.

고슈에는 아직 철포가 많지 않다는 이유보다도 당시의 화승총은 한 발을 쏘고 나서 다시 탄환을 장전해야 하기 때문에 돌팔매가 훨씬 더 효과적이라고 여겨 특별히 훈련시킨 것이다.

그들은 솜씨를 발휘하여 돌을 던지면서 적진에 파고든 뒤에는 곧바로 칼부대로 변신한다.

와아, 하고 터져 나오는 함성과 윙윙거리며 날아오는 돌멩이. 그리고 이들의 후퇴를 한 걸음도 용서치 않는 고슈 특유의 북소리.

이 북소리의 독전督戰으로 천파만파 밀려오는 미나마타모노의 인해전술에 이어 창을 든 돌격대가 돌진했다.

"물러서지 마라! 미카와 무사의 웃음거리가 되지 마라!"

히라테 히로히데는 마상에서 절규하며 그 역시 등자를 밟고 서서 적중으로 뛰어들었다.

그때는 이미 어느 쪽이 공격군이고 어느 쪽이 방어군인지 알 수 없었다. 순식간에 주위는 적의 흐름으로 변했고, 이를 깨달았을 때는 분전奮戰한다기보다는 필사적으로 적을 막고 있을 뿐이었다.

맨 먼저 히라테 군의 왼쪽에 있던 사쿠마 우에몬의 대형이 무너졌다.

그 바로 왼쪽은 이에야스의 본진.

히로히데는 여간 애가 타지 않았다.

'이에야스를 잃으면 안 된다!'

"누구 없느냐, 다키가와 군에는……"

도움을 청하려고 소리 지르다 말고 목이 메었다. 이미 그의 주위에는 적들뿐이고, 도움을 청하려고 불렀던 다키가와 군도 또한 절망의 위기에 몰려 있었다.

싸움에 능하다고는 하나 이처럼 놀라운 싸움은 처음이었다. 물론 이것은 처음부터 이에야스의 작전에 무리가 있어 이길 자가 이기고 질 자가 지는 것이 분명한 전투였지만……

겨우 대형을 유지한 채 진출하고 있는 아군은 가장 우익에 있는 사카이 다다쓰구의 군사 뿐이었다.

그들은 한 덩어리가 되어 정면의 오야마다 군을 밀어내고 있다.

하지만 그것도 불과 8분이나 10분 동안이었다. 3정丁 가량 밀려났다가 다시 되돌아선 바바 노부후사의 군사에게 에워싸여 요리되기 시작한다……

사실 그것은 요리된다는 표현이 가장 적당할 만큼 상대의 의도대로 진행되는 싸움이었다.

'도쿠가와 군은 어떻게 되었을까……?'

접근하는 적을 뿌리치면서 히라테 히로히데는 이에야스의 본진에 합류하려고 말고삐를 당겼다.

아버지의 그 장렬한 삶을 모범으로 삼아 그도 또한 깨끗이 이에야스의 말 앞에서 죽음으로써 노부나가의 '의리'를 보여야 한다.

'바로 지금이 그때!'

오른쪽에서 다가오는 적 두 사람을 쓰러뜨리고 다시 왼쪽으로 말머리를 돌렸을 때였다.

무어라 외쳤는지 그 소리는 듣지 못했으나 뜨겁게 달군 쇠에 찔린 듯한 통증을 왼쪽 엉덩이에서부터 하복부에 느꼈다.

누군가 뒤에서 긴 창으로 찔렀던 것이다.

"분하다."

칼을 휘둘렀으나 왼쪽 뒤에 있는 적에게까지는 도달하지 않는다.

"각오해라!"

두번째 창이 오른쪽 복대의 이음새로부터 창자와 심장을 관통할 듯이 찔러 올렸다.

"도…… 도…… 도쿠가와 님…… 먼저 갑니다."

몸이 번쩍 공중으로 쳐들어졌으나 지상에 떨어졌을 때에는 이미 충격이 없었다. 무너지는 자세도 상대의 얼굴도 말의 행방도 알지 못했다. 단지 알 수 있는 것은 무수한 인마가 날뛰는 가운데 희끗희끗 떨어지는 하얀 눈송이와 전신을 태우는 듯한 아픔뿐이었다.

"주군!"

히로히데는 마음속으로 외쳤다.

"히라테 부자는 2대에 걸쳐…… 훌륭하게 의지를 관철시켰습니다. 보…… 보십시오."

그러나 이 작별의 중얼거림도, 바로 그 다음 순간 노도처럼 밀려오는 고슈 군에게 짓밟혀 생명도 의식도 북풍 속으로 사라지고 말았다.

젊은 맹금猛禽

젊은 이에야스가 이 무모한 싸움을 감행한 이면에는 어딘지 모르게 신불에 의지하려는 마음이 없지 않았다.

"죽이려거든 죽여보십시오."

운명과 이성에 도전하여 이곳에서 어떤 기적이 일어나리라고 믿는 묘한 기대와 자신감, 이것이 바로 젊음이다.

그러기에 이에야스는 미카타가하라로 진출한 뒤에도, 감찰관인 도리이 시로자에몬 다다히로의 의견도, 와타나베 한조의 간언도 엄하게 일축했던 것이다.

도리이 시로자에몬은 적이 예상보다 더 많으므로 싸움을 피하고 물러나는 척하는 작전을 쓰자고 했다.

"그렇게 하면 적이 반드시 추격할 겁니다. 우리는 사이가가케까지 물러갔다가 거기서 적을 공격하면 됩니다. 그러면 만일의 경우가 생겨도 주군은 성으로 철수하실 수 있습니다. 그렇지 않으면 병사들은

288

커녕 주군도 생환하실 수 없습니다."

더구나 와타나베 한조는 이에야스를 향해 악담이라 해도 좋을 간언을 서슴지 않았다.

"총대장이 퇴각할 곳도 미리 생각해놓지 않고 맨 먼저 달려나가는 싸움은 본 적도 들은 적도 없습니다. 이제는 주군도 잡병이 되신 것 같군요."

그러자 이에야스는 안장을 때리며 꾸짖었다.

"창의 달인 한조가 겁쟁이 한조로 전락했구나. 모두 비웃어주거라."

하지만 그 결과, 불과 일각 반 남짓 동안 고슈 군 앞에 버티고 있었을 뿐 어디에서도 기적은 일어나지 않았고 문자 그대로 대패하고 말았다.

겨울 해는 빨리 지게 마련이다. 점점 땅거미가 지기 시작하는 아수라장에 스스로 명장임을 자처하는 신겐의 중신 야마가타 마사카게가 진작에 항복한 동부 미카와의 야마가 산보의 무리인쓰쿠데作手, 나가시노, 다미네田嶺의 세 도당을 앞세우고 독전 대형을 이루어 정연히 이에야스와 그 하타모토를 포위했을 때는 운명도 신불도 완전히 이에야스를 버렸다고 판단할 수밖에 없었다.

그런데도 아직 이에야스는 말 위에서 고래고래 소리 지르고 있었다.

"물러나지 마라! 전진하라!"

야마가 산보의 무리에게 포위되고 있는데 도대체 어디로 진격하라는 말인가!

주위는 어두워지고 눈이 펄펄 내리기 시작한 지상은 하얗게 변했다. 쓰러지는 자는 수를 헤아릴 수 없고 부상한 자들도 수용할 수 없을 정도였다.

오쿠보 다다요와 사카키바라 야스마사가 겨우 이에야스 앞에 막아서서 들이닥치는 다케다 군의 예봉을 방어하고 있다.

싸움에 능한 신겐이 이 좋은 기회를 놓칠 리가 없었다.

그는 후방에 쳐놓은 진막 안에서, 근시에게 명했다.

"아마리甘利의 무리를 불러라."

아마리 요시하루吉晴가 죽은 뒤 요네쿠라 단고米倉丹後가 지휘하고 있는 아마리의 무리는 이번 상경 작전에서는 군량의 수송을 담당했다.

"부름을 받고 대령했습니다."

"오, 단고인가. 그대는 군량 수송을 그만두고 창을 들어 적의 측면을 공격하라. 이것으로 오늘의 싸움은 끝난다."

"알겠습니다."

"그리고 사이가가케까지 추격하여 모두 벼랑으로 떨어뜨려라. 그것으로 끝이야."

"예, 분부대로 하겠습니다."

이리하여 산가 미카타의 무리에 대항하여 필사적인 방어전을 계속하고 있을 때 오른쪽 측면으로부터 다시 아마리의 공격을 받게 되자 전세는 이미 신겐이 원하는 대로 될 수밖에 없었다.

아무리 화가 난다고 해도 현실은 냉엄하게 승부의 결말을 지어나간다.

이에야스에게 진언했다가 용납되지 않은 도리이 시로자에몬 다다히로는 벌써 이 세상에 없었고 마쓰다이라 야스즈미松平康純와 요네자와 마사노부米澤政信, 나루세 마사요시成瀬正義도 전사했다.

물론 시체를 수용할 겨를도 없어, 그토록 부하를 사랑하는 이에야스도 추격을 당해 싸움터에 시체를 그대로 남기고 사이가가케 쪽으로 말을 달렸다.

"주군! 멈추지 마십시오. 뒤돌아보지도 마십시오. 서두르셔야 합니다! 적이 쫓아오고 있습니다."

지금 뒤따라오는 사람은 오직 오쿠보 다다요 한 사람뿐이다.

이에야스가 자랑하던 하타모토들까지 날이 저물기 시작했을 때는 모두 어디론가 흩어지고, 이대로 가면 성에 도착할 가망조차 없는 상태였다.

"다다요, 이 부근에서 멈추어야겠어."

"안 됩니다!"

다다요는 꾸짖는 듯한 어조로 말했다.

"주군과 단둘이 대군을 상대로 싸우자는 말씀입니까? 후미는 혼다 다다자네本多忠眞가 맡고 있습니다. 그 동안에 한 걸음이라도 빨리."

그러자 이에야스는 급히 말을 멈추고 다다요를 돌아보았다.

눈에는 핏발이 서고 얼굴이 붉으락푸르락했다. 그 모습은 피를 뒤집어쓴 갑옷을 걸친, 피가 얼어붙는 듯한 처절한 악귀의 형상이었다.

이에야스의 광란

"다다요!"

"어쩌려고 멈추십니까. 다다자네의 충정을 헛되게 하시렵니까!"

"후미를 맡은 사람은 다다자네 혼자뿐이냐?"

"그러기에 서두르셔야 한다고 말씀드렸습니다."

"안 돼! 한 사람만으로는 마음이 놓이지 않아. 보고 오겠다."

쉰 목소리로 말하고 말 머리를 돌리려 하자, 다다요는 이를 갈면서 이에야스 앞을 막아섰다.

"주군! 너무 하십니다…… 평소의 주군답지 않습니다. 왜 그렇게 고집을 부리십니까."

"닥쳐라, 다다요!"

"닥치지 못하겠습니다."

"그대는 내가 후회라도 하고 있는 줄 아느냐? 나는 후회하지 않아. 이것이야말로 무인이 가는 길이야. 후회하지 않는다."

"공연한 고집은 버리십시오. 오늘은 패한 싸움이므로 성으로 돌아가 재기하셔야 합니다. 그게 바로 후회하지 않는 자가 행할 일이라는 것을 깨닫지 못하십니까?"

"그러나 부하가……"

"어서 서두르십시오!"

바로 그때였다. 왼쪽 관목 그늘에서 날리는 눈속을 헤치며 달려오는 검은 그림자가 셋 있었다.

"도쿠가와 님인 줄로 아오. 상대하겠소."

"건방진 놈!"

이에야스는 창을 휘둘러 그 중의 하나를 쓰러뜨렸으나 이미 주위가 보이지 않았다. 어둠 때문만이 아니라 공복과 피로로 현기증을 느꼈기 때문이다.

'나머지 둘은 어떻게 할 것인가?'

이런 생각을 했을 때 다다요의 목소리가 들렸다.

"나머지는 제가 처치했습니다. 또 덤벼드는 자가 있을 테니 속히!"

"안 돼."

"그게 무슨 말씀입니까. 주군은 총대장이십니다."

"싫다. 내 운명은 이미 결정됐어."

"아닙니다. 방금도 습격하는 세 놈을 처치했습니다. 이것은 후일을 기약하라는 신불의 지시입니다."

"싫다! 도주하다 죽기는 싫다. 오오, 눈이 보이는군. 싸우다가 죽을 것이다."

이때 또다시 검은 그림자 둘이 쫓아왔다.

이에야스는 다다요와 함께 창을 꽉 쥐었다.

"잠깐, 주군과 아버님이 아니십니까?"

"오오, 그러고 보니 다다치카로구나."

다다요는 안도하면서 말을 이었다.

"걸어오다니 어찌 된 일이냐, 말이 쓰러졌느냐?"

"예. 저도 여기 있는 나이토 마사나리도 말을 잃고 걸어왔습니다."

그러면서 다다치카는 이에야스를 향해 쥐어짜듯이 말하고 고개를 떨구었다.

"주군! 혼다 다다자네 님은 장렬하게 전사했습니다."

"뭣이, 다다자네도 전사했어?"

"예. 바로 조금 전에……"

"그럼, 후미에는 아무도 없다는 말이냐?"

"급히 달려온 나이토 노부나리가 맡고 있습니다. 그동안에 조금이라도 빨리!"

"뭣이, 노부나리가…… 그렇다면 더더구나 나는 물러설 수 없다."

"무슨 말씀이십니까?"

"다다치카, 마사나리, 되돌아가자. 노부나리를 죽게 할 수는 없다."

그러자 다다치카가 몸을 떨면서 소리 질렀다.

"바보 같은 주군!"

"뭐, 뭣이?"

"우리가 되돌아간다고 나이토 님이 기뻐할 줄 아십니까? 나이토 님은 주군을 성에 들여보내려고 목숨을 걸고 적을 저지하고 있는데…… 주군! 주군의 결단이 늦어졌기 때문에 혼다 다다자네 님도 물러서지 못하고 전사했다는 사실을 모른다는 말씀입니까?"

"건방진 소리!"

"건방진 소리가 아닙니다. 여기서 더 지체하면 나이토 님도 전사하게 됩니다. 나이토 님을 아끼신다면……"

여기까지 말했을 때 다시 오른쪽 관목 속에서 와아, 하는 복병들의 함성이 들렸다.

나쓰메夏目의 대역代役

이번에는 수효도 알 수 없었다. 세 사람이나 다섯 사람 정도가 아니다. 이에야스가 목숨을 걸고 이 길로 도주하리라 계산하고 미리 앞질러 왔던 복병임에 틀림없다.

"도쿠가와 님, 도주하시다니 비겁하기 짝이 없소. 돌아서시오. 난 고슈 군의 조이안城伊庵이오!"

그러나 과연 이 말이 이에야스의 귀에 들어왔을까?

이름을 밝히는 동시에 위잉, 하고 어둠을 찢는 화살 소리에 이어 한 무리의 검은 그림자, 그리고 다시 한 무리의 그림자가 눈 위에 나타난다.

오쿠보 다다요는 정신없이 이에야스의 말 엉덩이를 힘껏 창으로 때렸다.

이미 문답을 하고 있을 틈이 없다.

"다다치카! 마사나리! 나와 같이 저지하자."

말하기가 바쁘게 적에게 뛰어들었다.

그 동안 이에야스는 얼마나 적과의 거리를 벌렸을까. 거리가 벌어지기는 했으나 분한 마음이 전신을 사로잡아 이대로 성에 돌아갈 생각은 추호도 없었다.

"빌어먹을!"

이에야스는 자기 주위에 아무도 없는 것을 보고 이번에는 말에서 뛰어내려 도보로 백병전을 하리라 생각했다.

그리고 말 위에서 창을 홱 버렸을 때였다.

"주군! 이게 무슨 짓입니까?"

누군가가 이렇게 외치며 이에야스의 말에 달려들어 깜짝 놀란 말이 앞발을 들었다.

"누구냐! 어느 놈이냐!"

이미 주위가 어두워져 얼굴은 보이지 않고 누구냐고 물은 소리가 자기 목소리라고 생각되지 않을 만큼 쉬어 있었다.

"또 나를 말리느냐. 누…… 누…… 누구냐, 너는?"

"나쓰메 마사요시夏目正吉입니다. 주군!"

"뭣이, 나쓰메 마사요시라면 오늘은 성을 지키고 있어야 할 터, 왜 여기까지 나왔느냐. 너는 지나친 행동을 하고 있어!"

"주군! 주군의 철수가 너무 늦어지기에 25기騎를 이끌고 모시러 나왔습니다. 이대로 속히 성에 돌아가십시오."

"그…… 그…… 그럴 수 없다! 이 혼전 속에서 나 혼자 살아 돌아갈 줄 아느냐. 이미 내 운명은 결정됐다. 잔소리 말고 어서 이 말고삐를 놓아라!"

"놓지 못하겠습니다!"

"놓지 않으면 베어버리겠다."

"뭐, 뭣이!"

마사요시는 드디어 눈을 치뜨고 이를 갈았다.

"주군! 주군은 이토록 형편없는 무사였습니까!"

"이놈, 너도 역시 한조와 똑같은 소리를 내뱉는구나!"

"예, 하고 말고요. 이런 형편없는 무사에게 목숨을 걸고 충성을 받쳤다는 생각을 하니 전신의 피가 거꾸로 솟습니다. 하찮은 패전에 분별을 잃고 감정에 흘러 전군의 지휘를 잊어버리시다니…… 아아, 전사한 사람들이 가엾군요."

"뭐, 뭣이!"

"얼마든지 꾸짖어도 좋습니다! 이렇게 된 이상 나쓰메 마사요시도 전사한 동료의 뒤를 따르겠습니다. 주군은…… 주군 마음대로 하십시오!"

이렇게 말하면서 벼랑 가의 눈길에서 말머리를 성 쪽으로 돌리고는 별안간 손에 들었던 십자 창으로 말 엉덩이를 찔렀다.

피로에 지친 말은 창으로 찔렸기 때문에 견딜 수 없는 고통을 느끼고 마지막 기력을 다해 크게 울부짖고는 미친 듯이 성 쪽으로 달리기 시작했다.

"저 꼴을 보라! 이제는 싫어도 말은 성안으로 뛰어들어갈 테지."

그러면서 적 쪽으로 방향을 돌렸을 때 휘날리는 눈 속을 뚫고 뒤쫓아온 사람은 구로야나기畔柳와 오쿠보 부자 등 세 사람이었다.

"오오, 나쓰메가 아닌가."

"오쿠보 님, 주군의 말을 성으로 몰아가십시오. 부탁입니다."

"그럼, 자네는 어떻게 하려는가?"

"적은 우리가 맡겠습니다! 빨리 주군의 뒤를……"

이렇게 말하고 나쓰메 마사요시는 십자 창을 꽉 쥐고 오쿠보 부자에게 덤비려는 적들에게 큰 소리로 외쳤다.

"어서 덤벼라, 다케다의 잡병들아! 도쿠가와 미카와노카미 이에야스가 여기 있다! 자신이 있는 자는 어서 나와 공을 세우거라."

그러자 적의 흐름이 멈칫했다.

"뭐, 도쿠가와?"

"그렇다. 분명히 도쿠가와 미카와노카미 이에야스라고 말했다."

"바라던 바다. 여봐라, 모두 덤벼들어 목을 베어라!"

적들은 와아, 하는 소리와 함께 나쓰메 마사요시 주위를 겹겹이 에워쌌다.

이미 석 자쯤 떨어져 있어도 사람의 얼굴이 보이지 않는다.

어둠 속에서 비명과 고함, 불꽃과 눈, 피와 흙탕, 북풍이 무섭게 난무했다.

그리고 약 4반각(15분) 후에는 나쓰메 마사요시도, 그가 거느리고 온 25기도 거의 다 이 세상 사람이 아니었다.

대변에 관한 문답

다케다 군의 추격은 집요하기 짝이 없었다.

그래도 성에 도착할 무렵에는 이에야스 뒤에 오쿠보 다다요 외에도 아마노 야스카게가 뒤따르고 이어서 나루세 고키치成瀨小吉가 쫓아왔다.

그 대신 오쿠보 다다치카는 어디서 적에게 저지당했는지 모습이 보이지 않았다.

이때 기묘한 소리를 지르면서 일행을 뒤쫓아오는 자가 있었다.

"야아, 적군과 아군 모두 눈을 크게 뜨고 보아라! 고슈 군의 총대장 다케다 신겐의 목을 다카키 구스케高木九助가 베었노라! 똑똑히 보거라, 적군도 아군도⋯⋯"

물론 이것은 거짓말이었으나, 이 거짓말이 비로소 이에야스의 마음을 냉정하게 만들었다.

'누구를 막론하고 이 이에야스가 무사히 철수할 수 있도록 갖은 노

력을 다하고 있구나······'

다카키 구스케의 엉뚱한 거짓말도, 와타나베 한조나 나쓰메 마사요시의 폭언도, 혼다 다다자네의 용맹도, 도리이 다다히로의 간언도······

이런 생각을 떠올리자 갑자기 추위가 전신을 엄습했다.

참으로 이 얼마나 암담한 패배인가.

'구사일생'이라는 말이 그대로 가슴에 스며들자, 당장이라도 쓰러질 듯한 말의 허우적거림을 비로소 깨달았다.

이에야스는 일단 하마마쓰 하치만八幡 신사 앞의 큰 녹나무 밑에 말을 세웠으나 이번에는 되돌아가겠다는 말을 하지 않았다.

모든 것을 걸고 싸웠으며, 더구나 지금 이에야스만은 살아남아 있다. 이 사실이 다시 그에게 새로운 결단을 촉구했다.

'과연 나의 운명이 정말로 다한 것일까?'

만약 아직도 다한 것이 아니라면 무리하게 죽음을 서둘러도 좋은 걸까.

'모두가 그토록 걱정해주었는데도······'

"주군! 아직 여기 계십니까. 어서 성으로 들어가십시오."

이번에 뒤쫓아온 자는 도리이 히코에몬 모토타다였다.

모토타다도 오늘은 오야마다 군과 혈투를 되풀이하여 여러 군데에 상처를 입고 겨우 여기까지 후퇴했던 것이다.

일족인 시로자에몬의 죽음을 알고 있을까?

"나쓰메 마사요시는 주군을 자칭하며 적과 맞서 싸우다 장렬하게 전사했습니다. 여기서 다시 적의 공격을 받으면 그는 개죽음을 한 것과 다름없습니다. 어서 빨리 성으로 돌아가세요!"

"뭣이, 마사요시가 전사했다고?"

"빨리 성에 들어가시지 않으면 또 희생자가 발생합니다. 모토타다가 후미를 지키고 있으니 어서 서두르십시오."

이에야스는 대답하지 않았으나 거부하지도 않고 그대로 녹나무 밑을 떠났다.

이 무렵부터 맹장 이에야스는 본래의 면목을 되찾는 듯했다.

그는 오쿠보 다다요가 가까운 거리에 있는 서쪽 문으로 들어가려는 것을 제지하고는 멀리 돌아가 정문을 열게 하고 목상木像처럼 묵묵히 안으로 들어갔다(일설에는 정문을 피해 뒷문이라고도 한다).

그러나 마음의 타격은 몹시 컸던 모양이어서, 성문으로 들어서자 현관에 이르기 전에 말을 세우고 얼마 동안 망연히 선 채로 있었다. 성에 도착했다는 안도감이 커다란 허탈감 속으로 그를 이끌었는지도 모른다.

"주군, 성안입니다! 무사히 도착하셨습니다. 말에서 내리시지요."

이 부근은 무섭게 퍼붓는 눈발로 인해 나무도 땅도 하얗게 덮여 있었다.

이에야스는 말에서 내렸다. 그러나 신기한 듯 주위를 둘러보기만 할 뿐 아직 움직이지 않는다.

"주군, 걸을 수 없으십니까?"

다다요가 다시 꾸짖듯이 이에야스의 어깨를 툭툭 치고 귓전에 입을 가져갔다.

"한심한 분이십니다, 주군은!"

"뭐…… 뭣이!"

"왓핫핫하, 틀림없습니다. 아아, 이 냄새!"

다다요는 오른쪽 손을 코에 대고 이에야스의 말을 가리켰다.

"보십시오, 주군. 주군은 말안장에 대변을 보셨습니다."

"뭣이, 내가 대변을 보았다고?"

"왓핫핫하, 주군이 급하신 나머지 대변을 보셨습니다."

"입…… 입 닥쳐, 다다요!"

이에야스는 크게 눈을 부릅뜨고 비틀거리면서 말 옆으로 걸어갔다. 그리고 매달리는 듯한 자세로 안장을 더듬어 자기도 맡아보고는 느닷없이 다다요의 뺨을 때렸다.

"멍청한 것! 대변이 아니야. 늘 허리에 차고 다니던 볶은 된장이 뭉개진 거야!"

이 경우 그것이 대변이건 볶은 된장이건 문제가 되지 않는다. 허탈에서 방심으로 돌아서려는 이에야스의 마음이 이 일로 다시 긴장을 되찾았다.

"그렇군요. 대변이 아니라 된장인지도 모릅니다."

"이놈! 나를 비웃는구나. 내가 어찌 대변을……"

말하다 말고 이에야스는 다다요의 의도가 어디 있는지 깨달은 모양이다.

"다다요, 성문을 활짝 열어놓거라."

"성문을 활짝?"

"그래, 돌아오는 자들의 표적으로 말이다. 있는 대로 장작을 쌓아놓고 모닥불을 피워라."

"알겠습니다.!"

"그리고 우에무라 마사카쓰植村正勝, 아마노 야스카게!"

"예."

"두 사람은 성문을 굳게 지켜라."

그리고 이때 후미를 담당했던 도리이 모토타다가 달려오는 모습을 확인하고는 말을 이었다.

"모토타다!"

"예."

"그대는 현관을 지키도록."

"예."

이에야스는 지시를 끝내고 나서 성큼성큼 현관에 올라가 큰 소리로 명했다.

"게 누구 없느냐. 배가 고프다, 밥을 가져오너라."

시녀인 히사노久野가 소매를 걷어붙인 채 부엌으로 달려가 밥솥과 그릇을 가져왔다.

그 무렵에는 이미 성을 나서기 이전의 이에야스로 완전히 되돌아와 있었다.

"모닥불은 피워놓았겠지?"

한 그릇을 비우고 두번째 그릇을 건넬 때, 이에야스는 자신을 빤히 바라보는 다다요에게,

"부질없는 싸움을 했어."

하면서 빙긋이 웃었다.

다다요는 그만 고개를 떨구었다.

'이제는 반성할 수 있는 마음의 여유를 되찾으셨구나……'

그런 생각을 하자 새삼스럽게 오늘 이에야스가 느꼈을 슬픔이 상기되어 눈을 내리뜨지 않을 수 없었다.

"한 그릇 더!"

이에야스는 밥 세 그릇을 계속해서 물에 말아 훌훌 삼켰다.

"다다요, 나는 잠시 쉬겠네."

"예."

"한잠 자고 나서 다시 싸우겠어. 모닥불을 잊지 말고 성문도 절대

로 닫으면 안 돼."

"알겠습니다."

"흥, 내가 혼이 나서 대변을 보다니……"

그리고 다시 한 번 빙긋이 웃고 엉덩이 부근을 쓰다듬었다.

"허벅지의 살도 엉덩이도 갈라졌군. 용케도 말을 달렸어."

"그렇습니다. 기적입니다."

"멍청한 것. 기적 따위는 이 세상에 없어! 이것으로 이에야스도 약간은 영리해졌어. 신겐은 내게 고마운 사람이야. 그럼, 좀 쉬겠네."

이에야스는 말을 마치고 벌렁 드러누웠다.

승세를 탄 다케다 군이 드디어 최초의 계획을 바꾸고 곧바로 성 밑에까지 침입해 온 모양이다. 지금이야말로 하마마쓰 성을 짓밟을 절호의 기회라고 판단했음에 틀림없다. 지붕 위로 몰아치는 눈보라 소리와 여기에 섞인 함성이 소름을 끼치게 한다.

이때 별안간 잠음 속에서 이에야스의 코고는 소리가 크게 섞여들었다. 드러누운 지 2분도 채 되지 않았는데……

오쿠보 다다요는 깜짝 놀라 새삼스럽게 이에야스를 바라보고 소리 없이 웃었다.

'그야말로 우리의 대장!'

이 얼마나 대담하게 코를 골고 있다는 말인가……?

미카와의 혼

살아남은 장병들이 잇따라 흙투성이가 되어 성으로 돌아왔다. 그리고 한결같이 대낮처럼 밝은 모닥불과 활짝 열린 성문을 보고 눈이 휘둥그레졌다.

"대관절 어떻게 된 영문일까? 모닥불을 목표로 적이 접근하여 공격하면 어떻게 하시려고……"

그러나 이것이 모두 이에야스의 명령인 데다가, 그가 지금 밥을 세 그릇이나 먹고 드러누워 코를 드르렁 골고 있다는 말을 듣자 의아한 표정을 지으면서도 안도했으니 기이한 일이 아닐 수 없다.

"아무튼 이건 너무 밝지 않은가."

"정말이야. 마치 길을 몰라 헤매는 적에게 방향을 가르쳐주는 것과도 같아."

"그러나 주군의 명령이시니 뭔가 깊은 뜻이 담겨 있을 테지."

새로 지은 주먹밥을 먹으면서 이런 말을 나누고 있을 때 또다시 모두를 깜짝 놀라게 하는 일이 벌어졌다.

갑자기, 그야말로 갑자기 피로에 지친 일동의 머리 위로 무섭게 휘날리는 눈발을 압도하며 망루의 큰북이 울렸던 것이다.

"아니, 도대체 누구일까? 이 추위에 누가 일부러 망루에 올라갔다는 말인가?"

"자세히 들어봐. 북을 치는 방법으로 보아 사카이 다다쓰구 님인 것 같아."

"그렇군. 그럼 다다쓰구 님도 무사히 성으로 돌아오셨군."

"틀림없이 그런 것 같아. 모두에게 배를 채우고 나서 다시 한 번 싸우자는 통고인 모양이야."

"그래. 여기서 기가 죽으면 미카와 무사의 긍지가 손상되니까."

"아니, 그보다도 이 추위에 미카타가하라에서 시체로 변한 사람들에게 죄송한 일이 아니겠나."

"알겠어, 알겠어! 성문을 열고 모닥불을 피우라고 하신 주군의 작전을."

"뭣이, 그게 어떤 뜻인가……?"

"적이 성 앞에까지 쳐들어왔을 때 문을 닫아놓고 있으면 놈들은 더욱 기세를 올릴 것 아닌가. 그러나 이렇게 모닥불을 피우고 이쪽에서 성문을 활짝 열어놓고 북을 치면서 기다리고 있으면 적도 움칫하여 함부로 쳐들어오지 못할 거야. 분명 충분히 대비하고 있는 줄로 알겠지."

"아, 그래. 저 성문을 지키고 있는 아마노 님의 아시가루足輕들을 좀 보게. 고작 열두 명뿐인 아시가루가 잠시도 쉬지 않고 왼쪽에서 오른쪽, 오른쪽에서 왼쪽으로 움직이고 있어."

"그야 뭐 이상할 것 없지. 추위 때문에 그런 거야. 가만히 있으면 얼어붙을 테니까."

"아니, 그렇지 않아. 저들 역시 피로할 것 아닌가. 그런데도 계속 움직이는 이유는 성안에서 많은 군사가 적을 기다리고 있는 것처럼 보이려는 책략이야."

"으음, 과연 그런지도 몰라. 밖에서 보면 밝은 성안에서 무수히 많은 군사가 움직이고 있는 것처럼 생각되겠지…… 그렇다면 우리쪽에 어떤 전략이 있는 것 같아."

"어떤 전략일까?"

"야습일 거야. 여기서 도리어 공격해나가면 그야말로 적은 깜짝 놀라 물러갈 테지. 틀림없이 그럴 거야."

과연 그들은 미카와 무사였다.

그들은 자기네 대장들이 얼마나 강한 고집과 집념을 가졌는지 잘 알고 있었다.

정말 그러했다. 이때 넓은 방에서는 오쿠보 다다요와 이시카와 가즈마사, 아마노 사부로베에 등이 이마를 맞대고 이에야스가 깨지 않도록 조심하면서 야습에 대한 상의를 하고 있었다.

몰래 서쪽 문으로 나가 사이가타케까지 진출하여, 성 밑에 침입한 적의 배후를 일제히 총포로 공격하자는 것이었다.

"여기서 우리가 약하게 보이면 안 됩니다. 물론 이것은 당연한 일이오. 그러나 아무리 신겐이라 해도 구사일생으로 겨우 도주해 온 우리가 일각도 지나기 전에 야습을 시도하리라고는 생각지 못할 것이오. 주군도 한잠 주무시고 나서 싸우겠다고 하셨소. 나는 출진할 생각이오. 철포대를 스무 명이건 서른 명이건 데리고 가겠소. 서른 명이 총구를 나란히 하고 쏘아대면 적은 낯선 땅에서의 야습이므로 간담이 서늘해질 거요."

오쿠보 다다요가 이렇게 말하자, 아마노 사부로베에가 즉시 대답했다.

"좋습니다! 그러면 얼마가 되건 우선 철포를 모아봅시다."

그런 다음 아마노는 피가 말라붙은 갑옷을 입은 채 아시가루들을 모으러 나갔다.

성의 정문에서 불과 얼마 되지 않는 위치까지 진격한 다케다 군의 야마가타 마사카게는 모닥불과 활짝 열어놓은 성문, 북소리에 압도되어 그만 팔짱을 끼고 생각에 잠겼다.

"으음, 방심해서는 안 되겠다. 상대는 미카와 무사이므로 반드시 야습을 시도할 것이다."

"그럼, 여기까지 와서 성을 그대로 둔다는 말씀입니까?"

"물론 많은 병력은 아닐 테지만, 이렇게 눈이 많이 내리는 밤이고 또 우리는 지리에 익숙지 못해. 자칫 잘못하면 어떤 희생을 당할지도 모른다. 일단 오야마다 군, 아나야마 군과 상의하는 편이 좋을 것 같다."

이 무렵이 되어서야 이에야스의 코고는 소리가 뚝 그쳤다.

그는 천천히 기지개를 켜고 나서 벌떡 일어났다.

"오, 이시카와 가즈마사로군."

"예."

"잘 잤네, 잠이 모자랐었는데."

"주군께서는 코를 골고 계셨습니다."

"돌아올 만한 사람은 모두 돌아왔나?"

"예. 거의 돌아왔습니다."

"그럼, 이쯤에서 공격해 온 적의 간담을 서늘하게 만들어볼까?"

이미 그는 패전으로 핏발을 세우고 성에 들어올 때의 이에야스와는 전혀 다른 사람이 되어 있었다.

눈은 아직도 그치지 않고 대지를 계속 뒤덮고 있다.

미카와의 의기意氣

오쿠보 다다요가 스물여섯 명의 아시가루로 구성된 철포대를 거느리고 눈이 내리는 가운데 다시 성 밖으로 나간 것은 이에야스가 잠에서 깬 지 얼마 지나지 않았을 때였다.

공격군인 다케다 쪽은 성을 포위한 채 아직도 당장 공격할 것인지에 대해 작전 회의를 계속하고 있다.

그 작전 회의 도중에 오쿠보 다다요는 아나야마 군의 옆을 지나 사이가가케 뒤로 나갔다.

여전히 눈이 쏟아지고 바람도 세차게 몰아치고 있다.

하루 종일 격전을 되풀이한 뒤였으므로 그 피로는 말로 형용할 수 없을 정도였다.

손발은 거의 감각이 없고 더구나 다다요는 아랫배가 몹시 거북했다. 소화 불량인데다 찬밥에 눈을 반찬으로 삼아 마구 삼켰기 때문에 배탈이 난 모양이다.

걸어가면서 문득 아랫배에 힘을 주었더니 항문이 맥없이 열려 설사가 나왔다.

"원 이런, 아까는 주군을 놀렸는데 이번에는 내 차례로군."

다다요는 쓴웃음을 지으면서 사이가가케 서쪽으로 나와 스물여섯 명의 아시가루를 일렬횡대로 전개시켰다.

스물여섯이라는 적은 인원이 현재로서는 하마마쓰 성이 동원할 수 있는 새로운 병력의 전부이고, 스물여섯 자루의 철포는 하마마쓰 성이 소유한 화기의 전부였다.

이미 승패 따위는 문제가 아니었다.

철두철미 고집 하나로 밀고 나가는 것뿐이다.

"다케다 군의 간담을 서늘하게 만들지 않고는 죽어도 눈을 감을 수 없다……"

화기를 모두 잃고 스물여섯 명의 군사가 이대로 얼어 죽어도 좋다. 미카와 무사가 불굴의 근성을 가졌다는 사실만은 후세에 알려야 한다는 생각으로 준비를 끝냈다.

"준비!"

하고 크게 외치자 다시 찔끔하고 사타구니가 젖었다.

"듣거라, 처음에는 일제히 발사한다! 그리고 다음부터는 다섯 명씩 4조를 이루고, 여섯 명이 한 조가 되어 교대로 사격한다. 얼른 탄환을 장전하여 총성이 끊이지 않도록 하라. 겨냥할 필요는 없다. 어느 모닥불을 노려도 좋다."

"예."

"사격!"

최초의 호령으로 철포 스물여섯 자루가 일제히 불을 뿜었다.

탕탕탕!

312

그것은 단 한 사람도 남아 있지 않을 후방의 사이가가케에서 발사하는 총성이어서 성을 포위하고 있는 공격군을 경악케 하기에 충분했다.

더구나 스물여섯 명이 일정한 목표도 없이 아무 데나 대고 발사했던 것이다. 그러므로 어느 진지에도 한두 방씩은 어둠을 뚫고 탄환이 방문했다.

"앗, 아직도 후방에 적이 있다!"

"아니, 오다의 원군이 도착한 거야!"

"복병이다! 감쪽같이 성 가까이까지 유인되었다!"

천지를 진동시키는 총성에 이어 성안에서는 잠에서 깬 이에야스의 지휘하에 남아 있던 병사들이 일제히 목이 터져라 함성을 질렀다.

"와아!"

"와아!"

"와아!"

이어서 일단 그쳤던 북소리가 다시 울려 퍼지는 가운데 제2탄, 제3탄 등 잇따라 총성이 터지고, 북쪽에 면한 현관 입구에서는 도리이 모토타다와 와타나베 모리쓰나가 사력을 다해 공격해왔다. 이렇게 되자 공격군의 회의는 중단될 수밖에 없었다.

지장智將들이 모인 다케다 군이었으나, 이것을 성 안팎에서 대기하고 있던 적이 협공하는 거라고 판단했다.

"우선 아나야마 군부터 퇴각하시오. 이어서 우리가 철수하겠소."

"알겠소. 후미는 오야마다 군이 맡도록 하시오."

가쓰요리와 야마가타 마사카게의 결단으로 사이가가케에서 가장 가까운 아나야마 바이세쓰의 군사부터 아까 왔던 길로 물러가기 시작했다.

"지금이다, 쏴라! 발사하라!"

오쿠보 다다요는 무섭게 날뛰며 눈 속을 달렸다.

설사도 추위도 염두에 없었다.

'멋지게 본때를 보여주었다!'

"발사하라! 그러나 추격하지는 마라. 깊이 들어가지 마라. 다만 뒤에서 쏘기만 하라."

드디어 천하에 비길 데 없는 이 '오기의 공격'으로 그만 다케다 군도 무너지기 시작했다.

보이지 않는 적인 만큼 그들의 공포는 더욱 부풀어올랐다.

아마도 스물여섯 명이 이천육백 명으로 여겨졌을 것이다.

처음에는 숙연하게 후퇴하던 다케다 군도 점점 앞을 다투기 시작하는 바람에 전열이 흩어져, 사이가가케의 깊은 골짜기에 떨어지면서부터는 아군끼리 서로 죽이고 죽는 비명이 터져 나왔다.

도대체 싸움에서의 승리란 무엇일까? 전략이란? 전술이란?

이런 생각을 할 수밖에 없는, 몇 차례에 걸쳐 변전한 오늘의 결전을 이에야스는 활짝 열린 성의 정문에서 날카롭게 바라보고 있었다. 그리고 다케다 군이 모두 퇴각한 것을 확인하고 나서야 비로소 시동에게 일러 부엌으로 달려가게 했다.

"주군의 분부가 계셨다. 탁주를 있는 대로 모두 큰솥에 데우도록 하라. 머지않아 도리이 님과 오쿠보 님이 돌아오실 것이다. 그때까지 술을 데워 모두에게 나눠드릴 수 있도록 준비하라!"

─6권에서 계속─

《 오와리 · 미카와의 주요 지도 》

오와리

돈다
이와쿠라 고마키
기요스
쓰시마 모리야마 시나노
오노 나고야 스에모리 이와사키
가니에 후루와타리 아쓰타 나가쿠테
야타 나루미 데라베 아스케
오타카 우에노 고로모
나가시마 오케하자마 사카이 마쓰다이라
오부 아쓰하시 오규 호라이 사
가리야 이와쓰
오카와 다이주 사 미 카 와
오하마 오카자키 나가시노
아구이 미키 쏘쿠데 가와지 아키하
아라카와 아쓰키지카 가와지
사이조 사쿠라이 노다
지타 반도 나카시마 엔 슈 (도토미)
야하기가와 도조 이이 후타마타
우쓰미 요시다 미카타가하라
하마나 호 히쿠마노
다와라
아쓰미 반도 덴류가와

──·── 지역 경계선

317

《 주요 장수의 군기 · 우마지루시 》

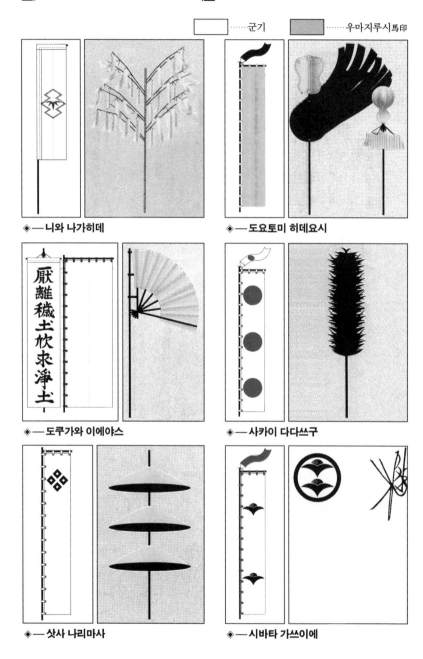

············ 군기

············ 우마지루시馬印

◆—니와 나가히데

◆—도요토미 히데요시

厭離穢土欣求淨土

◆—도쿠가와 이에야스

◆—사카이 다다쓰구

◆—삿사 나리마사

◆—시바타 가쓰이에

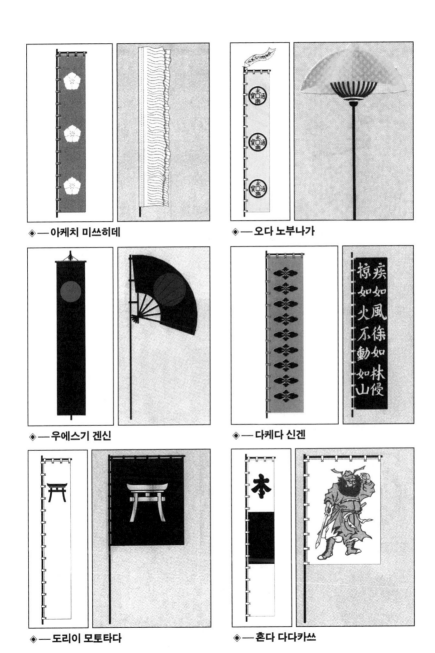

◈ ― 아케치 미쓰히데

◈ ― 오다 노부나가

◈ ― 우에스기 겐신

◈ ― 다케다 신겐

◈ ― 도리이 모토타다

◈ ― 혼다 다다카쓰

《 주요 장수의 문장 · 사인 》

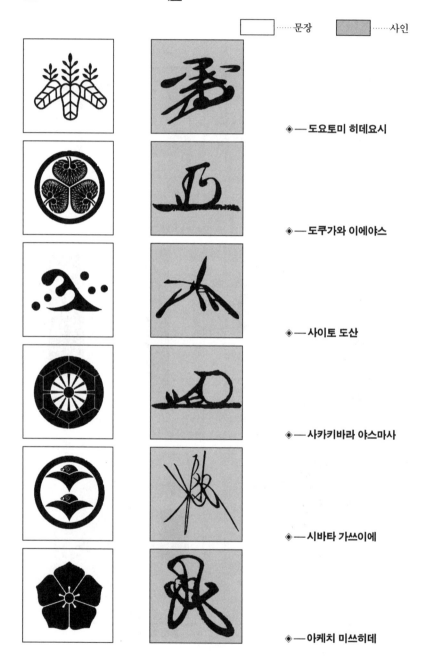

□ ⋯⋯⋯ 문장   ▨ ⋯⋯⋯ 사인

◆ ― 도요토미 히데요시

◆ ― 도쿠가와 이에야스

◆ ― 사이토 도산

◆ ― 사카키바라 야스마사

◆ ― 시바타 가쓰이에

◆ ― 아케치 미쓰히데

◈ — 오다 노부나가

◈ — 우에스기 겐신

◈ — 이마가와 요시모토

◈ — 이케다 쓰네오키

 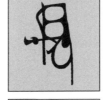

◈ — 다케다 신겐

◈ — 혼다 다다카쓰

《 기본 전투 대형 》

여기에 소개하는 것은 센고쿠 시대의 기본적인 몇 가지 진형陣形이다. 그러나 이것들은 어디까지나 도식화한 것이고, 전투에 임해서는 병사의 수도 그때마다 일정하지 않고, 또 지세나 날씨에 의해 받는 제약도 매우 컸다. 하나의 진형이 그 배치를 고정한 채 전장을 이동하는 것이 아니라 실제로는 적의 움직임, 지형, 병력 등 다양한 요인에 대응하여 진형을 얼마나 유연하게 또는 강인하게 변화시킬 수 있는지가 중요했다. 여기 소개되는 진형들은 기본형이며, 반드시 그림과 같은 형태를 그대로 이용하는 것은 아니다.

♟ —	대장
♟ —	소라고동 · 북 · 종
▲ —	기
● —	총포
△ —	활
□ —	창

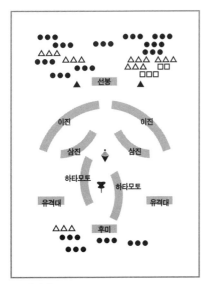

● ―학익진鶴翼陣

병력이 적보다 많은 경우에 사용되는 진형이다. 학이
날개를 펼친 것 같은 형태를 취해 그 부분으로 적을 에
워싸면서 공격한다. 강력한 진형처럼 보이지만, 측면
에서 공격을 받으면 쉽게 무너지는 단점이 있다.

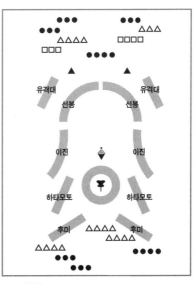

● ―어린진魚鱗陣

적은 수의 병력으로 많은 적을 물리칠 때의 진형이
다. 물고기의 비늘과 같이 군사들을 배치한 형태에
서 이런 명칭이 붙었다. 전체적으로 삼각형을 만들
게 되므로 정점의 위치(한가운데의 튀어나온 부분)
는 적과 가장 근접하게 된다.

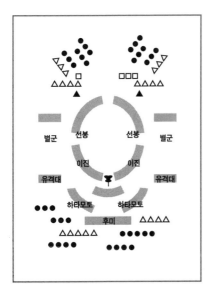

● ―방원진方圓陣

중군을 원형으로, 그 바깥 아래위에 병졸을 배치하
여 적이 어느 곳에서 공격을 해와도 빈틈을 주지 않
고, 적에게 맞춰 진형을 변화시킬 수 있다. 기습이나
야습을 대비하는 데 뛰어난 진형이다.

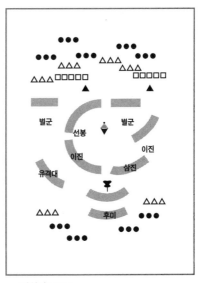

● ―언월진偃月陣

초승달 모양의 진형으로, "배수진"이라고도 불린
다. 그 명칭대로 더 이상 뒤로 물러날 수 없는 곳에
서 전투를 할 때의 진형이다.

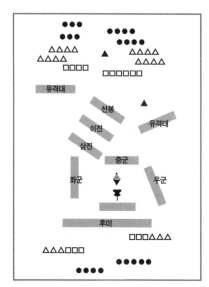

● ─장사진長蛇陣

뱀과 같이 일렬로 늘어선 진형으로, 움직이는 방법도 역시 뱀을 연상시킨다. 예를 들면 중앙(배 부분)에 공격을 받으면 선두(머리)와 후미(꼬리)로 반격하고, 선두가 공격을 받으면 후미에서 지원하는 식의 유연한 움직임이 가능하다.

● ─안진雁陣

적의 움직임(어린진, 학익진 등)에 맞춰 다른 진형으로 신속하게 바꿀 수 있다는 것이 특징이다. 기러기가 무리를 지어 하늘을 날아가고 있는 모습과 비슷하여 이렇게 불린다.

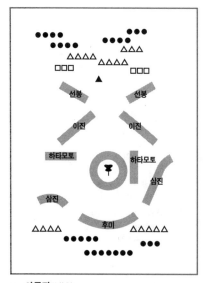

● ─와룡진臥龍陣

높은 곳에서 낮은 곳에 있는 적을 공격할 때 유리한 진형으로, 중군을 중심으로 하여 선봉, 이진, 삼진, 후미가 적에게 대응하여 자유롭게 변화할 수 있는 진형이다.

324

● ─대망진大蟒陣

적군과 충돌하려고 할 때 적의 우익이 약하다는 판단이 서면 즉시 중군의 일부로 그곳을 공격하여 적을 격파하는 실마리로 삼는다. 그러므로 중군의 일부는 측면으로 진출시킬 수 있는 대형으로 해둔다. 적의 좌익을 공격하려면 좌우 반대의 진형을 이용하면 된다.

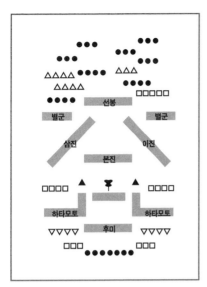

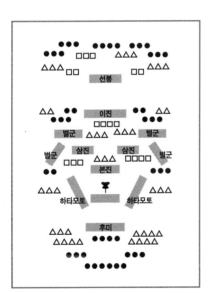

◉ ―호란진虎亂陣

적에게 앞뒤에서 협공을 당할 위험을 느꼈을 때 선발대가 전면의 적을 맞이하는 것과 같은 장비로 후미의 후군을 배후의 적과 대치시키는 진형이다.

◉ ―난검진亂劍陣

호란진과 마찬가지로 앞뒤로 적에게 협공당할 때 후군이 뒤로 돌아서서 배후에서 공격해오는 적과 맞서 싸우는 진형이다. 호란진과의 구별은 명확하지 않지만, 병사의 수와 관계가 있는 것 같다.

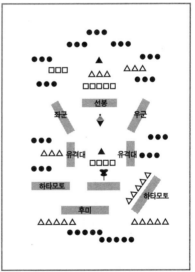

◉ ―운룡진雲龍陣

지역적인 이점이 있는 장소에 열세인 적이 진을 치고 있을 때 취하는 진형으로 선봉, 중군, 후군이 각각 빈틈없는 원형의 진을 만든다. 그리고 지체없이 공격을 가하여 적이 태세를 정비하지 못하게 하면서 격파한다. 학익진에 대응할 때 이용한다.

◉ ―비조진飛鳥陣

운룡진과 비슷한데, 운룡진과는 반대로 아군이 열세, 적이 대세인 경우에 이용한다. 선발대에 이어서 중군, 후군이 돌격을 강행하여 적의 중앙부를 돌파한다. 적이 학익진인 경우에는 포위될 우려가 있으므로 측면에도 군사를 배치한다.

325

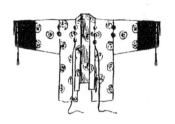

요로이히타타레鎧直垂 | 비단으로 화려하게 만들어 갑옷 안에 입는 옷.

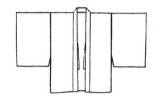

짓토쿠十德 | 칡 섬유로 짠 소맷자락이 넓고 옆을 꿰맨 여행복.

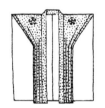

가타기누肩衣 | 어깨에서 등으로 걸쳐지는 무사의 소매 없는 예복.

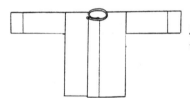

고소데小袖 | 옛날 넓은 소매의 겉옷에 받쳐 입던 속옷. 현재 일본옷의 원형.

하오리

하카마

하오리羽織 | 옷 위에 입는 짧은 겉옷.
하카마袴 | 일본옷의 겉에 입는 아래옷. 허리에서 발목까지 덮으며 넉넉하게 주름이 잡혀 있고, 바지처럼 가랑이진 것이 보통이나 스커트 모양의 것도 있음.

≪ 주요 등장 인물 ≫

다케다 신겐武田信玄 | 1521~1573 |
덴분 11년(1542)부터 시나노 침공을 개시하여, 무라카미 요시키요 등의 무장들을 격파하고 시나노 지방을 제압한다. 최강의 기마부대를 가진 무장으로 오다 노부나가를 위시한 다른 무장들에게 있어 공포의 대상이다. 교토로 상경하는 길목인 미카타가하라에서 도쿠가와 군을 만나지만 무시한다.

도쿠가와 이에야스德川家康 | 1542~1616 |
오카자키의 성주인 마쓰다이라 히로타다의 장남으로 아명은 다케치요竹千代. 마쓰다이라 이에야스로 개명한 뒤, '마쓰다이라'라는 성도 도쿠가와로 다시 고쳐 도쿠가와 이에야스가 된다. 오케하자마 전투 뒤 오다 가와 동맹을 맺고 후에 아사이·아사쿠라 연합군을 격파하고 다케다 신겐과 미카타가하라에서 사투를 벌인다.

마에다 도시이에前田利家 1538~1599 |
오케하자마 전투에서 공을 세워 기요스로 되돌아온 후 노부나가를 따라 각지를 돌아다니며 전투에 참가하였다. 아네가와 전투 등에서 무공을 세웠으며 창槍의 명수로 알려졌다.

마쓰나가 히사히데松永久秀 | 1510~1577 |
처음에는 미요시 나가요시를 섬겼지만, 후에 노부나가에게 항복하고 야마토 지방의 지방관이 된다. 그러나 결국 노부나가에게 반기를 들어 노부나가의 공격을 받는다.

시바타 가쓰이에柴田勝家 | 1522~1583 |
노부나가의 아버지 오다 노부히데를 섬긴 가신으로, 오다 노부유키의 가로였다. 오다 노부히데가 죽자 노부유키를 섬기며 노부나가 군과 전쟁을 벌였으나 후에 용서를 받고 노부나가를 받들며 활약한다. 노부나가에게 호쿠리쿠 방면을 담당하라는 명을 받는다.

아사이 나가마사淺井長政 | 1545~1573 |
비젠노카미備前守라는 관직에 있는 오다 노부나가의 여동생인 오이치의 남편이다. 오다니 성에서 오다 군과 대치하게 된 나가마사는 자신과 함께 자살하려는 아내를 설득해 오다 노부나가에게 보내고 오다 군과 일전을 벌인다.

아사이 히사마사淺井久政
아사이 나가마사의 아버지로 관직명은 시모쓰케노카미下野守이다. 산노 성으로 쳐들어오는 오다 군을 맞이하여 무사로서의 기개를 굽히지 않고 가신들과 함께 할복한다.

아시카가 요시아키足利義昭 | 1537〜1597 |

아시카가 요시하루의 차남. 당시의 관습에 따라 절에 들어가 은거 생활을 하다가 형인 무로마치 바쿠후 제13대 쇼군 아시카가 요시테루가 살해되자 세상으로 나온다. 아케치 미쓰히데의 중개로 오다 노부나가를 만나 그의 도움으로 교토에 입성한다.

아사쿠라 요시카게朝倉義景 | 1533〜1573 |

아시카가 요시아키를 에치젠 이치조가타니로 맞이하여 바쿠후 회복을 노리지만, 요시아키의 배반으로 일대의 숙원인 교토 입성을 노부나가에게 빼앗긴다. 그 후 노부나가에게 교토에서 떠날 것을 강요받지만 거부하고 끊임없이 노부나가와 대립한다. 기회가 있을 때마다 아사이 나가마사와 손을 잡고 협공을 펼친다.

아케치 미쓰히데明智光秀 | 1528〜1582 |

각지를 돌아다니며 병법을 익히고, 아사쿠라 요시카게를 섬겼다가 마흔 살 전후에 노부나가를 섬기며 교토 부교를 역임한다. 시바타 가쓰이에, 니와 나가히데, 하시바 히데요시와 어깨를 나란히 하는 오다 가의 중신이다.

오다 노부나가織田信長 | 1534〜1582 |

오다 노부히데의 적자로 아명은 킷포시. 노부나가는 아시카가 요시아키를 쇼군으로 옹립하고 교토로 진입한다. 그러나 요시아키가 노부나가를 배신하고 아사쿠라 · 아사이 군과 손을 잡자 사면초가에 놓인다.

오이치お市

오다 노부나가의 동생으로 아사이 나가마사의 부인이다. 오다 군과 아사이 군이 적대관계에 놓여 전투를 벌일 때, 남편을 따라 세 자녀와 함께 자살을 시도하지만, 남편의 설득으로 아이들과 함께 오빠인 노부나가에게로 간다.

우에스기 겐신上杉謙信 | 1530〜1578 |

에치고의 슈고다이묘 집안 태생으로, 에이로쿠 4년(1561), 우에스기 노리마사에게서 간토지방관직와 우에스기 성을 받는다. 다케다 신겐과 다섯 차례에 걸쳐 일전을 벌인 가와나카지마 전투는 유명하다. 신겐 사망 후에는 다케다 가쓰요리와 화친하고, 엣추를 평정하여 노토, 가가에도 진출했다.

하시바 히데요시羽柴秀吉(도요토미 히데요시豊臣秀吉) | 1536~1598 |

기노시타 히데요시가 성을 하시바로 바꾸고 나서 사용하는 이름이다. 오다니 성 공략에서 공을 쌓아 오다 노부나가로부터 아사이의 옛 영지를 그대로 물려받은 히데요시는 18만 석의 다이묘로 출세하게 된다.

호소카와 후지타카細川藤孝 | 1534~1610 |

통칭은 유사이. 이름 후지타카는 쇼군인 아시카가 요시후지(요시테루)에서 한 자를 딴 것이다. 아케치 미쓰히데의 중개로 노부나가의 비호를 받고, 요시아키를 옹립한 노부나가의 교토 입성에 참여한다. 그 후 아시카가 바쿠후 재건에 힘을 쏟는다.

《 용어 사전 》

가게무샤影武者 | 적을 속이기 위해 대장이나 중요 인물처럼 꾸며놓은 무사.

가치구리勝栗 | 말린 밤을 절구에 찧어 겉껍질과 속껍질을 없앤 것. 출진이나 승리를 축하할 때 또는 설 등 경사로운 날에 만들어 먹는 요리에 사용.

간레이管領 | 쇼군을 도와 정사를 총괄하는 벼슬.

겐키元龜 | 일본의 연호(1570년~1573년). 에이로쿠永祿 후, 덴쇼天正 전이며 오기마치 천황의 시대.

고와카마이幸若舞 | 무사에 관한 노래를 부르며 부채로 장단을 맞추어 추는 춤.

구사즈리草摺 | 갑옷 허리에 늘어뜨려 대퇴부를 보호하는 것.

기리시탄切支丹 | 가톨릭교의 일파, 또는 그 선교사.

난반지南蠻寺 | 선교사가 건립한 기독교 회당.

남만철南蠻鐵 | 외국에서 들어온 정련된 쇠.

로조老女 | 쇼군이나 영주의 부인을 섬기는 시녀의 우두머리.

마에다테前立 | 투구 앞면에 꽂는 장식물.

모토유이元結 | 상투를 틀 때 쓰는 끈.

벤케이弁慶 | 무술에 뛰어난 거구의 승려로, 고조 다리에서 어린 우시와카와 겨루다 진 뒤 평생토록 그를 섬기며 충성을 다함.

산보三方 | 신불이나 귀인 앞에 음식 등을 받쳐 내놓을 때 사용하는 굽 달린 소반.

에보시烏帽子 | 관례를 올린 남자가 쓰는 검은 모자.

오토기슈お伽衆 | 다이묘나 귀인의 대화 상대가 되는 사람이나 그 관직.

요로이히타타레鎧直垂 | 비단으로 화려하게 만들어 갑옷 안에 입는 옷.

이리가와入側 | 툇마루와 사랑방 사이에 있는 방.

잇코一向 종 신도 반란 | 일정토진종 혼간 사本願寺의 신도가 긴키·도카이·호쿠리쿠 지방 일대에서 일으킨 반란. 오다 노부나가에게 저항한 이시야마 혼간 사와 이세 나가시마의 반란, 도쿠가와 이에야스에게 대항한 미카와 잇코 반란 등, 이들 잇코 종 신도들은 각지에서 다이묘에 대항했다.

자센茶筅 | 차를 끓일 때 물을 저어 거품을 일게 하는 도구.

하카마袴 | 겉에 입는 아랫도리. 허리에서 발목까지 덮으며 넉넉하게 주름이 잡혀 있고, 바지처럼 가랑이진 것이 보통이나 치마 모양의 것도 있다.

하타모토族本 | (진중에서) 대장이 있는 본영, 또는 그곳을 지키는 무사.

하타사시모노旗指物 | 갑옷의 등에 꽂아 표지로 삼는 작은 깃발.

호로母衣 | 갑옷 뒤에 장식용으로 걸치거나 화살을 막기 위해 입는 옷.

후키카에시吹き返し | 차양 양쪽 끝을 접어 넘긴 귀처럼 생긴 부분.

히에이잔比叡山 | 에이잔叡山이라고도 한다. 천태종天台宗의 총본산인 엔랴쿠 사延曆寺가 있는 산.

《 오다 노부나가 연보(1561~1582) 》

일본 연호		서력	주요 사건
에이 로쿠 永祿	4	1561 28세	5월과 6월, 노부나가는 미노에 침입하여 사이토 다쓰오키의 군사와 싸운다. 9월, 나가오와 다케다의 양군이 가와나카지마에서 싸운다. 이 해에 기노시타 도키치로가 네네와 결혼.
	5	1562 29세	1월, 노부나가가 마쓰다이라 모토야스와 동맹한다. 4월, 농민 반란이 일어나 롯카쿠 요시카타가 교토 지역에 덕정령德政令 포고. *종교 전쟁(프랑스).
	6	1563 30세	1월, 모리 모토나리가 이와미 은광을 조정에 헌납. 3월, 호소카와 하루모토 사망. 7월, 노부나가가 고마키야마에 요새를 쌓고 미노 공격의 근거지로 삼음. 마쓰다이라 모토야스가 이에야스로 개명. 8월, 모리 다카모토 사망. 미카와에서 잇코一向 종 신도의 반란이 일어남 *명나라의 척계광戚繼光, 복건성에서 왜구를 격파(중국).
	7	1564 31세	3월, 노부나가가 아사이 나가마사와 손을 잡음. 7월, 미요시 나가요시 사망. 8월, 가와나카지마 전투. 노부나가가 이누야마 성의 오다 노부키요를 죽이고 오와리를 통일한다.
	8	1565 32세	5월, 쇼군 아시카가 요시테루가 미요시 요시쓰구, 마쓰나가 히사히데 등에게 살해됨. 11월, 노부나가가 양녀를 다케다 하루노부의 아들 가쓰요리에게 출가시킴.

일본 연호		서력	주요 사건
에이 로쿠 永祿	9	1566 33세	4월, 노부나가가 조정에 물품을 헌납. 7월, 노부나가가 오와리노카미가 된다. 윤 8월, 노부나가가 사이토 다쓰오키와 싸워 패한다. 9월, 기노시타 도키치로에게 명해 미노의 스노마타 성을 쌓는다. 12월, 이에야스가 마쓰다이라에서 도쿠가와로 성을 바꾼다.
	10	1567 34세	3월, 노부나가가 다키가와 가즈마스에게 북부 이세의 공략을 명한다. 5월, 노부나가의 장녀 도쿠히메가 이에야스의 적자 노부야스와 결혼. 8월, 노부나가가 이나바야마 성을 공략, 사이토 다쓰오키는 이세의 나가시마로 퇴각한다. 노부나가는 이나바야마를 기후로 개칭하고 고마키야마에서 옮긴다. 9월, 오다와 아사이의 동맹이 성립되어 노부나가의 여동생 오이치가 아사이 나가마사와 결혼. 10월, 마쓰나가와 미요시의 동맹군에 의해 도다이 사의 불전이 소실됨. 11월, 오기마치 천황이 노부나가에게 오와리와 미노에 있는 황실 소유 토지의 회복을 명한다. 노부나가가 가신인 가네마쓰 마타시로에게 주는 임명장에 '천하포무'의 도장을 사용한다.
	11	1568 35세	2월, 노부나가가 북부 이세를 평정. 삼남 노부타카를 간베 도모모리의 후계자로, 동생인 노부카네를 나가노 씨의 후계자로 삼는다. 4월, 고노에 롯카쿠 씨의 가신 나가하라 시게야스와 동

일본 연호		서력	주요 사건
에이 로쿠 永祿			맹함. 이 무렵부터 아케치 주베에(미쓰히데)가 노부나가 를 섬긴다. 7월, 노부나가가 아시카가 요시아키를 에치젠에서 미노 의 릿쇼 사로 맞이한다. 9월, 노부나가가 오미를 평정하고 상경함. 10월, 노부나가가 셋쓰, 이즈미, 사카이, 야마토의 호류 사에 과세함. 아시카가 요시아키, 15대 쇼군이 됨. 12월, 다케다 신겐이 슨푸를 침공, 이마가와 우지자네 는 엔슈의 가케가와로 도주한다.
	12	1569 36세	1월, 노부나가는 미요시의 3인방이 쇼군 요시아키를 혼 코쿠 사에서 포위했다는 보고를 받고 눈을 헤치며 상경 하여 셋쓰의 아마자키에 불을 지른다. 2월, 노부나가가 쇼군 요시아키를 위해 새로운 거처를 신축. 4월, 궁전을 수리하기 위한 비용을 헌납한다. 8월, 노부나가가 군사를 이끌고 북부 이세에 침공. 9월, 기타바타케 씨가 노부나가와 화친하고 가문을 노 부나가의 차남 자센마루(노부카쓰)에게 물려주기로 약 속한다.
겐키 元龜	1	1570 37세	1월, 노부나가가 쇼군 요시아키에게 5개 항의 글을 보 내 간언함. 2월, 오미의 조라쿠 사에서 씨름 대회를 개최. 3월, 노부나가가 쇼코쿠 사로 이에야스를 방문. 4월, 노부나가가 에치젠의 아사쿠라 요시카게를 공격. 아사이 나가마사, 롯카쿠 쇼테이 등의 반격으로 노부나 가 군이 교토로 철수한다.

일본 연호	서력	주요 사건
겐키 元龜		5월, 노부나가가 기후로 돌아가던 도중에 지타네 고개에서 저격을 받음. 6월, 노부나가가 이에야스와 함께 아사이, 아사쿠라 양군과 아네가와에서 싸움(아네가와 전투). 9월, 혼간 사의 미쓰스케가 궐기하여 셋쓰에 출진중인 노부나가와 싸움. 아사이 나가마사, 아사쿠라 요시카게 등은 혼간 사와 호응하여 오미에 진출. 노부나가는 히에이잔을 포위하고 불을 지른다. 11월, 이세의 나가시마에서 잇코 종 신도의 반란. 노부나가는 오와리의 고키에를 공격하고 동생 노부오키를 자살하게 한다. 12월, 오기마치 천황의 칙명으로 노부나가가 아사쿠라, 아사이와 화의한다.
2	**1571** 38세	5월, 노부나가가 이세 나가시마의 잇코 반란군을 공격. 6월, 모리 모토나리 사망. 8월, 노부나가가 오다니 성에서 아사이 나가마사를 공격. 9월, 노부나가가 가나모리 성을 함락. 히에이잔의 엔랴쿠 사를 급습하여 방화한다. 10월, 호조 우지마사가 우에스기 데루토라와 절교하고 다케다 하루노부와 동맹 관계를 맺는다. *레판토 앞바다의 해전(스페인)
3	**1572** 39세	3월, 노부나가가 오미를 토벌한다. 9월, 노부나가가 쇼군 요시아키에게 17개조의 글을 보내 쇼군의 잘못을 힐문한다. 12월, 다케다 신겐이 미카와에 침입하여 오다·도쿠가와 군을 미카타가하라에서 무찌른다.

335

일본 연호	서력	주요 사건
덴쇼 天正	1 1573 40세	2월, 쇼군 요시아키가 노부나가에 대항하여 군사를 일으킨다. 4월, 다케다 신겐 사망. 7월, 쇼군 요시아키가 마키시마 성에서 농성. 노부나가가 이를 공격하여 요시아키를 추방한다(무로마치 바쿠후 멸망). 8월, 노부나가가 에치젠에 진출하여 아사쿠라와 아사이를 멸망시킨다. 아사이의 옛 영지를 히데요시에게 주어 도요토미 히데요시는 하시바 지쿠젠노카미가 된다. 이 해 노부나가는 아라키 무라시게에게 셋쓰를 지키게 한다.
	2 1574 41세	4월, 노부나가가 다시 혼간 사를 공격한다. 9월, 노부나가가 이세 나가시마의 잇코 종 신도 반란을 평정한다. 이 해부터 노부나가와 모리의 대립이 격화된다.
	3 1575 42세	3월, 노부나가의 양녀가 곤노다이나곤 산조 아키자네에게 출가한다. 5월, 노부나가는 이에야스와 함께 다케다 가쓰요리를 나가시노에서 격파한다(나가시노 싸움). 7월, 아케치 미쓰히데가 고레토 휴가노카미가 된다. 8월, 노부나가가 에치젠의 잇코 종 신도 반란군을 공격한다. 11월, 노부나가는 장남 노부타다를 후계자로 삼고 오와리와 미노의 영지를 준다.
	4 1576 43세	1월, 노부나가가 오미에 아즈치 성을 쌓기 시작한다. 2월, 노부나가가 아즈치 성으로 옮긴다.

일본 연호	서력	주요 사건
덴쇼 天正		5월, 이시야마 혼간 사와 싸움. 7월, 이시야마 혼간 사에 군량을 보급하는 모리 군과 대결. 11월, 노부나가가 정3품, 이어서 나이다이진이 된다.
5	1577 44세	2월, 노부나가는 하타케야마 사다마사가 잇코 종 신도와 승려들과 제휴했기 때문에 군사를 일으킨다. 8월, 마쓰나가 히사히데가 신기 산에서 반기를 든다. 9월, 우에스기 겐신의 출병으로 노부나가도 출병했으나 패한다.
6	1578 45세	2월, 하시바 히데요시가 하리마에 침입한다. 노부나가가 아즈치에서 씨름 대회를 개최. 3월, 우에스기 겐신 사망. 6월, 노부나가의 명으로 구키 요시타카 군이 모리 군을 해상에서 무찌른다. 10월, 아라키 무라시게가 쇼군 요시아키, 혼간 사와 짜고 노부나가를 배신. 11월, 노부나가가 아라키 무라시게 군을 공격. *시베리아 진출 개시(러시아).
7	1579 46세	3월, 야마시나 도키쓰구 죽음. 우에스기 가케가쓰가 가게토라를 죽이고 우에스기의 주인이 된다. 6월, 노부나가가 아케치 미쓰히데의 권고로 항복한 하타노 히데하루 등을 아즈치에서 처형. 9월, 아라키 무라시게가 이타미 성을 나와 아마사키 성으로 옮김. 오기마치 스에히데가 가가의 잇코 종 신도를 체포하여 노부나가에게 보냄. 노부나가가 그들을 살해.

일본 연호	서력	주요 사건
덴쇼 天正		12월, 노부나가가 아라키 무라시게와 그 가신의 처자들을 처형. *유틀리히트 동맹(네덜란드).
8	**1580** 47세	1월, 히데요시가 하리마의 미키 성을 함락. 3월, 다케다 가쓰요리가 스루가에 출진하여 호조 우지마사와 대치. 노부나가가 혼간 사의 고사와 강화. 4월, 고사는 오사카로 퇴각하여 기슈에서 농성. 6월, 히데요시가 하리마, 이나바, 호키 등지에 출병. 8월, 노부나가가 사쿠마 노부모리를 고야 산으로 추방. 노부나가가 쓰쓰이 시게요시에게 셋쓰, 가와치, 야마토 등의 성을 파괴하라고 명한다. 11월, 시바타 가쓰이에가 가가의 잇코 종 신도들의 반란을 진압.
9	**1581** 48세	2월, 노부나가가 선교사와 흑인 노예를 접견. 4월, 노부나가는 이즈미에 토지 조사를 명하고 이를 거부한 마키오 사를 불태운다. 8월, 노부나가가 고야 산의 성지를 불태우고 많은 사람을 참살한다. 10월, 히데요시가 돗토리 성을 공략. 12월, 가쓰요리가 가이의 새로운 성으로 옮긴다.
10	**1582** 49세	1월, 오토모 소린·오무라 스미타다·아리마 하루노부가 소년 사절을 로마에 파견. 2월, 시나노의 기소 요시마사가 가쓰요리를 배신하고 노부나가에게 내응. 3월, 노부타다가 시나노 다카토 성을 공략. 다키가와 가

일본 연호	서력	주요 사건
덴쇼 天正		즈마스가 가쓰요리를 가이의 다노에서 포위, 가쓰요리 부자가 자결함. 시바타 가쓰이에 등이 엣추의 우에스기 군을 공격. 5월, 이에야스가 아즈치 성에 있는 노부나가에게 인사하기 위해 상경. 미쓰히데가 그 접대역을 맡음. 노부나가가 미쓰히데에게 주고쿠 출진을 명함. 6월, 미쓰히데가 혼노 사를 급습하고 니조 성의 노부타다를 포위하여 노부나가, 노부타다 자결함(혼노 사의 변).

옮긴이 **이길진** 李吉鎭

1934년 황해도 출생. 1958년 서울대학교 사회학과를 졸업하였다.
일본 문학 작품 및 일본 문화에 관련된 많은 책들을 유려한 우리말로 옮겼다.
주요 역서로는 가와바타 야스나리의 『설국』, 이마이 마사아키의 『카이젠』,
오에 겐자부로의 『사육』, 기쿠치 히데유키의 『요마록』,
야마오카 소하치의 『도쿠가와 이에야스』, 『사카모토 료마』 등이 있다.

오다 노부나가 제5권

1판 1쇄 발행 2002년 8월 14일
2판 1쇄 발행 2016년 3월 28일
2판 2쇄 발행 2021년 1월 25일

지은이 야마오카 소하치
옮긴이 이길진
펴낸이 임양묵
펴낸곳 솔출판사

주소 서울시 마포구 와우산로29가길 80(서교동)
전화 02-332-1526
팩스 02-332-1529
이메일 solbook@solbook.co.kr
홈페이지 www.solbook.co.kr
출판 등록 1990년 9월 15일 제10-420호

한국어판 ⓒ 솔출판사, 2002

ISBN 979-11-86634-63-9 04830
ISBN 979-11-86634-58-5 (세트)

• 이 도서의 국립중앙도서관 출판예정도서목록(CIP)은 서지정보유통지원시스템
  홈페이지(http://seoji.nl.go.kr)와 국가자료공동목록시스템(http://www.nl.go.kr/kolisnet)에서
  이용하실 수 있습니다. (CIP제어번호:CIP2015017073)
• 잘못된 책은 구입한 곳에서 바꿔드립니다.

나가시노 전투 병풍도
오다·도쿠가와 연합군이 철포를
이용하여 다케다 군을 격파하는 모습